U0091079

古典文學研究輯刊

十　編

曾永義 主編

第7冊

紅樓十二正釵意象研究（下）

王秋香 著

國家圖書館出版品預行編目資料

紅樓十二正釵意象研究（下）／王秋香 著 -- 初版 -- 新北市：
花木蘭文化出版社，2014〔民 103〕
目 4+188 面；19×26 公分
(古典文學研究輯刊 十編；第 7 冊)
ISBN 978-986-322-908-7（精裝）
1.紅樓夢 2.研究考訂
820.8 103014144

古典文學研究輯刊
十 編 第七冊 ISBN：978-986-322-908-7

紅樓十二正釵意象研究（下）

作　　者　王秋香
主　　編　曾永義
總 編 輯　杜潔祥
副總編輯　楊嘉樂
編　　輯　許郁翎
出　　版　花木蘭文化出版社
社　　長　高小娟
聯絡地址　235 新北市中和區中安街七二號十三樓
　　　　　電話：02-2923-1455／傳眞：02-2923-1452
網　　址　http://www.huamulan.tw 信箱 hml 810518@gmail.com
印　　刷　普羅文化出版廣告事業
初　　版　2014 年 9 月
定　　價　十編 18 冊（精裝）新台幣 32,000 元

紅樓十二正釵意象研究（下）

王秋香　著

目次

上冊

下　冊

第五章　史湘雲與妙玉

史湘雲為寶玉血緣較遠之表妹，隨著史家的沒落及父母的早逝，寄養在叔父家。她只能在史家、賈家間流離遷徙，和寶玉有著麒麟緣的無奈，幸生來「英豪闊大寬宏量」。及長，婚姻生活也是短暫的，恰似水涸湘江，雲散高唐，落了個早寡的命運。妙玉亦出身侯門，自幼即因身體違安而出家，後被聘至賈家，修行於櫳翠庵，她個性孤高，殊不知「好高人愈妒，過潔世同嫌」，封閉的修行生活並沒滅熄她追求幸福的慾念。櫳翠庵白雪紅梅恰如她潛藏躍動的心，品茶、贈梅、拜帖、對弈各情節呈顯了她暗戀寶玉的無奈，到後來是「欲潔何曾潔」，「都陷泥淖中」。湘雲和妙玉皆出身侯門，且都寄居賈府，和寶玉也都隱藏一段無奈的情愫，故將二者合成一篇探討。

第一節　史湘雲

一、湘雲意象相關資料

湘雲豪邁率直為忠靖侯史鼎之姪女，賈母史太君的姪孫女兒，起海棠詩社時別號「枕霞舊友」。史家為金陵四大家族之一，從護官符上可知「阿房宮，三百里，住不下金陵一個史。」湘雲乃一侯門千金，然而「襁褓之間父母違」自小沒雙親的照顧，只能隨叔嬸度日。史家在賈母小時是十分顯赫的，然而到湘雲的叔叔小史侯已逐漸衰落，故湘雲雖貴為侯門千金，其實是貧窮的，「金陵世勛史侯家」的富貴對她來說並沒有多大幫忙，如此尷尬的處境，她卻能樂觀又瀟灑的面對生活，如此性格與身世的反差更凸顯了湘雲的頑強之美。湘雲出現於文本的回次有第五回判詞及〈紅樓夢曲・樂中悲〉。第二十二回云黛玉像戲子，

第三十一回拾得寶玉的金麒麟，第三十二回勸寶玉邁向仕途經濟，第三十七回依韻連和兩首海棠詩，第四十九回和諸釵雪天烤鹿肉，第六十二回於寶玉生日中醉酒，第七十六回與黛玉凹晶舘賞月聯句，第一百六回被叔叔許配了人，第一百十回其夫病已成癆，第一百十八回夫死寡居。其判詞云：

畫：幾縷飛雲，一灣逝水。

詞：富貴又何爲，襁褓之間父母違。

展眼弔斜暉，湘江水逝楚雲飛。〔註1〕

湘雲後來是「厮配得才貌仙郎」，然而好景不長，婚後不久，可能夫妻就離散了。就像夕陽雖好，卻短促得令人感傷。其判詞云：「湘江水逝楚雲飛」，〈紅樓夢曲・樂中悲〉亦云：「雲散高唐，水涸湘江」，句中同時隱含湘、雲二字，呈現了雲水相離之意象。「雲散高唐」乃宋玉在〈高唐賦〉所詠楚襄王與巫山神女人神相戀的故事，結果當然是以「散」終。那雲影霞光固然炫麗多彩，然雲易飛散，水易乾涸，這些不持久的景象寄寓著湘雲婚姻的短暫以致情愛失所。湘雲判詞、詩、曲中雲水相離之意象即湘雲婚戀失偶的結局。展眼吊斜暉乃指人生的朝去暮至只在展眼之間，亦言湘雲婚姻生活的短暫。末句藏有湘雲兩字，湘江爲娥皇、女英二妃哭舜之處，楚雲則出自宋玉〈高唐賦〉中楚襄王夢見巫山神女能行雲作雨。至於畫中「幾縷飛雲，一灣逝水」乃比喻其夫妻生活的短暫，判詞中瀰漫著感傷的氛圍。圖讖中「飛雲」、「逝水」、及「湘江水逝楚雲飛」，除寓有史湘雲之名，也預示史湘雲將像水逝雲飛那樣鳳泊鸞飄。湘雲不住賈府，只是時來時去的常客，因此在書中的情節是若即若離。她美麗活潑，直爽開朗，人人喜歡，湘雲被成功塑造出獨特性格的文學形象。後與衛若蘭成婚後因某種變故而離散，過著水逝雲飛，鳳泊鸞飄的生活。史湘雲的悲劇就是史家的衰敗，而史家的衰落即意味著金陵四大家的沒落。

（一）湘雲形貌

湘雲個性開朗，一出場即笑語不斷。脂評：「口直心快無有不可說之事。」二知道人於《紅樓夢說夢》云：「史湘雲純是晉人風味。」她說話有咬舌的現象，文本中即以言語上嬌憨之態突顯湘雲之美：

黛玉笑道：「偏是咬舌子愛説話，連個「二」哥哥也叫不出來，只是

〔註1〕曹雪芹、高鶚原著，其庸等校注：《紅樓夢校注》（台北：里仁書局，1986年）第5回，頁87。

「愛」哥哥「愛」哥哥的。回來趕圍棋兒，又該你鬧「么愛三四五」了。〔註 2〕

而對黛玉揭露自己的毛病，湘雲並沒有生氣，她樂觀、豪爽，雖有咬舌的毛病，但嬌憨的神態卻躍然紙上。

脂評云：「可笑近之野史中，滿紙羞花閉月，鶯啼燕語。不知眞正美人方有一陋處，如太眞之肥，飛燕之瘦，西子之病，若施於別個不美矣。今見咬舌二字加以湘雲，是何大法手眼，敢用此二字哉。不獨見陋，且更學輕俏嬌媚，儼然一嬌憨湘雲立於紙上，掩卷合目思之，其愛厄嬌音如入耳內。」〔註 3〕

湘雲的咬舌引出了黛玉的「謔嬌音」，也使湘雲的嬌憨躍然紙上。她豪爽大量，生活舉止任眞自然，由其生活起居可得知。

那林黛玉嚴嚴密密裹著一幅杏子紅綾被，安穩合目而睡。那史湘雲卻一把青絲拖於枕畔，被只齊胸，一彎雪白的膀子撂於被外，又帶著兩個金鐲子。〔註 4〕

湘雲個性豪爽，睡姿也展現了豪邁的氣息，姚燮評：「湘雲平生放誕風流，即於一睡可見。」庚辰本脂評夾批云：「寫黛玉之睡態，儼然就是嬌弱女子，可憐。湘雲之態，則儼然是個嬌態女兒，可愛。眞是人人俱盡，個個活跳，吾不知作者胸中埋伏多少裙釵。」涂瀛《紅樓夢論贊・史湘雲贊》云：「處林、薛之間而能以才品見長　可謂難矣。湘雲出而顰兒失其辯，寶姐失其妍，非韻勝人，氣爽人也。……然青絲托於枕畔，白臂撂於床沿，尤有千仞振衣，萬里濯足之概……。」作者以睡姿來形容湘雲的美貌，恰與溫庭筠〈菩薩蠻〉：「鬢雲欲度香腮雪」的意境相吻合。大夥兒散後，一同往蘆雪庵來，聽李紈出題限韵，獨不見湘雲寶玉二人。

只見李嬸也走來看熱鬧，因問李紈道：「怎麼一個帶玉的哥兒和那一個掛金麒麟的姐兒，那樣乾淨清秀。」〔註 5〕

〔註 2〕曹雪芹、高鶚原著，其庸等校注：《紅樓夢校注》（台北：里仁書局，1986 年）第 20 回，頁 322。

〔註 3〕陳慶浩編：《新編石頭記脂硯齋評語輯校・第 20 回。》台北：聯經出版社，1986 年），頁 403。

〔註 4〕曹雪芹、高鶚原著，其庸等校注：《紅樓夢校注》（台北：里仁書局，1986 年）第 21 回，頁 325。

〔註 5〕曹雪芹、高鶚原著，其庸等校注：《紅樓夢校注》（台北：里仁書局，1986 年）第 49 回，頁 754。

作者通過側面描寫，可知湘雲是位容貌清秀的脂粉香娃。至於其他地方對史湘雲的描寫大部份爲男扮女裝：

> 寶釵一旁笑道：「姨娘不知道，他穿衣裳還更愛穿別人的衣裳。可記得舊年三四月裡，他在這裡住著，把寶兄弟的袍子穿上，靴子也穿上，額子也勒上，猛一瞧倒像是寶兄弟，就是多兩個墜子。他站在那椅子後邊，哄的老太太只是叫『寶玉，你過來，仔細那上頭掛的燈穗子招下灰來迷了眼。』他只是笑，也不過去。後來大家撐不住笑了，老太太才笑了，說『倒扮上男人好看了』。」林黛玉道：「這算什麼。惟有前年正月裡接了他來，住了沒兩日就下起雪來，老太太和舅母那日想是才拜了影回來，老太太的一個新新的大紅猩猩毡斗篷放在那裡，誰知眼錯不見他就披了，又大又長，他就拿了個汗巾子攔腰繫上，和丫頭們在後院子撲雪人兒，一跤栽到溝跟前，弄了一身泥水。」說著，大家想著前情，都笑了。〔註6〕

活潑開朗的湘雲喜著男裝，大家也都認爲她著男裝更好看：

> 一時史湘雲來了，穿著賈母與他的一件貂鼠腦袋面子大毛黑灰鼠裡子裡外發燒大褂子，頭上帶著一頂挖雲鵝黃片金裡大紅猩猩毡昭君套，又圍著大貂鼠風領。黛玉先笑道：「你們瞧瞧，孫行者來了。他一般的也拿著雪褂子，故意裝出個小騷達子來。」湘雲笑道：「你們瞧我裡頭打扮的。」一面說，一面脱了褂子。只見他裡頭穿著一件半新的靠色三鑲領袖秋香色盤金五色綉龍窄褙小袖掩衿銀鼠短襖，裡面短短的一件水紅裝緞狐肷褶子，腰裡緊緊束著一條蝴蝶結子長穗五色宮縧，脚下也穿著麀皮小靴，越顯的蜂腰猿背，鶴勢螂形。眾人都笑道：「偏他只愛打扮成個小子的樣兒，原比他打扮女兒更俏麗了些。」〔註7〕

湘雲喜著男裝，呈顯了她豪爽的性格。蘆雪庵即景聯詩時，她和寶玉生烤鹿肉，云：「我吃這個方愛吃酒，吃了酒才有詩。」黛玉嘲諷她，她反唇相譏云：「是眞名士自風流，你們都假清高，最可厭。我們這會子腥羶大吃大嚼，回來卻是錦心綉口。」後來聯詩中，十二人聯句七十，湘雲即獨創十八句，比

〔註6〕曹雪芹、高鶚原著，其庸等校注：《紅樓夢校注》（台北：里仁書局，1986年）第31回，頁489。

〔註7〕曹雪芹、高鶚原著，其庸等校注：《紅樓夢校注》（台北：里仁書局，1986年）第49回，頁752。

黛玉還多六句，眞個名士風流。

湘雲素習憨戲異常，他也最喜武扮的，每每自己束鑾帶，穿折袖。近見寶玉將芳官扮成男子，他便將葵官也扮了個小子。〔註8〕

芳官改扮男裝改名耶律雄奴，葵官扮成男裝後則稱韋大英。作者特寫了湘雲和芳官的服飾，主要在突顯她們爽朗的個性。

（二）湘雲居處

湘雲至賈府是客居，故大觀園中並沒有她的住處。她總像「湘江水逝楚雲飛」那樣行蹤不定，這不固定的住處恰可襯托其漂泊的人生。

正說著，忽見史湘雲穿的齊齊整整的走來辭說家裡打發人來接她。……那史湘雲只是眼淚汪汪的，見有他家人在跟前，又不敢十分委屈，少時薛寶釵趕來，愈覺繾綣難捨。還是寶釵心內明白，他家人若回去告訴了他嬸娘，待他家去又恐受氣，因此倒催他走了。眾人送至二門前，寶玉還要往外送，倒是湘雲攔住了。一時，回身又叫寶玉到跟前，悄悄的囑道：「便是老太太想不起我來，你時常提著打發人接我去。」〔註9〕

畢竟賈府乃鐘鳴鼎食之家，又有眾釵的溫情，對一介孤女湘雲是一大慰藉，因此她對賈府是臨別依依，期待早日能回到這笑聲處處的大觀園。眾釵比賽菊花詩時：

探春道：「你也該起個號。」湘雲笑道：「我們家裡如今雖有幾處軒館，我又不住著，借了來也沒趣。」寶釵笑道：「方才老太太說，你們家也有這個水亭叫『枕霞閣』，難道不是你的。如今雖沒了，你到底是舊主人。」眾人都道有理，寶玉不待湘雲動手，便待將「湘」字抹了，改了一個「霞」字。〔註10〕

在菊花詩會中，湘雲被取了個詩號叫「枕霞舊友」因史家有幾處軒館，其一即枕霞閣，湘雲算是枕霞閣舊主人，因此稱其爲「枕霞舊友」，一個詩號也呈顯了史家運勢的消長。她在大觀園中雖居無定所，但作者借人物之口道出她

〔註8〕曹雪芹、高鶚原著，其庸等校注：《紅樓夢校注》（台北：里仁書局，1986年）第63回，頁989。

〔註9〕曹雪芹、高鶚原著，其庸等校注：《紅樓夢校注》（台北：里仁書局，1986年）第36回，頁555。

〔註10〕曹雪芹、高鶚原著，其庸等校注：《紅樓夢校注》（台北：里仁書局，1986年）第38回，頁584。

家原有一「枕霞閣」，這好比園林藝術中之「借景」法，可窺出湘雲的氣象風格。湘雲的雅號「枕霞舊友」，判詞云：「湘江水逝楚雲飛」，〈紅樓夢曲・樂中悲〉：「雲散高唐，水涸湘江」霞光雲影絢麗多彩，然雲易飛散，水易乾涸，隱喻湘雲美滿婚姻的短暫。湘雲至大觀園居無定所先是與黛玉同住，後又與寶釵同寢，然而後來又與黛玉同住。湘雲在第二十回正式登場，與黛玉同住，感情甚洽：

> 寶玉送他二人到房，那天已二更多時，……次日天明時，便披衣靸鞋往黛玉房中來，不見紫鵑、翠縷二人，只見他姊妹兩個尚臥在衾內。〔註11〕

湘、黛兩人同住同寢，感情純眞而融洽。然而在寶釵生日宴會上，湘雲比黛玉爲唱戲的小旦，雙方鬧彆扭，加上寶釵有意籠絡人心，湘雲乃往寶釵處安歇。後來湘黛二人又重修舊好。湘雲道：「得隴望蜀，人之常情。可知那些老人家說得不錯。說貧窮之家自爲富貴之家事事趁心，告訴他說竟不能遂心，他們不肯信的；必得親歷其境，他方知覺了。就如咱們兩個，雖父母不在，然卻也忝在富貴之鄉，只你我竟有許多不遂心的事。」黛玉笑道：「不但你我不能趁心，就連老太太、太太以至寶玉探丫頭等人，無論事大事小，有理無理，其不能各遂其心者，同一理也，何況你我旅居客寄之人哉！」……這裡翠縷向湘雲道：「大奶奶那裡還有人等著咱們睡去呢。如今還是那裡去好？」湘雲笑道：「你順路告訴他們，叫他們睡吧。我這一去未免驚動病人，不如鬧林姑娘半夜去罷。」〔註12〕湘黛二人的嫌隙在中秋月夜寂寞幽愁的氛圍中化解了。湘黛二人同是旅居賈府的過客，有共同的鄉愁，在水月映襯下，湘、黛二人凹晶舘聯詩，互訴眞情，自此湘雲又轉而與黛玉同寢。湘雲蹤跡不定居無定所，恰如飄泊的浮萍。

（三）湘雲詩才

作者在詩詞中創造一種典型環境，依書中人物各自的個性氣質，按頭製帽代擬詩詞曲賦，使其彰顯人物的性格命運。作者善於把人物、個性、特點、及其心理活動和環境的聲音、色彩、詩詞曲賦融合在一起，呈現出情景交融

〔註11〕曹雪芹、高鶚原著，其庸等校注：《紅樓夢校注》（台北：里仁書局，1986年）第21回，頁325。

〔註12〕曹雪芹、高鶚原著，其庸等校注：《紅樓夢校注》（台北：里仁書局，1986年）第76回，頁1194。

的情境，也從各層面反映了當時封建社會的精神文化生活。海棠詩社剛成立時，湘雲並不在場，之後，寶玉特地請湘雲來。湘雲來後很有興致的和了這兩首

〈詠白海棠詩〉：

神仙昨日降都門，種得藍田玉一盆。

自是霜娥偏愛冷，非關倩女亦離魂。

秋陰捧出何方雪？雨漬添來隔宿痕。

卻喜詩人吟不倦，豈令寂寞度朝昏？〔註13〕

霜娥亦稱青女《淮南子・天文訓》，「至秋三月……青女乃出，以降霜雪。」高誘注：「青女，天神，青霄玉女，主霜雪也。」因此耐冷是霜娥之特性。詩中有兩個典故，一個是嫦娥奔月，一個是倩女離魂，嫦娥的行爲其實是對丈夫的背叛，表現了女性對男性的反抗，最終落得個碧海青天夜夜心的孤寂，這份孤寂恰是湘雲和衛若蘭分離的寫照。至於倩女離魂的典故出自唐傳奇陳玄祐《離魂記》，後來鄭光祖《倩女離魂》及湯顯祖的《牡丹亭》皆由此改編，主要是表現女主人熱烈追求愛情，具有強烈的女性自發的主體意識。此詩預言湘雲將與丈夫衛若蘭遠離，形同孀（霜）居，過著清冷孤寂的生活。再看其〈詠白海棠〉詩第二首：

蘅芷階通蘿薜門，也宜牆角也宜盆，

花因喜潔難尋偶，人爲悲秋易斷魂，

玉燭滴乾風裡淚，晶簾隔破月中痕，

幽情欲向嫦娥訴，無奈虛廊夜色昏。〔註14〕

首聯狀她居處不定但卻能隨遇而安，其餘三聯均與其不幸的婚姻有關，恰如嫦娥碧海青天夜夜心。表面上雖詠白海棠，其實是史湘雲性格和身世之寫照。作者以詩塑造人物的思想人格，湘雲的詩正如她的個性，寫得跌宕瀟灑。而且寄興寓情，作者將人物的內心思維借他們的詩隱約地透露出來。〈詠白海棠詩〉和〈柳絮詞〉表達的是湘雲內心的寂寞。「霜娥偏愛冷」、「悲秋易斷魂」及「莫使春光別去」展現了湘雲心靈幽微處的縷縷哀愁。尤其「自是霜娥偏

〔註13〕曹雪芹、高鶚原著，其庸等校注：《紅樓夢校注》（台北，里仁書局，1983年）第37回，頁568。

〔註14〕曹雪芹、高鶚原著，其庸等校注：《紅樓夢校注》（台北，里仁書局，1983年）第37回，頁569。

愛冷」，脂評云：「不脫自己將來形影」，即她與衛若蘭婚後不久就分離了。「也宜牆角也宜盆」也透露了她不管在史家或投靠賈家皆能隨地制宜，順應環境。至於「難尋偶」、「燭淚」、「嫦娥」也暗示了她和丈夫後來成了牛郎織女般的雙星，兩地分離。

菊花詩：

別圃移來貴比金，一叢淺淡一叢深，

蕭疏籬畔科頭坐，清冷香中抱膝吟。

數去更無君傲世，看來惟有我知音！

秋光荏苒休辜負，相對原宜惜寸陰。——〈對菊〉〔註15〕

此詩在十二首詠菊詩中初評爲第五，屬十二侵韻。史湘雲頗具男性氣度，從小就喜愛男裝，然古代女子不帶帽子，無所謂「科頭」，詩中只是遣興抒懷，詩裡湘雲以一男性角色書寫，正表現了她豪放不拘的灑脫特質。

彈琴酌酒喜堪儔，几案婷婷點綴幽。隔坐香分三徑露，拋書人對一枝秋，霜清紙帳來新夢，圃冷斜陽憶舊遊。傲世也因同氣味，春風桃李未淹留。——〈供菊〉〔註16〕

此詩於十二首詠菊詩中被評爲第六，屬「十一尤」韻。黛玉甚喜此詩，評云：「據我看來，頭一句好的是「圃冷斜陽憶舊遊」。湘雲於詩中書寫賞菊吟詩，彈琴飲酒，蔑視權貴的傲世之格，頗具魏晉名士風度。

秋光疊疊復重重，潛度偷移三徑中。

窗隔疏燈描遠近，籬篩破月鎖玲瓏。

寒芳留照魂應駐，霜印傳神夢也空。

珍重暗香休踏碎，憑誰醉眼認朦朧。——〈菊影〉〔註17〕

此爲湘雲第三首詠菊詩，屬「一冬」韻。湘雲愛菊花也愛菊花的影子。從日光下、燈光下，及月光下，各不同的情境中描繪菊影。而詩中亦呈現惆悵暗淡的氛圍。「寒芳留照魂應駐，霜印傳神夢也空」暗示的是她未來淒涼的命運。

〔註15〕曹雪芹、高鶚原著，其庸等校注：《紅樓夢校注》（台北，里仁書局，1983年）第38回，頁585。

〔註16〕曹雪芹、高鶚原著，其庸等校注：《紅樓夢校注》（台北：里仁書局，1983年）第38回，頁585。

〔註17〕曹雪芹、高鶚原著，其庸等校注：《紅樓夢校注》（台北，里仁書局，1983年）第38回，頁587。

湘雲牙牌令

左邊是「長么」兩點明——雙懸日月照乾坤

右邊是「長么」兩點明——閑花落地聽無聲

中間還得「么四」來——日邊紅杏倚雲栽

湊成「櫻桃九熟」——御園卻被鳥銜出〔註18〕

牙牌令是飲酒、賭博、文字二者結合的遊戲，爲封建時代貴族遊樂的方式，但文本中牙牌和詩詞一樣在表現人物的不同思想與性格，也推動著情節的發展。此牙牌令「雙懸」句出自李白〈上皇西巡南京歌〉:「少帝長安開紫極，雙懸日月照乾坤」。安史之亂，玄宗西逃蜀地，太子李亨即位於靈武，稱玄宗爲「上皇」。詩中有著一股寂寞與悲哀。至於「閑花」句出自唐朝劉長卿〈別嚴士元〉:「細雨濕衣看不見，閑花落地聽無聲。」春去花落無聲無息，落寞又惆悵。「日邊」句出自唐朝高蟾〈下第後上永崇高侍郎〉:「天上碧桃和露種，日邊紅杏倚雲栽。」以桃杏比喻在朝的顯貴。湘雲之牙牌令多引名人詩句，正表現出她的文學素養。

〈點絳唇〉，耍的猴兒謎

溪壑分離，紅塵遊戲，眞何趣？名利猶虛，後事終難繼。〔註19〕

蘆雪庵詩會後，賈母云:「有作詩的，不如作些燈謎，大家正月裡好玩的。」於是眾姊妹們又齊聚暖香塢編起謎語來。湘雲也填了這首〈點絳唇〉作謎面，眾姊妹有猜和尚，也有猜道士，或偶戲人的，寶玉說:「都不是，我猜著了，一定是耍的猴兒。」作者安排寶玉猜著這謎語，有其用意。這謎語像是在說耍猴兒，其實在說人事。遠離山林溪壑，到紅塵遭人戲弄，富貴名利總是一場空。那通靈寶玉離開青埂峰，枉入紅塵若干年後又回到青埂峰這「名利猶虛」之地，是他蔑視仕途經濟的叛逆思想，「後事終難繼」正應了他「懸崖撒手」，棄家爲僧的結局。雖然是個謎語，作者仍不忘暗示其創作意圖。

酒令：其一

奔騰而砰湃，江間波浪兼天湧，

須要鐵索纜孤舟，既遇著一江風——不宜出行。

〔註18〕曹雪芹、高鶚原著，其庸等校注:《紅樓夢校注》（台北，里仁書局，1983年）第40回，頁624。

〔註19〕曹雪芹、高鶚原著，其庸等校注:《紅樓夢校注》（台北，里仁書局，1983年）第50回，頁775。

這鴨頭不是那丫頭，頭上那討桂花油？〔註20〕

奔騰句出自北宋歐陽修〈秋聲賦〉：「初淅瀝以蕭颯，忽奔騰而砰湃。」至於江間句則出自杜甫〈秋興〉：「江間波浪兼天湧，塞上風雲接地陰。」既遇著一江風——不宜出行。一葉孤舟行於江上，又遇大風大浪，迫於形勢險要，不敢貿然出行，此影射湘雲及其家族所遭遇之政治風波，正也暗示著她命運的坎坷。

其二

泉香而酒冽，玉盌盛來琥珀光，

直飲到梅梢月上，醉扶歸——卻爲宜會親友。〔註21〕

此爲湘雲醉夢中說的酒令。泉香句出自歐陽修〈醉翁亭記〉：「釀泉爲酒，泉香而酒冽。」至於玉碗句出自李白〈客中作〉：「蘭陵美酒鬱金香，玉碗盛來琥珀光。」此回「醉眠芍藥裀」靈感應從唐朝盧綸〈春詞〉——：「醉眠芳樹下，半被落花埋」化出。湘雲醉臥芍藥裀，仍出此宜會親友之酒令，呈顯了她樂天、爽朗之特質。當夫妻離異，天各一方時，她仍未將兒女私情放心上，瀟灑的體認爲「塵寰中消長數難當，何必枉悲傷」之眞義。以紅杏散亂，蜂蝶鬧嚷的畫面作生動的烘染，更以醉語說酒令突出了湘雲個性的狂放不羈。

花名籤

海棠——題「香夢沈酣」——只恐夜深花睡去〔註22〕

香夢沈酣乃指湘雲醉臥芍藥裀之事。湘雲在寶玉生日那天喝醉酒後，睡倒於山石後的青板石凳上，芍藥花飛滿了一身，呈現的是既憨又美的情境。「只恐」句出自蘇軾〈海棠〉：「東風渺渺泛崇光，香霧空蒙月轉廊。只恐夜深花睡去，故燒高燭照紅妝。」此詩正如黛玉所云：「夜深」二字改「石涼」，恰合「憨湘雲醉眠芍藥裀」事。蘇軾詩旨乃惜春光短促，好景難留，故連夜裡都要點蠟燭賞花，湘雲雖也曾有洞房花燭照紅妝的新婚之喜，可惜良宵苦短，轉眼就「雲散高唐，水涸湘江」了。此詩表現湘雲愛惜海棠盛開之有限時光，預示湘雲婚後美好生活之短暫，隨後就鳳飄鸞泊各西東了。

〔註20〕曹雪芹、高鶚原著，其庸等校注：《紅樓夢校注》（台北，里仁書局，1983年）第62回，頁962。

〔註21〕曹雪芹、高鶚原著，其庸等校注：《紅樓夢校注》（台北，里仁書局，1983年）第62回，頁964。

〔註22〕曹雪芹、高鶚原著，其庸等校注：《紅樓夢校注》（台北，里仁書局，1983年）第63回，頁983。

柳絮詞——〈如夢令〉

豈是繡絨殘吐？捲起半簾香霧。纖手自拈來，空使鵑啼燕妒。且住，且住！莫使春光別去！〔註23〕

詞中流露出一股留戀、惋惜春光的情緒，由〈紅樓夢曲．樂中悲〉「廝配得才貌仙郎，博得個地久天長，準折得幼兒時坎坷形狀，終個是雲散高唐，水涸湘江。」等句可看出湘雲應有段極短暫的美滿婚姻生活，沒多久就落了個雲散高唐，水涸湘江。〈柳絮詞〉是未來每個人的自況。詞中流露的是湘雲對美好婚姻生活的眷戀，那惜春、留春無可奈何的情緒預示著她美滿婚姻的好景不長。

〈中秋夜大觀園即景聯句詩〉

（黛玉：）三五中秋夕，
（湘雲：）清遊擬上元。
撒天箕斗燦，
（黛玉：）匝地管弦繁。
幾處狂飛盞，
（湘雲：）誰家不啓軒。
輕寒風剪剪，
（黛玉：）良夜景暄暄。
爭餅嘲黃髮，
（湘雲：）分瓜笑綠媛。
香新榮玉桂，
（黛玉：）色健茂金萱。
蠟燭輝瓊宴，
（湘雲：）觥籌亂綺園。
分曹尊一令，
（黛玉：）射覆聽三宣。
骰彩紅成點，
（湘雲：）傳花鼓濫喧。
晴光搖院宇，
構思時倚檻，
（黛玉：）擬景或依門。
酒盡情猶在，
（湘雲：）更殘樂已諼。
漸聞語笑寂，
（黛玉：）空剩雪霜痕。
階露團朝菌，
（湘雲：）庭裀斂夕棔。
秋湍瀉石髓，
（黛玉：）風葉聚雲根。
寶婺情孤潔，
（湘雲：）銀蟾氣吐吞。
藥經靈兔搗，
（黛玉：）人向廣寒奔。
犯斗邀牛女，
（湘雲：）乘槎待帝孫。
虛盈輪莫定，
（黛玉：）晦朔魄空存。
壺漏聲將涸，

〔註23〕曹雪芹、高鶚原著，其庸等校注：《紅樓夢校注》（台北，里仁書局，1983年）第70回，頁1095。

（黛玉：）素彩接乾坤。　　　　（湘雲：）窗燈焰已昏。
　　　　當罰無賓主，　　　　　　　　寒塘渡鶴影，
（湘雲：）吟詩序仲昆。　　　　（黛玉：）冷月葬花魂。

〔註 24〕

此次黛玉、湘雲的聯局是在寒蟲悲鳴，情調淒清的秋夜中進行的。大觀園有兩次作聯句詩的活動，氣氛恰成鮮明的對照。第一次在蘆雪庵爭聯即景詩，此次眾芳群集，賞新雪，烤鹿肉，熱鬧非凡，作的聯句詩也充滿歌舞昇平景象。再一次即此凹晶館聯詩，凸碧堂賞月，寶釵、寶琴未參加，李紈、鳳姐也病了，少了四個人覺得份外冷清。所謂管弦也只有桂花蔭裡發出的一縷十分淒涼的笛聲。黛玉乃和湘雲至凹晶館聯詩，兩人在明月映照下，顯得寂寞孤單，所作的詩也是充滿悲涼的況味。中秋聯句緊接在抄檢大觀園之後也呈顯了賈府即將衰頹的景象。詩剛開始有：「撒天箕斗燦，匝地管弦樂，幾處狂飛盞，誰家不啓軒」「良夜景暄暄」「蠟燭輝瓊宴，觥籌亂綺園」的熱鬧景象，然而不知不覺即轉爲「漸聞笑語寂，空剩雪霜痕」「人向廣寒奔」「乘槎訪帝孫」的不祥之句。湘雲的「庭䄄斂夕棔」「虛盈輪莫定」正象徵其命運之變化。至於黛玉的「階露團朝菌」「壺漏聲將涸」也預兆她的生命將盡。「葬花魂」語出〔明〕葉紹袁《午夢堂集．續窈聞記》：「葉之幼女小鸞鬼魂受戒，其師問：『曾犯痴否？』，女云：『犯一勉棄珠環收漢玉，戲捐粉盒葬花魂。』師大贊。」寒塘渡鶴影，冷月葬花魂」這淒清奇譎的詩暗示著湘雲與黛玉的命運，也呈顯了賈府由盛轉衰的氛圍。

骰子酒令四首——其四

浪掃浮萍（鴛鴦）

秋魚入菱窠（賈母）

白萍吟盡楚江秋（湘雲）〔註 25〕

湘雲所吟之「白萍」句化自程顥〈題淮南寺〉：「南去北來休更休，白萍吹盡楚江秋」呈顯著賈府敗落的蕭條氛圍。

湘雲詩詞，多帶讖語性質　暗示她日後孀居淒苦的命運。〈白海棠和韻〉：「花因喜潔難尋偶，人爲悲秋易斷魂」，「幽情欲向嫦娥訴，無奈虛廊夜色昏」

〔註 24〕曹雪芹、高鶚原著，其庸等校注：《紅樓夢校注》（台北，里仁書局，1983 年）第 76 回，頁 1195。

〔註 25〕曹雪芹、高鶚原著，其庸等校注：《紅樓夢校注》（台北，里仁書局，1983 年）第 108 回，頁 1638。

（第三十七回），脂評在「自是霜娥偏愛冷」句下云：「又不脫自己將來形景。」霜娥又名青女，係神話傳說中主管霜雪的女神，喻指湘雲如霜娥的冰清玉潔。〈菊影〉：「霜印傳神夢也空」（第三十八回）及〈詠白海棠〉：「非關倩女亦離魂」暗寓她和未婚夫徒有夫妻名份，而無實在的婚姻生活。柳絮詞〈如夢令〉：「纖手自拈來，空使鵑啼燕妒，且住，且住！莫使春光別去。」（第七十回）及第七十六回和黛玉中秋之夜在凹晶舘聯詩，吟出「寒塘渡鶴影」，她的詩句總瀰漫著一股冷寂淒清的氛圍。

二、湘雲意象

文本中如落花、流水、蝴蝶、月亮，都是傳統詩歌中常見的意象，作者將其運用至小說中，使意象的文化蘊含深入作品中，以最精鍊的文字表達最豐富的意涵。曹雪芹把自己生活中的美感經驗，熔鑄於意象中，讀者在其意象營構中體驗著或優美或悲涼的情境，在意象的渲染下捕捉各角色的風姿神貌，感受小說詩意的氛圍，以下爲湘雲相關的意象：

（一）金麒麟

麒麟簡稱麟，其名早見於《詩經・周南・麟趾》，較早的記錄爲《春秋左傳・哀公十四年》「十有四年春，西狩獲麟」〔註 26〕《孟子・公孫丑》云：「麒麟之於走獸，鳳凰之於飛鳥，泰山之於垤，河海之於行潦，類也。聖人之於民，亦類也。」〔註 27〕《戰國策・趙策四》：「有覆巢毀卵，而鳳凰不翔，刳胎焚夭，而麒麟不至。」〔註 28〕之記載。《禮記、禮運》亦云：「何謂四靈？麟、鳳、龜、龍謂之四靈。」〔註 29〕《史記・孝武本紀》云漢武帝於郊雍時，「獲一角獸，若麃然。」〔註 30〕《論衡・指瑞篇》亦云漢武帝西巡狩「得白麟，一角而五趾。」〔註 31〕《漢書・孝武帝紀》亦有元狩元

〔註 26〕楊伯峻編著：《春秋左傳注》（高雄：復文圖書出版社，1991 年）頁 1680。

〔註 27〕孫奭撰：《孟子注疏解經卷第三上・公孫丑章句上》《十三經注疏》（台北：藝文印書舘，1981 年）頁 56。

〔註 28〕〔漢〕劉向編：《戰國策・卷二十一・趙策四》（台北，里仁書局，1982 年）頁 763。

〔註 29〕〔漢〕鄭元注〔唐〕賈公彥疏：《禮記卷第二十二・禮運》《十三經注疏》（台北，藝文印書舘，1981 年）頁 436。

〔註 30〕〔漢〕司馬遷：《史記，孝武本紀第十二》（台北，宏業書局，1974 年）頁 457。

〔註 31〕王充：《論衡・卷十七・指瑞》《叢書集成初編》（北京，中華書局，1985 年）頁 186。

年「獲白麟」〔註32〕之記載。漢朝劉向《說苑・辯物》云：「麒麟，麕身、牛尾、圜頂、一角，含仁懷善，音中律呂。」〔註33〕《毛詩義疏》云麟「麇身、馬足、牛尾、圜蹄、一角。」至於《毛詩正義》亦云麟：「麇身、牛尾、馬足、黃色、圓蹄、一角，角端有肉。」《爾雅・釋獸》言麟：「大麃牛尾一角。漢武帝郊雍得一角獸，若麃然，謂之麟者此是也。」〔註 34〕朱熹在《詩集傳》中云麟爲「麕身、牛尾、馬蹄。」〔註 35〕〔宋〕沈括〈夢溪筆談・卷廿一異事〉均有交趾獻麟之記載。〔註 36〕沈括所言「首有一角」與古文獻所記麟之狀相合，沈括所言「如牛而大，通身皆大鱗」則與古文獻所記不同。至〔明〕夏元吉〈麒麟賦〉有云：「豐骨神異，靈毛瑩潔，霞明龍首，去擁鳳臆，星眸眩兮昆耀，龜文燦兮煜熠。牛尾拂兮生風，麇身動兮散雪，蹴馬兮香塵接腕，聳肉骨兮玉山貫額。」〔註 37〕之描述。麒麟應是古人集馬、牛、羊、鹿、狼諸動物特徵而成之神獸。

麒麟既是先民融合各動物特質而產生的神物，自然積澱著先民的文化特質與期盼，首先牠是德性的象徵，《詩經・周南・麟趾》云：

> 麟之趾，振振公子。吁嗟麟兮！
>
> 麟之定，振振公姓。吁嗟麟兮！
>
> 麟之角，振振公族。吁嗟麟兮！〔註38〕

《毛詩》云：「振振，信厚也。」即仁厚之意。《呂氏春秋・應用篇》云：「刳獸食胎，而麒麟不至。」《淮南子・本經訓》亦云：「刳胎殺夭，麒麟不游。」

〔註32〕元狩元年，冬十月，行幸雍，祠五畤，獲白麟，作白麟之歌。〔漢〕班固：《漢書》（台北，宏業書局，1974 年）頁 174。

〔註33〕〔漢〕劉向：《說苑・卷十八・辯物》《叢書集成初編》（北京：中華書局，1985 年）頁 179。

〔註34〕〔晉〕郭璞注：《爾雅・卷下、釋獸》《叢書集成初編》（北京：中華書局，1985 年）頁 127。

〔註35〕〔南宋〕朱熹：《詩集傳》（台北，學海書局，2001 年）頁 7。

〔註36〕至和中，交趾獻麟，如牛而大，通身皆大鱗，首有一角。考之記傳，與麟不類，當時有謂之山犀者，然犀不言有鱗，莫知其的。詔：「欲謂之麟，則慮夷獠見欺；不之麟，則未有以質之。此謂之獸。」最爲愼重有體。
〔宋〕沈括《夢溪筆談・卷廿一・異事》《叢書集成初編》（北京：中華書局，1985 年）頁 143。

〔註37〕〔明〕夏元吉〈麒麟賦〉〔清〕鴻寶齋主人編：《賦海大觀》（北京：北京圖書館，2007 年）頁 509。

〔註38〕〔清〕姚際恆撰：《詩經通論・卷一・周南・麟之趾》（台北，廣文書局，1961 年）頁 18。

《說文解字》解麒麟云：「狀如麇，一角戴肉，設武備而不爲害，所以爲仁也。」《廣雅疏証》亦云麒麟：「不履生蟲，不折生草。」劉向《說苑・辯物》更云麒麟「含仁懷義，音中律呂，行步中規，折旋中矩，擇土而踐位乎，然後處，不群居，不旅行，紛兮其有質文也，幽閑則循循如也，動則有容儀。」麒麟叫聲中正平和，性情溫和，不踐踏虫蚊，不折生草，是有德的表現。且麒麟的出現亦爲瑞兆。《春秋公羊傳・哀公十四年》云：「麟者，仁獸也，有王者則至，無王者則不至。」《淮南子・覽獸訓》云：「昔者黃帝治天下，鳳凰翔於庭，麟遊於郊。」麒麟不僅有德，《詩經》以「麟趾」贊美周室，後人亦以「麟趾」一詞喻人宗室興旺，子孫多賢。今稱人子孫有賢才曰「麒麟兒」。後又將麒麟轉化爲可送子之仁獸，《全宋文・麟賦》云：「必好生而惡殺，故修母而致子。」孔子出生前即有「麟吐玉書」之傳說。〔註 39〕故韓愈〈獲麟解〉云：「麟之爲靈昭昭也。詠於《詩》，書於《春秋》，雜出於傳記百家之書，雖婦人・小子，皆知其爲祥也。」麒麟象徵吉祥富貴，故漢武帝元狩元年獲麒麟後，建麒麟閣，武則天綉麒麟紋飾於朝服上，稱「麒麟袍」。傳說中麒麟壽命很長，《抱朴子・對俗篇》即云：「麒麟壽二千歲。」所以風俗中人們給小孩帶金銀打製的「麒麟鎖」，祈禱小孩能長命百歲，吉祥如意。孔子之時社會動蕩，禮樂崩壞，麒麟見於郊野爲人所賤，乃爲麒麟寫下輓歌云：「唐虞世兮麟鳳遊，今非其時來何求，麟兮麟兮我心憂。」所寫《春秋》因而絕筆，故《春秋》又稱麟史、麟經。《紅樓夢》中史湘雲就有一個金麒麟做護身符。第廿九回清虛觀張道士送賀禮給寶玉

> 賈母因看見有個赤金點翠的麒麟，便伸手拿了起來，笑道：「這件東西好像我看見誰家的孩子也帶著這麼一個的。」寶釵笑道：「史大妹妹有一個，比這個小些。」賈母道：「是雲兒有這個。」寶玉道：「他這麼往我們家去住著，我也沒看見。」探春笑道：「寶姐姐有心，不管什麼他都記得。」林黛玉冷笑道：「他在別的上還有限，惟有這些人帶的東西上越發留心。」寶釵聽說，便回頭裝沒聽見。寶玉聽見史湘雲有這件東西，自己便將那麒麟忙拿起來揣在懷裡。一面心裡又想到怕人看見史湘雲有了，他就留這件，因此手裡揣著，卻拿眼

〔註 39〕夫子未生時，有麟吐玉書於闕里人家，文云：「水精之子，係衰周而素王，故二龍繞堂，五星降庭，徵在賢明，知爲神異，乃以綉紱。」
〔晉〕王嘉《拾遺記》（台北，木鐸出版社，1982 年）頁 70。

> 睛瞟人。只見眾人都倒不大理論，惟有林黛玉瞅著他點頭兒，似有贊嘆之意。寶玉不覺沒好意思起來。〔註40〕

金麒麟第一次出現，第三十一回〈因麒麟伏白首雙星〉「雙星」指牽牛、織女二星。《焦林大鬥記》：「天河之西，有星煌煌，與參俱出，謂之『牽牛』；天河之東，有星微微，在氐之下，謂之『織女』，世謂之『雙星』。」「雙星」一詞歷代詩人喜運用之，杜甫〈奉酬薛十二丈判官見贈〉：「相如才調逸，銀漢會雙星。」辛棄疾〈綠鴨頭、七夕詞〉：「風駕催雲，紅帷卷月，冷冷一水會雙星。」元好問〈後平湖曲〉亦云：「春波澹澹無盡情，雙星盈盈不得語。」吳承恩〈臨江仙〉亦云：「何時當七夕，雲雨會雙星。」此回反應各個不同的心態：寶釵的世故，寶玉對湘雲的關懷及黛玉對寶玉感情的執著與真摯。湘雲帶來了四個戒指，說道：

> 「襲人姐姐一個，鴛鴦姐姐一個，金釧兒姐姐一個，平兒姐姐一個；這倒是四個人的，難道小子們也記得這們清白？」眾人聽了都笑道：「果然明白。」寶玉笑道：「還是這麼會說話，不讓人。」林黛玉聽了，冷笑道：「他不會說話，他的金麒麟會說話。」一面說著，便起身走了。幸而諸人都不曾聽見，只有薛寶釵抿嘴一笑，寶玉聽見了，倒自己後悔又說錯了話。〔註41〕

黛玉對寶玉、湘雲都有金麒麟是很敏感的，顯出黛玉對金麒麟的擔心又深了一層。湘雲和寶玉、襲人在怡紅院交談時，作者即細緻地剖析了黛玉的心理：

> 原來林黛玉知道史湘雲在這裡，寶玉又趕來，一定說麒麟的原故。因此心下忖度著，近日寶玉弄來的外傳野史，多半才子佳人都因小巧玩物上撮合，或有鴛鴦，或有鳳凰，或玉環金珮，或鮫帕鸞絲，皆由小物而遂終身，今忽見寶玉亦有麒麟，便恐借此生隙，同史湘雲也做出些風流佳事來。〔註42〕

在金玉姻緣中，作者乃故佈疑陣，讓讀者誤以爲「金玉良緣」中的金爲「金麒麟」，故下文才有「何顰兒爲其所惑」之句。直到黛玉聽見湘雲談經濟一事，

〔註40〕曹雪芹、高鶚原著，其庸等校注：《紅樓夢校注》（台北：里仁書局，1986年）第29回，頁460。

〔註41〕曹雪芹、高鶚原著，其庸等校注：《紅樓夢校注》（台北：里仁書局，1986年）第31回，頁490。

〔註42〕曹雪芹、高鶚原著，其庸等校注：《紅樓夢校注》（台北：里仁書局，1986年）第32回，頁500。

寶玉答道：「林妹妹不說這樣混帳話，若說這話，我也和他生分了。」時黛玉的疑團才頓然冰釋。一日，湘雲與丫鬟翠縷談陰陽，到了薔薇架下，撿到了個金晃晃的飾物，翠縷笑道：「可分出陰陽來了。」說著，先拿湘雲的麒麟瞧，湘雲要她揀的瞧，翠縷手一撒：

> 湘雲舉目一驗，卻是文彩輝煌的一個金麒麟，比自己佩的又大又有文彩。湘雲伸手擎在掌上，只是默默不語，正自出神，忽見寶玉從那邊來了。〔註 43〕

湘雲所感爲何？正是聯想到寶玉與自己的緣份。寶玉對此金麒麟亦愛護有加，

> 話說寶玉見那麒麟，心中甚是歡喜，便伸手來拿，笑道：「虧你揀著了，你是那裡揀的？史湘雲笑道：「幸而是這個，明兒倘或把印也丟了，難道也就罷了不成？」寶玉笑道：「倒是丟了印平常，若丟了這個，我就該死了。」〔註 44〕

寶玉與湘雲一向惺惺相惜的，第四十九回李嬸娘稱他倆是：「一個帶玉的哥兒和那一個掛著金麒麟的姐兒。」作者精心設計了這段麒麟緣。然眞結局如何？俞平伯在《紅樓夢辨》曾列舉四說：（一）湘雲嫁後（非寶玉，亦不關合金麒麟）丈夫早卒，守寡。（高鶚本）（二）湘雲嫁寶玉，流落爲乞丐，在貧賤中偕老。（所謂舊時眞本）（三）湘雲嫁後結果不明。（非寶玉，關合金麒麟）（四）湘雲嫁後夭卒。（非寶玉，不關合金麒麟）（顧頡剛說）。後來知道後三十回即曹雪芹底原稿，又知道湘雲嫁了衛若蘭，串合了金麒麟，自當以第三說爲正。〔註 45〕

顧頡剛則云：「湘雲則冊子上說『湘江水逝楚雲飛』，曲子上說『終久是雲散高唐，水涸湘江』，頗有他自己早死的樣子，决說不上『白首雙星』，所以我想這三十一回的回目，或是補作人改來遷就下文的。高鶚另補，偶然漏未刪去，遂成後來疑案。先生藏的『程排本』〈引言〉，既說『抄本各家互異』，又說『坊間繕本及諸家秘稿，繁簡歧出，前後錯見』，可見已屢給人刪改。至於補本所以要把寶玉、湘雲兩人結合，無非爲了金麒麟偶然的巧合，但上回既說『前日有人家來相看，眼見有婆家了』，本回襲人又說『大姑娘，我聽前

〔註 43〕曹雪芹、高鶚原著，其庸等校注：《紅樓夢校注》（台北：里仁書局，1986 年）第 31 回，頁 493。

〔註 44〕曹雪芹、高鶚原著，其庸等校注：《紅樓夢校注》（台北：里仁書局，1986 年）第 32 回，頁 497。

〔註 45〕俞平伯：《紅樓夢研究》（台北：里仁書局，1999 年），頁 160。

日你大喜呀』，可見湘雲自有去處，而黛玉的窺探，更可見雪芹借著這件事寫出她的嫉妒。」〔註 46〕誠如第三十一回回前總批云：

> 金玉姻緣已定，又寫一金麒麟，是間色法也，何顰兒爲其所惑？故顰兒謂「情情」。〔註 47〕

「因麒麟伏白首雙星」庚辰本第三十一回批語「後數十回若蘭在射圃所佩之麒麟，正此麒麟也，提綱伏於此回中，所謂草蛇灰線　在千里之外。此回中賈寶玉遺失被史湘雲拾到的金麒麟，後來落到了衛若蘭手中，預示史湘雲後來與衛若蘭結爲夫妻。湘雲夫名若蘭，也有個金麒麟，即是寶玉所失湘雲拾得的那個麒麟，在射圃裡佩著。揣想起來，似乎寶玉底麒麟，輾轉到了若蘭底手中，或者寶玉送他的，彷佛襲人底汗巾會到了蔣琪官底腰裡。所以回目上說「因」「伏」評語說：「草蛇灰線在千里之外。」〔註 48〕林語堂亦云：「若蘭或者就是史湘雲之夫，因爲他與金麒麟有關係。一〇六回下文中只有稱湘雲之夫爲『新姑爺』，沒有名字。衛若蘭在射圃佩金麒麟事，迷失無稿，見甲戌本廿六回末總評。……庚辰本第三十一回末又一條曰『後數十回，若蘭在射圃所佩之麒麟，正此麒麟』一射圃文字有金麒麟，但若蘭與湘雲關係，全是我輩推測的話。『白首雙星』不一定指與若蘭白頭偕老。因爲寶玉也有金麒麟，引起黛玉之妒。」〔註 49〕第二十二回庚辰本脂批云：「湘雲是自愛所誤」只能是指第一個早本內，再醮寶玉前，其實她並不是沒有出路，可以不必去跟寶玉受苦，不過她是有所不爲。〔註 50〕曹雪芹藉金麒麟的情節，暗伏後來史湘雲和衛若蘭婚後因變異而離異，一直到老，恰若牽牛、織女雙星，分隔兩地，永抱白頭之難。〔註 51〕有關湘雲冊子上畫著幾縷飛雲，一灣逝水，其詞曰：「展

〔註 46〕胡適：《胡適紅樓夢研究論述全編》（上海：上海古籍出版社，1988 年），頁 58。

〔註 47〕陳慶浩編：《新編石頭記脂硯齋評語輯校・第三十一回》（台北：聯經出版社，1986 年）頁 551。

〔註 48〕俞平伯：《紅樓夢研究》（台北：里仁書局，1999 年），頁 221。

〔註 49〕林語堂：《平心論高鶚》（台北：傳記文學出版社，1969 年），頁 102。

〔註 50〕張愛玲：《紅樓夢魘》（台北：皇冠雜誌社，1980 年），頁 385。

〔註 51〕怪的是第三十回回目，「因麒麟伏白首雙星」。白首雙星，便是白頭偕老。這是八十回本之矛盾，又要拆散，又要偕老，是不可能的事。此雪芹書所以謂「未成」而逝者歟？雪芹易稿既未遑改其回目，而高鶚校書時，這個矛盾當已看見，姑存其眞罷了。我想湘雲寡後，躲在脂硯齋中與雪芹話舊，脂痕與墨瀋交錯，便應白首雙星。
林語堂：《平心論高鶚》（台北：傳記文學出版社，1969 年），頁 102。

眼吊斜暉，湘江水逝楚雲飛。」曲子〈樂中悲〉：「廝配得才貌仙郎，……終久是雲散高唐，水涸湘江。」高氏對於這兩條不但誤解了，且所補湘雲傳，亦草率之至。他只用「姑爺很好，為人又和平」等說（第一百六回）來敷衍曲子上底「廝配得才貌仙郎」。又說她「丈夫成了癆病（第一百九回）後來死了，湘雲立志守寡」，（第一百八十回）就算應合「雲散水涸」了。至於金麒麟這一段公案，幾乎一字不提。即在第八十三回周瑞家的和鳳姐談了半天金麒麟，也並無關於湘雲底姻緣。所以高氏寫湘雲，幾乎是無所依據。〔註 52〕史湘雲的曲文，冊文及畫都注重飛字，逝字、涸字，總是晚途淒苦離散之象。第三十七回湘雲詠白海棠詩句：「自是霜娥偏愛冷」，脂批說：「又不脫自己將來形景」，宜應孀字，寓守寡意，高本湘雲早寡，不算不符。但以曲文而論，散、苦、離，這是無疑，孀居倒不一定。〔註 53〕湘雲嫁後如何，今無可考。雖評中曾說「湘雲為自愛所誤」也不知作何解。既曰自誤，何白首雙星之有？湘雲既入薄命司，結果總自己早卒或守寡之類。〔註 54〕這是冊文曲子裡底預言，跟回目底文字衝突，不易解決。我寧認為這回目有語病，八十回的回目本來不盡妥善的。是白頭偕老的姻緣，這不但不合冊子曲文的預見，況且當眞如此，史湘雲根本不當入薄命司了。所以顧頡剛說：「無論湘雲早卒或守寡總是個不終的夫婦，怎麼能說白首雙星。只能假定為原作底自己矛盾，或者回目的措語失檢了。」〔註 55〕以筆者之見白首雙星乃曹雪芹所定的回目，表示二人結為夫妻但不一定到老。金玉良緣已定，敘寫金麒麟，只是襯托作用罷了。麒麟緣有著湘雲對寶玉的眷戀與無奈。

（二）芍藥

芍藥，毛茛科，多年生草本，莖高約八公寸，初夏開花，有單瓣、複瓣，白色、紅色數種，亦作勺藥，又名將離、婪尾春、沒骨花、可離、離草。江籬（諧音將離），藥音諧「約」，言將離贈別此草也。〔註 56〕李時珍《本草綱目》云：「芍藥猶綽約也，綽約，美好貌，此草花容綽約，故以為名。」芍藥自古亦被認為是情的信物，《詩經・鄭風・溱洧》云：

〔註 52〕俞平伯：《俞平伯說紅樓夢》（上海：上海古籍出版社，1998 年），頁 114。
〔註 53〕林語堂：《平心論高鶚》（台北：傳記文學出版社，1969 年），頁 102。
〔註 54〕俞平伯：《紅樓夢研究》（台北：里仁書局，1999 年），頁 221。
〔註 55〕俞平伯：《俞平伯論紅樓夢》（上海：上海古籍出版社，1988 年），頁 502。
〔註 56〕〔清〕富察敦崇：《燕京歲時記・芍藥》：「芍藥乃豐台所產，一望彌涯。四月花含苞時，折枝售賣，遍歷城坊。」（木鐸出版社，1982 年）頁 64。

溱與洧，方渙渙兮，士與女。方秉蕑兮。女曰：「觀乎？」士曰：「既且。」「且往觀乎洧之外，洵訏且樂。」維士與女，伊其相謔，贈之以芍藥。」〔註57〕

描寫仲春之時萬物春意盎然，一對對青年男女在此春水湯湯，春草初長之時相約春遊互贈芍藥以爲傳遞愛情的信物。「贈花草以結情」自古即有，如《詩經・木瓜》：「投我以木瓜」、「投我以木桃」、「投我以木李。」《詩經・靜女》亦有：「靜女其孌，貽我彤管。」之句，聞一多亦曾云：「芍藥，媒約之藥。」〔註58〕因而芍藥此意象一出現即呈現了情愛的氛圍。〔註59〕然男女離別爲何贈予芍藥？〔晉〕崔豹《古今注問答釋義・第八》有云：「牛亨問董仲舒曰：『將離別相贈以芍藥者何？』答曰：『芍藥一名可離，故將別以贈之。』」故芍藥又名將離草，這也說明了湘雲婚姻的美好與短暫。芍藥意象美麗多情，在文學領域中一向和女性、愛情與離別有關，爲文人雅士所愛吟誦。白居易〈感芍藥花寄正一上人〉云：「今日階前紅芍藥，幾花欲老幾花新，開時不解比色相，落後始知如幻身。空門此去幾多地，欲把殘花問主人。」〔宋〕黃庭堅〈廣陵早春〉亦云：「春風十里珠簾捲，彷彿三生杜牧之。紅藥梢頭初繭栗，揚州風物鬢成絲。」蘇軾〈題趙昌芍藥〉更云：「倚竹佳人翠袖長，天寒猶著薄羅裳。揚州近日紅千葉。自是風流時世妝。」范成大〈樂先生闢新堂以待芍藥酴醿作詩奉贈〉云：「芍藥有國色，酴醿乃天香，二妙絕世立，百草爲不芳。」梅堯臣〈和劉原父舍人樂郊詩〉亦云：「渠渠有深堂，燕賓飛至觥。芍藥廣陵美，謔贈鄭女情。」歐陽修〈答許發運見寄〉更云：「瓊花芍藥世無倫，偶不題詩便怨人，曾向無雙亭下醉，自知不負廣陵春。」王安石〈黃花〉亦云：「四月揚州芍藥多，先時爲別苦風波。還家忽忽驚秋色，獨見黃花出短莎。」秦觀〈春日〉一詩云：「一夕春雷落萬絲，霽光浮瓦碧參差。有情芍藥含春淚，

〔註57〕〔清〕姚際恆撰《詩經通論》（廣文書局，1999年）頁112。

〔註58〕聞一多：《聞一多全集》（北京：三聯書局，1982年）頁132。

〔註59〕孔穎達《毛詩正義・國風・鄭・溱洧》：「鄭國淫風大行，述其爲淫之事。言溱水與洧水，春冰既泮，方欲渙渙然流盛兮。于此之時，有士與女方適野田，執芳香之蘭草兮，既感春氣，托採香草，期于田野共爲淫逸……維士與女，因即其相與戲謔，行夫婦之事。及其別也，士愛此女，贈送之以芍藥之草，結其恩情，以爲信約。」《四部備要》（中華書局據阮刻本校刊四之四）頁8。

《周禮・地官媒氏》亦云：「仲春之月，令會男女，於是時也，奔者不禁。」《景印文淵閣四庫全書・經部八四》（台灣商務印書館）頁90～259。

無力薔薇臥曉枝。」詩中將芍藥擬人化，有情又含淚，在詩人筆下芍藥是美麗又多情之意象。〔南宋〕姜夔在其〈揚州慢・淮左名都〉有：「二十四橋仍在，波心盪，冷月無聲。念橋邊紅藥，年年知為誰生。」之名句。其〈側犯・詠芍藥〉描寫芍藥更是生動：「恨春易去，甚奉卻向揚州住。微雨，下繭栗梢頭弄詩句。金壺細葉，千朵圍歌舞。」詞人以擬人法描寫芍藥的蓓蕾在雨露滋潤下，半裡紅妝，微露笑靨，悄無聲息的開放了。碩大的金紅色花朵襯以細密柔潤的綠葉，格外明麗動人。〔金〕姚孝錫〈詠芍藥〉：「綠萼披風瘦，紅苞浥露肥。只愁春夢斷，化作彩雲飛。」至元朝黃庚〈春蔭芍藥〉亦云：「翻階紅藥帶啼痕，可憐紅花都零落，雨露雖多不是恩。」詩中將芍藥比喻為美麗多情的女子，惹人憐愛。〔清〕孔尚任亦有一絕句云：「一枝芍藥上精神，斜倚雕欄比太真，料得也能傾國笑，有紅點處是櫻唇。」芍藥之美艷足以引人陶醉。《紅樓夢》中芍藥出現主要有以下三處：其一為第十七回至十八回賈政和一群清客遊大觀園時：

> 轉過山坡，穿花度柳，撫石依泉，過了荼蘼架，再入木香棚，越牡丹亭，度芍藥圃，入薔薇院，出芭蕉塢，盤旋曲折。〔註60〕

由文本中敘述可知大觀園中有一處芍藥圃，且旁邊即牡丹亭，湘雲曾於芍藥圃中醉眠最易讓人聯想《牡丹亭》中杜麗娘的花下之夢。第二次出現在第四十回「史太君兩宴大觀園，金鴛鴦三宣牙牌令。」中酒席上林黛玉的酒令中最後一句為仙杖香挑芍藥花。」描繪了此花仙子所挑的就是花香四溢的芍藥花。第三次即第六十二回「憨湘雲醉眠芍藥裀。」

> 正說著，只見一個小丫頭笑嘻嘻的走來：「姑娘們快瞧雲姑娘去，吃醉了圖涼快，在山子後頭一塊青板石凳上睡著了。」眾人聽說，都笑道：「快別吵嚷。」說著，都走來看時，果見湘雲臥於山石僻處一個凳子上，業經香夢沈酣，四面芍藥花飛了一身，滿頭臉衣襟上皆是紅香散亂，手中的扇子在地下，也半被落花埋了，一群蜂蝶鬧穰穰的圍著他，又用鮫帕包了一包芍藥花瓣枕著。眾人看了，又是愛，又是笑，忙上來推喚挽扶。湘雲口內猶作睡語說酒令，唧唧嘟嘟說：「泉香而酒冽，玉盌盛來琥珀光，直飲到梅梢月上，醉扶歸，卻為宜會親友。」眾人笑推他，說道：「快醒醒兒吃飯去，這潮凳上還睡

〔註60〕曹雪芹、高鶚原著，其庸等校注：《紅樓夢校注》（台北：里仁書局，1986年）第17～18回，頁260。

出病來呢。」湘雲慢啓秋波，見了眾人，低頭看了一看自己，方知是醉了。〔註61〕——湘雲眠芍

以花爲裀，古人即有此雅興〔註62〕，紅給人歡樂之感，滿身滿地的紅芍藥，紅香圃、青石。蜂圍蝶繞，香扇附地，芍藥當枕，構成一個色彩爛漫的世界，此時湘雲夢囈在耳，鼻息尙聞，憨態可人，是情與景的和諧統一。第六十二回回末總批：「看湘雲醉臥青石，滿身花影，宛若百十名姝抱雲笙月鼓而簇擁太眞者。」湘雲的率眞，既是天眞，也是眞摯。因而她那豪邁的情致，不會給人空疏之感，卻有一種眞氣撲人，得魏晉風度之神髓。〔註63〕芍藥是美麗而多情的象徵，湘雲有其憨，有其嬌，有其豪。〈憨湘雲醉眠芍藥裀〉（第六十二回），「憨」是作者對這「枕霞舊友」之評論。嫵媚的醉態和「唧唧嘟嘟」的憨態融爲一體如一首詩，亦如一幅畫。〈林黛玉俏語謔嬌音〉（第二十回），湘雲把「二」說成了「愛」，再經湘雲打趣黛玉的「愛」、「厄」一補，把湘雲「嬌」音凸顯出來，宛在眼邊繚繞。「吃」，突出她的「豪」態。〈脂粉香娃割腥啖膻〉（第四十九回）中她那富於曠達豪爽的氣質及直率狂放的魏晉名士風度，呈顯了她「霽月光風耀玉堂」的豪爽氣度。

曹雪芹讓湘雲睡在花瓣簇擁中，呈現了純粹視覺美的畫面，到了晚上〈壽怡紅群芳開夜宴〉湘雲掣到海棠籤，懸著「香夢沈酣」又有句「只恐夜深花睡去」，恰與白天「醉眠芍藥裀」的畫面相呼應。〈憨湘雲醉眠芍藥裀〉以「香夢沈酣」爲中心意象，首筆寫身上之落花，次筆寫帕之落花，最後則寫夢囈之酒令。由美酒梅梢月上之良辰，醉扶歸之賞心及宜會親友之樂事諸意象疊合而成。疊加式意象由於結構單一多面，多出現於《紅樓夢》場景描寫。作者由氛圍及細節描寫塑造出一個爛漫、脫俗、嬌憨的人物形象，也爲我們描繪了一個充滿詩意的圖景。落花、夢境、蜜蜂的嗡嗡聲，湘雲的酣睡聲，及眾人吃吃的笑聲，這有聲有色的意象交織成詩情畫意的美麗圖景，這正是作者審美理想的寫照。湘雲的樂觀放達和魏晉狂放不拘的名士風流有著天然的

〔註61〕曹雪芹、高鶚原著，其庸等校注：《紅樓夢校注》（台北：里仁書局，1986年）第62回，頁964。

〔註62〕〔唐〕王仁裕纂：《開元天寶遺事・花裀》：「學士許愼選，放曠不拘小節，多與親友宴於花圃中，未嘗見帷幄，設坐具，使童僕輩聚落花於坐下。愼選曰：『吾自有花裀，何銷坐具。』」《筆記小說大觀・二十編》（台北：新興書局，1978年）頁377。

〔註63〕呂啓祥：〈湘雲之美與魏晉風度及其他——兼談文學批評的方法〉《紅樓夢學刊》1986年第二輯，頁139。

聯繫。湘雲不刻意追求自我的眞性情具有人類本眞狀態的天然之美。此詩畫情境由身上的落花、枕帕之落花，又有香泉釀製之美酒，月上梅梢、醉扶歸、及宜會親友諸意象疊合而成，借夢囈表達了湘雲對理想境界的內心追求。她對現實和傳統並不對抗而取順應態度，故能感到與現實的和諧，然而短暫的歡娛也只能在醉夢中獲得，到後來也逃不了水逝雲飛，夫妻各西東的悲劇。湘雲之情將歸何處？寶玉與湘雲自幼即甚親暱。第二十回中寶玉本在寶釵處玩耍，一聽湘雲來了「抬身就走」，急著去見湘雲，也引起了黛玉含酸捻醋嘲諷道：「我說呢，虧在那裡絆住了，不然早就飛了。」湘雲與黛玉追打玩耍，寶玉怕湘雲跌倒就將黛玉攔住，代湘雲求饒。大家玩到二更天不肯休息，隔天一大早至湘雲、黛玉住處，看到湘雲掀開被子，露出臂膀，即爲她蓋好，可見寶玉對湘雲的依戀與體貼。第二十一回寫湘雲爲寶玉梳頭，在古代女子爲男子梳頭是有特殊意義的，也引來襲人的不悅。湘雲醉臥的關鍵意象一是芍藥，一是石凳，這幅春意爛漫、色彩絢麗的圖畫中，透露著湘雲對寶玉的愛慕之情。滿是紅香的芍藥，紅表湘雲，臥處是石，石乃寶玉，石性本涼，縱然湘雲有意，但寶玉未必體會出這份情。芍藥是浪漫、多情的花，又是離別的花；誠如第五回《紅樓夢》十二支曲寫湘雲的曲子〈樂中悲〉云：「終久是雲散高唐，水涸湘江；這是塵寰中消長數應當，何必枉悲傷？」亦如第五回警幻仙子之歌詠：「夢隨雲散，飛花逐水流。」芍藥雖艷麗多情，但終究是離草，作者借湘雲身旁紛飛絢麗的紅芍藥暗示了她和寶玉似有若無麒麟緣情的缺憾，而「落紅不是無情物」，湘雲滿身的芍藥，不正隱喻著湘雲滿懷的深情。

（三）海棠

海棠有春天開花者及秋天開花者。春天開花者爲薔薇科，落葉亞喬木，高三公尺餘，葉長卵形先端尖有鋸齒，其蕾朱赤色，海棠花瓣粉紅嫵媚，如美人面色，故古人常把海棠與美麗女性聯想，〔唐〕賈耽《花譜》稱之爲「花中神仙」。〔明〕王象晉《群芳譜．花譜》稱海棠：「色之美者，唯海棠，視之如淺絳。」更云：「海棠有四種，其一曰西府海棠。」「其花甚豐，其葉甚茂，其枝甚柔，望之綽約如處女。」〔明〕王世懋《花疏》則謂有五種「就中西府最佳，而西府之名紫綿者尤佳。」西府海棠乃海棠諸品種中之最佳者。《廣群芳譜．卷二十五》云：「西府海棠，枝梗略堅，花色稍紅。」又引《學圃餘蔬》云：「海棠品類甚多，曰垂絲、曰西府、曰棠梨、曰木瓜、曰貼梗，就中西府最佳，而西府之名紫綿者尤佳，以其色重而瓣多也。此花特盛於南都，余所見徐氏西園樹皆參天，花時至不見葉。」又引〈兩堤桃柳議〉亦云：「望湖亭前有西府海棠一株，所謂漢宮三千，趙姊第一，良非虛語。」又引〈平泉草木記〉：「凡花木以海爲名者，悉以海外來，如海棠之類是也。」至於秋天開花者爲秋海棠科，多年生草本，性好濕，莖高七公寸，色微紅。《群芳譜》云：「有斷腸花、相思草等異名。」

海棠作爲一種引進的觀賞花卉，李白、杜甫所處的盛唐時期尙未普及，故此意象在盛唐時期是少見的。〔註 64〕至宋，海棠廣泛地爲文人雅士吟誦，沈立於宋慶曆年間爲洪雅（今屬四川）縣令，見當地海棠多且色艷，作〈海棠記〉云：「大足治中，舊有香霏閣，號曰海棠香國。」「海棠花五出，初極紅，如胭脂點點。」且作〈海棠百韻〉以歌誦之：「峨蜀地千里，海棠花獨妍。萬株佳麗國，二月艷陽天，和氣高低洽，芳心次第還，金釵人十二，珠履客三千。」詩中將海棠比作十二金釵，「忽識梁園妓，深疑閬苑仙。」讚美海棠乃閬苑仙葩。「紅蠟隨英滴，明璣著顆穿。」海棠花苞形如珍珠，故吟詠海棠者常以珍珠爲喻。

宋人喜吟誦海棠。宋眞宗作〈後苑雜花十題〉即以海棠爲首，群臣和之，皆讚海棠具幽獨之姿。使海棠幽獨形象名噪花壇者乃蘇軾之一首古風〈寓居定惠院之東，雜花滿山。有海棠一株，土人不知貴也〉：「江城地瘴蕃草木，只有名花苦幽獨。……也知造物有深意，故遣佳人在空谷。……雨中有淚亦淒愴，月下無人更清淑。」至於其詩〈海棠〉云：「東風裊裊泛崇光，香霧空濛月轉廊。只恐夜深花睡去，故燒高燭照紅裝。」以擬人法寫出海棠之美令人陶醉。此時海棠已不僅是審美對象，且已是感情的寄託。陸游〈海棠歌〉：「碧雞海棠天下絕，枝枝似染猩猩血。蜀姬艷裝肯讓人？花前頓覺無顏色。扁舟東下八千里，楊州芍藥應羞死。風雨春殘杜鵑哭，夜夜寒衾夢還蜀。」李紳〈新樓詩二十首・海棠〉云：「海邊佳樹生奇彩，知是仙人取得栽。」唐伯虎〈海棠美人詩〉亦云：「褪盡東風滿面裝，可憐蝶粉與蜂狂。自今意思和誰說，一片春心付海棠。」至於李清照〈如夢令〉有：「昨夜雨疏風驟，濃睡不消殘酒。試問捲簾人，卻道海棠依舊，知否？知否？應是綠肥紅瘦。」之句。詞中將海棠寫得靈活而富有韻致。吳文英〈宴清都・連理海棠〉亦云：「東風睡足交枝，正夢枕瑤釵燕股。」「連鬟並暖，同心共結，向承恩處。凭誰爲

〔註 64〕王輝斌：〈杜甫母系問題辯說〉《杜甫研究學刊》1994 年第 2 期。

歌長恨？暗殿鎖秋燈夜雨。敘舊期，不負春盟，紅朝翠暮。」此詞體物細膩，將海棠描繪得形神兼備，更具神采。

正如襯菊用霜，襯梅用雪，前人描繪海棠亦喜以雨露爲妝點。宋太宗〈海棠〉：「偏宜雨後著顏色。」宋光宗〈觀海棠有感〉亦云：「艷麗偏宜著雨時。」〔宋〕潘從哲〈海棠〉更云：「有時著雨更妖嫺。」均寫雨中或雨後海棠之妖嬈嬌麗。亦有以珍珠喻之者，〔宋〕張材甫〈蝶戀花〉：「前口海棠猶未破，點點胭脂，染就珍珠顆。」至〔元〕劉詵〈賦歐園海棠和羅起初〉亦云：「美人壓酒紅珠落，半笑新晴半含萼。」〔明〕陳子龍〈垂絲海棠賦〉又云：「夢清粉之娟娟，委凝珠之串串。」〔明〕夏允彝〈垂絲海棠賦〉亦云：「開千房而羅薄，圓萬顆而珠蕤。」皆寫海棠之嬌媚。也有寫海棠如雨似淚者，〔宋〕王禹偁〈商山海棠〉云：「煙愁思歸夢，雨泣怨新婚。」之句。陸游〈張園觀海棠〉又云：「黃昏廉纖雨，千點浥紅淚。」方千里〈水龍吟・海棠次周美成韻〉云：「正春眠未定，宮妝尙怯，輕酒胭脂淚。」王沂孫〈水龍吟・海棠〉亦云：「怕明朝，小雨濛濛，便化作，燕支淚。」雨中海棠之哀怨如泣如訴，暗寓人生的悲劇遭遇，對湘雲形象之塑造應有所啓發。寶玉〈海棠詩〉即有：「曉風不散愁千點，宿雨還添淚一痕。」可知作者亦注目於海棠之哀艷美的。

意象烘托紅樓人物，寓示著人物的個性特徵，使人物形象更豐滿，使小說敘述更具美學效果。海棠此一美好意象，承載著豐富的人文內涵，是《紅樓夢》情節發展的重要線索，對烘托氣氛、襯托情感，揭示人物命運結局甚至推動情節都有關鍵性的作用。第十七回「大觀園試才題對額」中西府海棠首次出現。文本中寶玉云：「大約騷人詠士以此花之色紅暈若施脂，輕弱似扶病，大近乎閨閣風度，所以以『女兒』命名。」第十八回中「女兒棠」再次出現。寶玉「怡紅快綠」、「深庭長日靜，兩兩出嬋娟。綠蠟春猶捲，紅裝夜未眠。憑欄垂絳袖，倚石護青煙。對立東風裡，主人應解憐。」兩兩指芭蕉和海棠。詩中雙起雙收，既寫出海棠之情，又寫出芭蕉之神，可知寶玉對海棠內蘊領悟之深。寶玉即住在栽有海棠之怡紅院，寶玉「愛紅」的習性恰可與「女兒棠」相呼應。當賈政一群人遊至怡紅院時，十七回中有如下描述：

> 一徑引人繞著碧桃花，穿過一層竹籬花障編就的月洞門，俄見粉牆環護，綠柳周垂。賈政與眾人進去，一入門，兩邊都是遊廊相接。

> 院中點襯幾塊山石，一邊種著數本芭蕉；那一邊乃是一棵西府海棠，其勢若傘，絲垂翠縷，葩吐丹砂。〔註65〕

「海棠」在紅樓夢中是有豐富象徵意象的，〔註 66〕在海棠詩社興辦時，眾女兒們作詩吟咏白海棠，以海棠引發自身感嘆。海棠花就種在寶玉的怡紅院中，意味著寶玉始終與群芳的關係緊密聯繫。因此花朵的榮枯與眾女兒的命運都曾由寶玉預知。九十四回枯萎的海棠花在非花期的十一月盛開，乃不祥之兆，後來園中寶玉果然失玉。海棠的榮枯與主人的遭遇是相呼應的。至於怡紅院中是蕉、棠兩種的：

> 寶玉道：「此處蕉、棠兩植其意暗蓄『紅』、『綠』二字在內。若只說蕉，則棠無著落；若只說棠，蕉亦無著落。固有蕉無棠不可，有棠無蕉更不可。』賈政道：「依你如何？」寶玉道：「依我，題『紅香綠玉』四字，方兩全其妙。」〔註67〕

若說海棠象徵寶玉與群釵的關係，那海棠與芭蕉紅、綠交錯之意象則象徵著寶玉、寶釵、黛玉的愛情三角關係，最後寶釵建議寶玉順著元妃之意改兩全其妙之「紅香綠玉」為「怡紅快綠」，預示著未來對人物的取捨。第三十七回〈秋海棠偶結海棠社〉中，賈芸送寶玉兩盆"白海棠"也因而成立了海棠詩社〔註 68〕，由吟詠白海棠的詩中可看出與眾女兒個性是相合的，也暗示了她們的命運。探春詩中有云：「玉是精神難比潔，雪為肌骨易銷魂。芳心一點嬌無力，倩影三更月有痕。」探春志向高遠，有才幹，「雪為肌骨」正是她的骨氣。至於「芳心一點嬌無力」正預示了她將遠嫁海外，如風箏斷線般歸期難測。寶釵詩中有云：「珍重芳姿晝掩門，自攜手甕灌苔盆。胭脂洗出秋階影，冰雪招來露砌魂。」詩中揭示了冷美人遵行封建禮教的悲劇，到頭來落得「金簪雪裡埋」的淒清境遇，終不脫其棄婦的命運。寶玉詩中有「出浴太眞冰作

〔註65〕曹雪芹、高鶚原著，其庸等校注：《紅樓夢校注》（台北：里仁書局，1986 年）第 17～18 回，頁 263。

〔註66〕李漁著，馬漢茂輯：《李漁全集（六）》：「相傳秋海棠初無是花，因女子懷人不至，涕泣灑地，遂生此花，名為斷腸花。噫，同一淚也，灑之林中，即產斑竹，灑於地上，即生海棠，淚之為物，神矣哉！」（台北：成文出版社有限公司印行，1970 年）頁 4。

〔註67〕曹雪芹、高鶚原著，其庸等校注：《紅樓夢校注》（台北：里仁書局，1986 年）第 17～18 回，頁 264。

〔註68〕曹雪芹、高鶚原著，其庸等校注：《紅樓夢校注》（台北：里仁書局，1986 年）第 37 回，頁 562。

影，捧心西子玉爲魂。曉風不散愁千點，宿雨還添淚一痕。」之句，頷聯兼論了寶釵與黛玉，暗示了作者的「兼美」理念。至於頸聯則有一股幽怨情思，寫出他一生之心事，終不忘黛玉，以致最終看破紅塵。至於黛玉詩句：「偷來梨蕊三分白，借得梅花一縷魂。月窟仙人縫縞袂，秋閨怨女拭啼痕。」這「借得梅花一縷魂」與「花落人亡兩不知」、「冷月葬花魂」都是詩讖，預示了黛玉淚盡而終之悲劇。「月窟仙人縫縞袂」與其「絳珠仙草」的身份相符，也暗示了她壽命不長，「嬌羞默默同誰訴，倦倚西風夜已昏」正寫出了她一生的處境。第七十七回〈俏丫鬟抱屈夭風流〉中，寶玉將海棠與晴雯聯繫在一起，云：「不但草木，凡天下之物，皆是有情有理的，也和人一樣，得了知己，便極有靈驗的。」〔註 69〕寶玉的意識中，人與花木是相應的，因此死了半邊的海棠將與晴雯的命運有關。至第九十四回，這死了半邊的海棠又違時開放，海棠花成了妖異之物，接著通靈寶玉失蹤，寶玉性情迷失，在金玉良緣成婚後，黛玉魂歸離恨天，寶黛的愛情也徹底以悲劇結束，大觀園中一個個女孩的悲慘結局使寶玉對情的體悟也不斷深入，尤其黛玉的死，使他對「情」達到了徹悟的境界，這些情節中「海棠違時」無疑的起了推動的作用，怡紅院之海棠爲美的象徵，海棠之死而復活則暗寓著賈府之即將敗落。至於史湘雲後來追加之詩作二首，其中〈詠白海棠其一〉云：「自是霜娥偏愛冷，非關倩女欲離魂。」耐冷是霜娥的特性，此詩預言湘雲將與其夫衛若蘭遠離，形同孀居，過著清冷孤寂的生活，及〈詠白海棠詩其二〉「也宜牆角也宜盆」呈顯的是她雖居處不定，卻能隨遇而安，「玉燭滴乾風裡淚，晶帘隔破月中痕」之詩句，脂評云：「不脫自己將來形景。」正暗示著湘雲與丈夫之分離。作者善於以花喻人，花品即人品，第六十三回她抽得花名簽酒令就是海棠，正喻其如海棠之嬌艷，寫著「香夢沈酣」四字，詩云：「只恐夜深花睡去。」此句出自蘇軾〈海棠〉詩：「東風裊裊泛崇光，香霧空濛月轉廊，只恐夜深花睡去，故燒高燭照紅妝。」這支簽恰可與「憨湘雲醉眠芍藥裀」相對照。海棠紅、芍藥紅及枕霞境界都是紅香欲醉，與湘雲性格相符也。表現了湘雲珍惜海棠盛開的有限時光，也預示了她婚後美好生活的短暫，隨後即鳳飄鸞泊，雲散高唐，水涸湘江了！海棠此一意象具有豐富的文化蘊涵，有對美好生命的留戀，對時光流逝之感傷，或對愛情的陶醉，乃至借物抒發身世之感傷……，

〔註 69〕曹雪芹、高鶚原著，其庸等校注：《紅樓夢校注》（台北：里仁書局，1986 年）第 77 回，頁 1217。

其意涵是豐富的。湘雲是熱烈的海棠，紅紅火火，與她的性格相襯。海棠與湘雲形象疊印互相輝映相得益彰。

（四）寒塘鶴影

鶴此意象自古即被文人雅士所樂於引用。《易・中孚》:「九二，鶴鳴在陰，其子和之：我有好爵，吾與爾靡之。」《繫辭傳・上》云：「君子居其室，出其言善，則千里之外應之，況其邇者乎？」此以鶴鳴比善言。《詩經・小雅・鶴鳴》云：「鶴鳴於九皋，聲聞於野。」以鶴比君子，取招致人才之意。鶴與人誠摯守信，品行高潔之意相聯，故人稱有此品德的人爲鶴鳴之士。鶴被視爲仙鶴，有高人隱士之風。《毛詩義疏・卷十八》云：「吳人園中及士大夫家皆養之。」《左傳・閔公二年》亦云：「狄人伐衛，衛懿公好鶴，鶴有乘軒者。將戰，國人受甲者皆曰:「使鶴，鶴實有祿位，余焉能戰。」國君愛鶴而亡國，成千古笑柄，但也可知當時朝野愛鶴的風尚。《世說新語・言語》云：「支公好鶴：有人遺其雙鶴……林曰：『既有凌霄之姿，何肯爲人作耳目近玩？』養令翮成，置使飛去。」鶴以瘦瘠的身軀襯托了凌雲之姿的遒勁。宋朝林逋梅妻鶴子，使鶴成爲高潔、脫俗的隱逸生活特徵，鶴之形秀逸，鶴之食淡泊，鶴之色雪白，鶴之飛翩翻雲漢，鶴之棲息，徜徉林澤，鶴之性幽閒柔靜，似不受禮俗拘束自在瀟灑之人，故爲文人雅士所稱頌。鶴有高潔之意旨，孟郊〈送李尊師玄〉云：「松骨輕自飛，鶴心高不群。」劉長卿《送方外上人》亦云：「孤雲將野鶴，豈向人間住。」方干〈送鏡空上人遊江南〉又云：「去住如雲鶴，飄然不可留。」貫休〈寒月送玄士入天台〉更云：「之子逍遙塵世薄，格淡於雲語如鶴。」以鶴比人志之高潔淡泊。司空圖《二十四詩品・沖淡》云：「素處以默，妙機其微，飲之太和，獨鶴與飛。」真德秀〈舞鶴亭歌〉有「仙翁好鶴非徒爾，鶴德從來比君子」之嘆。魏了翁〈再和招鶴・其四〉亦云：「蓬萊雲近綺疏明，鶴砌分茶午夢晴。」此時鶴寄託了魏了翁超然物外之志，逍遙於天地之間，無絲毫塵俗之氣。文人喜以鶴自喻詩品、人品之高潔，詠鶴以抒懷。鶴亦有送別之意旨。駱賓王〈餞鄭安陽入蜀〉云：「魂將離鶴遠，思逐斷猿哀。」孟郊〈送豆盧策歸別墅〉亦云：「君今瀟湘去，意與雲鶴齊。」戎昱〈送李參軍〉又云：「一東一西如別鶴，一南一北似浮雲。」趙嘏〈別李譜〉更云：「今日別君如別鶴，聲容長在楚弦中。」此皆借鶴喻別之佳句。鶴不辭勞苦的飛南逐北，面對種種險阻而義無反顧，有執著堅毅之特質，也呈顯了塵世間別離的無奈。鄭巢〈送韋弇〉:「陂鶴巢城木，邊鴻宿岸蘆。」借陂鶴、邊鴻寫行人之艱苦。賈至：〈江南送李卿〉：「雙鶴南飛度楚山，楚南相見憶秦關，願値回風吹羽翼，早隨陽雁及春還。」表達別後思念之苦及殷切盼望早日相見。及至蘇軾，詩文中亦有鶴意象出現。〈後赤壁賦〉：「有孤鶴橫江東來，翅如車輪，玄裳縞衣，戛然長鳴，掠予舟而西也。」孤鶴長鳴橫江而去，義無反顧，如高潔之士之無所貪戀。孤鶴衝出赤壁山水，亦如作者之期望衝出世俗凡塵得以獨立而昇華。其〈鶴鳴〉亦云：「……驅之上堂立斯須，投以餅餌視若無。戛然長鳴乃下趨，難進易退我不如。」鶴對「餅餌」視若無之節操，以「戛然長鳴」呈顯「難進易退」的人生哲學。紀昀云：「純是自託，末以一語點睛，筆墨特爲奇恣。」至於「寒塘渡鶴」應源出杜甫〈和裴迪登新津寺寄王侍郎〉：「蟬聲集古寺，鳥影渡寒塘。」及蘇軾〈後赤壁賦〉：「適有孤鶴橫江東來。」一段。作者曾描寫湘雲長得「鶴勢螂形」，此鶴影恰似湘雲將來孤居形景。也喻其高潔超脫的品格。此外沈約〈夕行聞夜鶴〉有「聞夜鶴，夜鶴叫南池。對此孤明月，臨風振羽儀……」之句。夜鶴孤身鳴叫於南池，進退失據，去留難定，與「寒塘渡鶴影」之間存在著或明或暗之傳承痕跡。至於崔涂〈孤雁〉：「幾行歸寒盡，念爾獨何之？暮雨相呼失，寒塘欲下遲。渚雲低暗度，關月冷相隨。未必逢矰繳，孤飛自可疑。」孤雁失侶，於暮雨蒼茫中欲投宿寒塘，然孤影自怯，幾度徘徊，相隨的只有渚雲關月。詩中「寒塘」、「雲度」、「關月冷」和「寒塘渡鶴影，冷月葬花魂」實有其密切的聯繫。「鶴」字曾出現於賈政帶一群清客遊大觀園，至怡紅院時。

> 賈政因問：「想幾個什麼新鮮字來題此？」一客道：「『蕉鶴』二字最妙。」又一個道：「『崇光泛彩』方妙。」賈政與眾人都道：「好個『崇光泛彩』」〔註70〕

此處之「鶴」關連著湘雲。第四十九回「琉璃世界白雪紅梅，脂粉香娃割腥啖膻。」寫湘雲形貌「蜂腰猿背，鶴勢螂形」，作者界定湘雲的「鶴勢」是種自然灑脫、清高閒野，類似魏晉名士風流之氣勢。第五十回〈蘆雪庵爭聯即景詩〉湘雲笑得彎了腰，忙念了一句，眾人問「到底說了什麼？」湘雲即喊出：「石樓閒睡鶴」之句。此句與其「醉眠芍藥裀」的行爲相應，更呈顯其閒野之鶴姿。至第七十六回〈凹晶舘聯詩悲寂寞〉，湘雲方欲聯時，黛玉見池中一黑影，湘雲彎腰拾了一塊小石子向池中打去，只聽那黑影嘎然一聲飛起一

〔註70〕曹雪芹、高鶚原著，其庸等校注：《紅樓夢校注》（台北：里仁書局，1986年）第17~18回，頁264。

隻白鶴，直往藕香榭去了。湘雲笑道：

> 這個鶴有趣，倒助了我了，因聯道：「窗燈焰已昏，寒塘渡鶴影。」〔註 71〕

在曹雪芹的這些描寫中，我們可以看到性格化入意境，意境又化入性格。〔註 72〕這藝術意境和藝術典型互相交融正是美學的特色。這是一個詩化的意境。「寒塘」、「鶴影」、「冷月」、「花魂」等意象將悲涼的氛圍推到極致，象徵永恆的月亮與有限的生命恰成對照。湘雲的投石蕩月，驚飛白鶴，使敘事詩意化了，而由此激射出「寒塘渡鶴影」的詩句，更使小說呈現出深邃的詩意和氛圍。寒塘冷月、月下鶴影、及湘黛聯詩一系列意象的疊加，表達了對冷漠現實和不幸命運的預感，也呈顯了既厭惡世俗又依附豪門的貴族少女內心的憂懼，表現瀰漫於賈府和大觀園「悲涼之霧，遍被華林」的衰颯之氣。月亮由圓到缺的自然現象，正好象徵了甄家、賈府乃至社會、國家盛極而衰的命運！凸凹以符號模擬由盛而衰的客觀世界，凸者滿也，盈也，凹者虧也，缺也。〈凹晶館聯詩〉主要是針對賈府之盛衰而寫，而末二句「寒塘渡鶴影」隱喻著湘雲的鳳飄鸞泊寡居獨宿，至於黛玉的「冷月葬花魂」則影射其淚盡夭亡。她和黛玉二人或無家可歸，或有家難歸，心中是悲涼的，在中秋月下，聯出二十二韻悲涼哀婉的詩，傾訴心中的悲愁。湘雲外表雖達觀瀟脫，其內心卻是酸楚悲愁的。

「鶴」此意象承載著高潔超脫、離別、隱逸、長壽的文化意旨。海棠、芍藥的火紅恰若湘雲熱誠直率的性格，而野鶴閒雲則是她追求本眞、高潔脫俗的品味。在花柳繁華、溫柔富貴的大觀園中，她女扮男裝，燒吃鹿肉，醉酒眠石，爭著聯詩，大說大笑，處處呈顯了她率眞、童稚之趣。作者在第四十九回〈琉璃世界白雪紅梅〉、第六十二回〈憨湘雲醉眠芍藥裀〉及第七十六回〈凹晶館聯詩悲寂寞〉三回中，以流光溢彩的情景襯托出湘雲如蘭氣質的詩畫美。〈紅樓夢曲・樂中悲〉云：「幸生來，英豪闊大寬宏量，從未將兒女私情略縈心上。好一似，霽月光風耀玉堂。」霽月之磊落恰以湘雲豪爽的個性特質。然而在無情的封建社會摧殘下，最後只能像一隻孤獨的白鶴，在黑沈沈的夜空下掠過寒塘，空留下一抹影子罷了！

〔註 71〕曹雪芹、高鶚原著，其庸等校注：《紅樓夢校注》（台北：里仁書局，1986 年）第 76 回，頁 1199。

〔註 72〕葉朗：《中國小說美學》（台北：里仁書局，1987 年）頁 290。

小結

為官的，家業凋零。湘雲雖曾有顯赫的家世，而家道中落，只能有時寄居賈府，幸虧她憨厚的個性及豪邁率直的處世態度，使她能隨遇而安，然而最後在感情方面她卻成了一個無辜的寡婦，為讀者留下無限的愛慕與惋惜。〈紅樓夢曲‧樂中悲〉云：

> 襁褓中，父母嘆雙亡。縱居那綺羅叢，誰知嬌養？幸生來，英豪闊大寬宏量，從未將兒女私情略縈心上，好一似，霽月光風耀玉堂。廝配得才貌仙郎，博得個地久天長，準折得幼年時坎坷形狀。終久是雲散高唐，水涸湘江，這是塵寰中消長數應當，何必枉悲傷！〔註 73〕

邱瑞平云：「想到史湘雲就如同見其笑靨、星眸、詩狂和醉態，彷彿雲斂天寬之際，唯霽月一輪，無須舉杯，已自沈醉。」〔註 74〕〈樂中悲〉不僅預示湘雲的前途命運，也呈顯了她直率的性格特質。「塵寰中消長數應當，何必枉悲傷」，不只是湘雲的宿命，也是曹雪芹的宿命。湘雲從小父母雙亡，由叔父撫養，身世與黛玉類似，但她心直口快，開朗豪爽，有魏晉名士之風。後來配了個才貌雙全的好郎君衛若蘭，本以為夫妻倆可天長地久，自頭偕老，然而還是好景不長，最後夫妻離散，如乾涸的湘江。湘雲的婚姻乃一間色法，是寶釵婚姻的陪襯，一個是以金鎖結緣，但落了個丈夫出家，自己守寡，一個則因金麒麟結緣，雖配了個才貌仙郎，然而卻是雲散高唐，水涸湘江，如那牛郎織女，分隔兩地，最後也是空閨獨守。高鶚續書中的湘雲，與前八十回相比，缺少了靈性，如第八十二回黛玉咳血，湘雲和探春去探望，見黛玉痰中帶的血，卻唬得嚷了出來，讓黛玉「灰了一半」，自己也「紅了臉」。史湘雲是曹雪芹濃墨重彩，著力塑造的人物，而在後四十回中，湘雲的命運卻被處理十分草率，然而湘雲在困頓的環境中卻仍有豁達的胸襟，其處世智慧不失為紅樓諸釵之翹楚。

她乾淨清秀，喜扮男裝，客居於大觀園，湘雲醉臥芍藥，芍藥是浪漫、多情之花，又是離別之花，滿是紅香的芍藥代表湘雲對寶玉的愛慕之情。臥處是石，石乃寶玉，石性本涼，縱然湘雲有意，但寶玉未必體會這份情。作者借湘雲身旁絢麗的紅芍藥暗示了她和寶玉似有若無麒麟緣情的缺憾。〈詠白

〔註 73〕曹雪芹、高鶚原著，其庸等校注：《紅樓夢校注》（台北，里仁書局，1983 年）第 5 回，頁 91。

〔註 74〕邱瑞平：《紅樓夢擷英》（上海，華東師範大學出版社，1997 年），頁 95。

海棠詩其一〉「自是霜娥偏愛冷，非關倩女欲離魂。」耐冷是霜娥的特性，此詩預言湘雲將與其夫衛若蘭遠離，形同孀居，過著清冷孤寂的生活，〈詠白海棠詩其二〉「也宜牆角也宜盆」呈顯的是她雖居處不定，卻能隨遇而安，其餘三聯則爲其不幸婚姻的寫照。她的花名簽也正是海棠，「只恐夜深花睡去」及〈柳絮詞・如夢令〉:「且住！且住！莫使春光別去！」表現了湘雲愛情如海棠盛開的有限時光，也預示著湘雲婚後美好生活之短暫，隨後即鳳飄鸞泊各西東了。

凸碧堂的「音」幽咽流轉，凹晶舘的「水月」，寒塘的「鶴影」乃至夜間的「花魂」這些意象組合呈現了虛無飄渺、空茫迷惘的情境，而「寒塘渡鶴影」正是湘雲的寫照。她自幼伶仃孤女，至長孀居以終，飄泊於滾滾紅塵中，不正是偶爾過渡的白鶴！金麒麟是湘雲的護身符，寶玉也有個金麒麟，作者精心設計了段麒麟緣，然而金玉良緣已定，麒麟緣有著湘雲對寶玉的眷戀與無奈。湘雲菊花詩中〈對菊〉與〈供菊〉呈顯了她豪放不拘、蔑視權貴的傲世之格。頗具魏晉名士風度。至於〈菊影〉則暗示她未來淒涼的命運。湘雲之命淒清，然於淒清中能安然自適，可見其處世之智慧。

湘雲是曹雪芹鍾愛的一個人物，她豪放豁達，有名士的風流，才思敏捷，壓倒群芳。在她身上寄託作者很多思想感情。湘雲無世俗的虛僞，處世樂觀，但冷酷的家庭和腐舊的社會並沒給她合理的照應，給讀者留下的只是無盡的愛慕與惋惜。作者描繪了湘雲天眞爛漫，嬌憨可愛，樂觀豁達的形象，給讀者以美的感受，表達了寄託在湘雲身上的美好人性內容，但終究是雲散高唐，水涸湘江，湘雲呈顯了美好人格被毀滅和個性被壓制的悲劇。文本透過史湘雲的敘述反映了史家的敗落，也深刻揭露了封建社會對人和美的毀滅，使文本的悲劇意義也更加深沈。通過湘雲的形象塑造也更深化了悲劇的主題。

第二節　妙玉

一、妙玉意象相關資料

妙玉，蘇州人，出身讀書仕宦之家，原姓氏不詳。文本中出現多次，第五回有判詞一首及〈紅樓夢曲・世難容〉。名字始見於第十七回。第四十一回櫳翠庵品茶，第五十回寶玉櫳翠庵乞梅，妙玉允予一枝。第六十三回遙叩芳辰，第七十六回妙玉續完湘、黛凹晶舘聯詩，第八十七回走火入魔。第九十五回扶乩尋玉，第一百十二回妙玉被劫。妙玉乃紅樓十二正釵中唯一與賈府無親戚血緣關係且帶髮修行的女子，然而其命運與大觀園興衰與共，有其象徵意義。她進住賈府乃是為迎接元春省親而來。林之孝家的向王夫人介紹妙玉的背景云：

> 採訪聘買得十個小尼姑、小道姑都有了，連新作的二十分道袍也有了。外有一個帶髮修行的，本是蘇州人氏，祖上也是讀書仕宦之家。因生了這位姑娘自小多病，買了許多替身兒皆不中用，到底這位姑娘親自入了空門，方才好了，所以帶髮修行，今年才十八歲，法名妙玉。如今父母俱已亡故，身邊只有兩個老嬤嬤，一個小丫頭伏侍。〔註75〕

王夫人聽聞林之孝的回報後，即盛情下帖相請，妙玉因而住進了櫳翠庵。她在父母雙亡後，身邊還有兩個老嬤嬤及一個小丫頭服侍，若非權貴之家之子女，斷無如此禮遇。邢岫煙亦言：

> 我和他做過十年的鄰居，只一牆之隔。他在蟠香寺修煉，我家原寒素，賃的是他廟裡的房子，住了十年，無事到他廟裡去作伴。我所認的字都是承他所授。我和他又是貧賤之交，又有半師之分。因我們投親去了，聞得他因不合時宜，權勢不容，竟投到這裡來。如今又天緣湊合，我們得遇，舊情竟未易。承他青目，更勝當日。」寶玉聽了，恍如聽了焦雷一般，喜的笑道「怪道姐姐舉止言談，超然如野鶴閒雲，原來有本而來。」〔註76〕

妙玉帶髮修行尚不合時宜，難見容於權貴。其判詞云：

> 畫：一塊美玉，落在泥垢中
>
> 詞：欲潔何曾潔，云空未必空。
>
> 　　可憐金玉質，終陷淖泥中。〔註77〕

美玉即妙玉，泥垢與淖泥喻不潔之地，即骯髒的社會環境。金玉質則指出身高貴。她通文墨，模樣又好，是大觀園中出色的人物。然而一個才貌齊備的

〔註75〕曹雪芹、高鶚原著，其庸等校注：《紅樓夢校注》（台北：里仁書局，1986年）第17～18回，頁267。

〔註76〕曹雪芹、高鶚原著，其庸等校注：《紅樓夢校注》（台北：里仁書局，1986年）第63回，頁987。

〔註77〕曹雪芹、高鶚原著，其庸等校注：《紅樓夢校注》（台北：里仁書局，1986年）第5回，頁87。

女子，卻得冷清清的在廟裡過著枯寂的生活。此判詞和冊中的畫預示著妙玉後來的遭遇，欲潔何曾潔，終陷於“風塵”的“泥淖”之中。妙玉蘇州修行的「蟠香寺」及到了大觀園的「櫳翠庵」，於含香著色之地修行，體現了妙玉「云空未必空。」的境界。

（一）妙玉形貌

《紅樓夢》中群釵之音容笑貌大多出於他人之眼，如三春之姿容及鳳姐的神采是透過黛玉的觀察，寶釵銀盆般俊俏的容顏也是藉寶玉之眼呈現。至於妙玉平日深居簡出，性情又孤僻，旁人極少有機會一睹其風采，因此文本中對妙玉形貌著墨不多。在林之孝家的向王夫人介紹妙玉時曾言及：

> 文墨也極通，經文也不用學了，模樣兒又極好，因聽見「長安」都中有觀音遺跡並貝葉遺文，去歲隨了師父上來，現在西門外牟尼院住著。〔註78〕

文本末了〈候芳魂五兒承錯愛，還孽債迎女返眞元〉的回目中又藉邢岫煙之眼給妙玉一個側寫：

> 頭帶妙常髻，身上穿一件月白素綢襖兒，外罩一件水田青緞鑲邊長背心，拴著秋香色的絲縧，腰下繫一條淡墨畫的白綾裙，手執塵尾、念珠，跟著一個侍兒，飄飄拽拽的走來。〔註79〕

這輕靈飄逸的敘述爲此幽尼增添了些許神秘色彩，難怪脂批云：「妙玉世外人也，故筆筆帶寫，妙極妥極。」然以此「飄飄拽拽的走來」之姿探望賈母之病，林語堂在《平心論高鶚》中評其失之妖嬌。妙玉呈顯的形貌應爲仙風道骨，寧靜素雅，是脫俗之美。

（二）妙玉詩才

《紅樓夢》的詩詞曲賦明顯的個性化也是情節及人物描寫的有機組成部份，細加玩味，和文本內容均有密切的關係。其藝術境界是情與景的完美結合，抒情造境，創造典型環境，也勾勒了人物的個性。妙玉之詩以典故和孤寂清冷的氛圍抒發了心中之愁苦。

〔註78〕曹雪芹、高鶚原著，其庸等校注：《紅樓夢校注》（台北：里仁書局，1986年）第17～18回，頁267。

〔註79〕曹雪芹、高鶚原著，其庸等校注：《紅樓夢校注》（台北：里仁書局，1986年）第109回，頁1655。

〈中秋夜大觀園即景聯句三十五韻〉

香篆銷金鼎，脂冰膩玉盆。簫增嫠婦泣，衾倩侍兒溫。空帳懸文鳳，閑屏掩彩鴛。露濃苔更滑，霜重竹難捫。猶步縈紆沼，還登寂歷原。石奇神鬼搏，木怪虎狼蹲。贔屭朝光透，罘罳曉露屯。振林千樹鳥，啼谷一聲猿。歧熟焉忘徑？泉知不問源。鐘鳴櫳翠寺，雞唱稻香村。有興悲何繼？無愁意豈煩？芳情只自遣，雅趣向誰言。徹旦休云倦，烹茶更細論。〔註80〕

大觀園有兩次聯句詩的活動，一次是蘆雪庵爭聯即景詩，群芳一起烤鹿肉，賞新雪，熱鬧非凡。所作聯句詩亦充滿歌舞昇平的歡樂景象。（第四十九回）然而此次榮國府內過了一冷清的中秋節，賈府也呈現了衰敗的現象。（第七十六回）凹晶館聯詩，只有黛玉、湘雲兩人，好不淒涼孤單！詩也充滿了悲涼的況味。妙玉後至，云：「只是方才我聽見這一首中，有幾句雖好，只是過於頹敗淒楚。此亦關人之氣數而有，所以我出來止住。」妙玉此語預兆了湘黛二人之命運，也是一種居高臨下對塵俗世事的智慧審視。乃約二人至櫳翠庵中，續成十三韻，試圖將方才頹敗淒楚的調子翻轉過來，便從「夜盡曉來」意思上著手。妙玉續詩前六句以典故與孤寂清冷的氛圍寫盡了孤女夜獨的寂寥。中間十四句寫詩爲排遣寂寥而深夜外出盼有所遇，然而一直到天亮，卻仍只孤寂一個，最後六句則抒發由未遇而產生的鬱悶情懷。作者借妙玉之口點題，然而賈家的即將敗落，湘雲、黛玉的悲劇卻是無可挽回的氣數，妙玉也難逃「無瑕白玉遭泥陷」的下場，這也深度的呈顯了作者反映和批判封建社會的黑暗現實。

二、妙玉意象

意象有飄逸的空靈美，〔明〕王廷相在〈與郭介夫學士論詩書〉云：「詩貴意象透瑩，不喜事實黏著。」即這意象與文字結合能產生見微知著，言約意豐的空靈美感，正如嚴羽在《滄浪詩話．詩辯》所云：「盛唐諸人惟在興趣，羚羊挂角，無跡可求。故其妙處，透徹玲瓏，不可湊泊，如空中之音，相中之色，水中之月，靜中之象，言有盡而意無窮也。」意象的空靈讓讀者在審美的觀照中領悟到不著跡象的虛空靈動之美。意象的營造隨著幾千年的文化積澱和藝術發展，是人類心靈深處普遍的一種審美意識。以下是妙玉相關意象：

〔註80〕曹雪芹、高鶚原著，其庸等校注：《紅樓夢校注》（台北：里仁書局，1986年）第76回，頁1201。

（一）櫳翠庵

櫳翠庵是出身官宦人家，帶髮修行的妙玉修行之地。妙玉從小多病，她父母在為她買替身出家無效後，讓她入了空門。因元妃省親的因緣際會她來到大觀園，但她平日生活和園中姐妹們是隔離的，只偶而和惜春在一起。櫳翠庵位於偏僻的角落，附近只有達摩庵及一些墻垣，是佛門清靜之地。妙玉貌美而有靈性，為人孤高特異，其特有的藝術天份把櫳翠庵經營得與眾不同。在四十一回中有如下之描述：

> 當下賈母等吃過茶，又帶了劉姥姥到櫳翠庵來。妙玉忙接了進去。至院中見花木繁盛，賈母笑道：「到底是她們修行的人，沒事常常修理，比別處越發好看。」〔註81〕

而最引人讚嘆的是第四十九回所述庵中的白雪紅梅。寶玉有一天到外面走走：

> 寶玉此時歡喜非常。……出了院門，四顧一望，並無二色。遠遠的是青松翠竹，自己卻如裝在玻璃盒內一般。於是走至山坡之下，順著山腳剛轉過去，已聞得一股寒香拂鼻。回頭一看，恰是妙玉門前櫳翠庵中有十數株紅梅如胭脂一般，映著雪色，分外顯得精神，好不有趣。寶玉便立住，細細的賞玩一回方走。〔註82〕

胭脂之色艷，如胭脂之梅花在白雪映襯之下「分外精神」，紅梅的細描和諸釵的詠梅詩將紅梅的描繪推向高峰。《紅樓夢》對雪的描寫甚多，第五回即以「纖腰之楚楚兮，回風舞雪；其素若何，春梅綻雪。」以冰雪之潔白狀女兒聖潔之美。「雪」景的描寫還可推動情節的發展，第八回雪夜，寶玉、黛玉在薛姨媽家飲酒，席間寶玉喜喝冷酒，寶釵勸其溫了再喝，引發黛玉的醋意而對寶玉語帶譏諷。也為寶、黛、釵三人之情感糾葛留下伏筆。室外下雪，黛玉為寶玉披上猩毡斗笠，具見二人款款深情。第十七～十八回大觀園有一景叫「荻蘆夜雪」，還有那沁芳泉作者用「清溪瀉雪」四字加以形容。元春省親時所看「水晶玻璃各色風燈」也「點得如銀花雪浪」。作者為了渲染寶釵的冰雪品行，自外向裡詳加描繪，寫其住處如雪洞一般，吃的是牡丹、白荷、白芙蓉、白梅，用雨水、白露、自霜、白雪製造且埋於似雪梨花樹下的冷香丸，薛寶釵真是個「雪堆出來的」的人物，第二十一回寫湘雲「一彎雪白的膀子擱於被

〔註81〕曹雪芹、高鶚原著，其庸等校注：《紅樓夢校注》（台北：里仁書局，1986年）第41回，頁635。

〔註82〕曹雪芹、高鶚原著，其庸等校注：《紅樓夢校注》（台北：里仁書局，1986年）第49回，頁753。

外」。第二十三回寶玉《冬夜即事》詩有一句：「掃將新雪及時烹」。第二十八回寫寶釵羞籠紅麝串也露出「雪白一段酥臂」。第三十回寫寶玉隨身包裹裝的是「香雪潤津丹」襯托著寶玉的冰雪性情。第三十七回姊妹們詠白海棠詩皆以雪爲喻。寶玉云：「七節攢成雪滿盆」「出洛太眞冰作影」。黛玉爲：「碾冰爲土玉爲盆。」寶釵爲：「冰雪招來露砌魂。」探春則爲「雪爲肌骨易銷魂」，湘雲則爲「秋陰捧爲何方雪」。第三十九回劉姥姥提到某九十多歲老奶奶一位十三、四歲孫子「生得雪團兒一般，聰明伶俐非常。」這孫子形象其實暗示著寶玉。第四十五回寶玉曾提到要弄一套斗笠給黛玉「冬天下雪戴」，也引出了第四十九、五十回中一大片描寫雪景的優美畫面。雪景是自然景色，也爲人物活動提供了背景，爲大觀園增添了動人之色。在第五十回中，賈母自蘆雪庵回房時

> 一看四面粉裝銀砌，忽見寶琴披著鳧靨裘站在山坡上遙等，身後一個丫鬟抱著一瓶紅梅……。眾人都笑道：「就像老太太屋裡掛的仇十洲畫的〈雙艷圖〉。〔註 83〕

賈母也被這幅活脫脫的「雪下折梅」圖所打動，囑咐惜春：「第一要緊把昨日琴兒和丫頭梅花，照模照樣，一筆別錯，快快添上。」作者以賈母的視角寫出這美妙的雪景，令人激賞。琉璃世界白雪紅梅是一種象徵，在白與紅之對比中寄寓著作者對盛與衰、色與空所闡發的哲理蘊含。且紅是這些女兒們穿戴的主色調，那些紅艷的女兒們往來於那片雪白的琉璃世界，呈現出流動、空靈之美。蘆雪庵聯句及暖香塢制謎爲詩社極盛時期，自此之後，即呈現了雲消香散之況了。至第一百二十回寶玉別父時是雪意象最後一次呈現：

> 一日，行到毘陵驛地方，那天乍寒下雪，泊在一個清淨去處。賈政打發眾人上岸投帖辭謝朋友，總說即刻開船，都不敢勞動。船中只留一個小廝伺候，自己在船中寫家書，先要打發人起早到家，寫到寶玉的事，便停筆。抬頭忽見船頭上微微的雪影裡面一個人，光著頭，赤著腳，身上披著一領大紅猩猩毡的斗篷，向賈政倒身下拜。〔註 84〕

此人即是寶玉，他只不言語，似喜似悲，當寶玉與一僧一道飄然登岸而去，

〔註 83〕曹雪芹、高鶚原著，其庸等校注：《紅樓夢校注》（台北：里仁書局，1986 年）第 50 回，頁 772。

〔註 84〕曹雪芹、高鶚原著，其庸等校注：《紅樓夢校注》（台北：里仁書局，1986 年）第 120 回，頁 1788。

賈政欲往前走時，只見一片白茫茫的曠野，並無一人。雪地茫茫一片空，萬事到頭也一場空，曹雪芹以雪意象點出空的主題，成爲《紅樓夢》思想系統中關鍵性的一環。第四十九回〈琉璃世界白雪紅梅〉紅艷的女兒們往來於琉璃世界，就像一枝枝綻放的紅梅，爲大觀園增色。借助花意象，作者創造了詩情畫意的氛圍，塑造了鮮活的人物性格。文本中有「佳木葱蘢，奇花爛漫」的全景描寫，也有稻香村「如噴火蒸霞一般」的幾百枝杏花及櫳翠庵的白雪紅梅，……人與景合，花也因人而顯，有人花一體的藝術氛圍。櫳翠庵內遍植紅梅，代表著妙玉內心對美的追求和對塵世愛情的渴望。紅梅映雪之鮮艷正是妙玉內在熱情的外射。然而再鮮麗的花朵也難逃風雨的摧折，恰如妙玉在風雨飄搖之夜被強盜掠去，生死難測之悲劇性命運。這白雪紅梅恰如在緇衣的單調世界中妙玉一顆無法阻擋的躍動的心。梅花於凜冽寒冬中綻放，象徵著妙玉不畏權勢的堅貞品格。寶玉乞紅梅而歸，眾人看梅花，寫梅花實則寫妙玉：

> 一面說一面大家看梅花。原來這枝梅花只有二尺來高，旁有一橫枝縱橫而出，約有五六尺長，其間小枝分歧。或如蟠螭，或如僵蚓，或孤削如筆，或密聚如林，花吐胭脂，香欺蘭蕙，各各稱賞。〔註 85〕

這花吐胭脂，香欺蘭蕙恰如妙玉孤標傲世的美姿及渴慕紅塵的意念。紅梅花的嬌艷正如妙玉的凡心未泯，她雖孤高傲世，卻無法掙脫佛門禮教的束縛，以致走火入魔。正如瀟湘館的竹是黛玉人品的影射，櫳翠庵傲雪鬥霜的紅梅正如孤傲的妙玉，這白雪紅梅散發出冰清玉潔遺世獨立的氛圍。櫳翠庵的山門無法鎖住紅梅的春色，妙玉於蘇州的修行處所是玄墓山「蟠香寺」，在大觀園則住「櫳翠庵」，兩個處所含香著色，也體現了妙玉的「云空未必空」紅塵檻內之綺情。

（二）玉

在漫長的歷史歲月中，風俗習尚、社會禮制及人們的思想情感在「玉」上不斷積澱，使「玉」具有了豐富的文化內蘊，玉文化作爲中國傳統的一部份，承載著豐厚的精神內蘊。

玉象徵神權與皇權，故天界諸神之首稱「玉皇大帝」，王母居住之地爲「瑤台」、「瑤池」。李白〈清平調詞三首其一〉即云：「若非群玉山頭見，會向瑤

〔註 85〕 曹雪芹、高鶚原著，其庸等校注：《紅樓夢校注》（台北：里仁書局，1986 年）第 50 回，頁 769。

台月下逢。」神仙居住之處稱「玉台」、「玉堂」，仙女稱玉女，李商隱〈細雨〉云：「帷飄白玉堂，簟卷碧牙床。」至於掌管天界中神仙名冊的官員稱「玉郎」，李商隱〈重過聖女祠〉即云：「玉郎會此通仙籍，憶向天階問紫芝。」玉亦爲皇權之象徵。秦始皇統一六國後命丞相李斯以小篆寫「受命於天，既壽永昌。」八字於璧玉上，爲「國璽」，傳至劉邦定爲「傳國璽」，爲皇權的象徵。外交上所用的信物稱「玉節」，皇帝封禪的文字稱「玉牒」，帝王所用的葬服叫「玉柙」。玉不僅爲帝王所專用，也是一種禮器，是公族大臣們身份和地位的標誌。《周禮・春官・大宗伯》云：「以玉作六器，以禮天地四方。以蒼璧禮天，以黃琮禮地，以青圭禮東方，以赤璋禮南方，以白琥禮西方，以玄璜禮北方。」《周禮・大宗伯》亦云：「以玉作六瑞以等邦國。王執鎮圭；公執桓圭；侯執信圭；伯執躬圭；子執穀璧；男執蒲璧。」〔註 86〕根據尺寸的長短將「圭」等級化，也表明了封建等級的不可僭越。《周禮・考工記・玉人》亦云：「天子用全，上公用龍，侯用瓚，伯用將。」〔註 87〕全乃純玉，其餘則是雜色玉。玉在此作爲禮器，亦有階級之分。玉亦可避邪。《山海經・西次三經》曾云：「其中多白玉，是有玉膏……天地鬼神是食是饗；君子服之，以禦不祥。」〔註 88〕玉乃石之精，爲天地之精，可抵抗不祥之物的入侵，庶民亦喜佩玉，除美觀之外，亦能避邪，玉積澱著豐富又多元的文化意涵，在禮俗方面，玉可禮天地四方、日月星辰，可聘女貢享，盟約用玉以招靈引神。

玉亦表美德，《荀子・法行》云：「子貢問於孔子曰：『君子之所以貴玉而賤珉者，何也？爲夫玉之少而珉之多邪！』孔子曰：『惡！賜！是何言也？夫君子豈多而賤之，少而貴之哉！夫玉者，君子比德焉。溫潤而澤，仁也；栗而理，知也；堅剛而不屈，義也；廉而不劌，行也；折而不撓，勇也；瑕適並見，情也；扣之，其聲清揚而遠聞，其止輟然，辭也；故雖有珉之雕雕，不若玉之章章。』《詩》曰：『言念君子，溫其如玉』，此之謂也。」〔註 89〕孔子繼承並發揚了西周以來的思想傳統，將玉道德化、人格化，賦予玉仁、義、

〔註 86〕〔漢〕鄭元注、〔唐〕賈公彥疏：《周禮・春官・伯宗》《十三經注疏》（台北：藝文印書館，1981 年）頁 280、281。

〔註 87〕〔漢〕鄭元注、〔唐〕賈公彥疏：《周禮・冬官下卷第四十一・考工記・玉人》《十三經注疏》（台北：藝文印書館，1981 年）頁 631。

〔註 88〕〔晉〕郭璞傳《山海經第二・西次三經》《叢書集成初編》（北京：中華書局，1984 年）頁 18。

〔註 89〕李滌生：《荀子集解第三十・法行篇》（台灣：學生書局，2000 年）頁 659。

智、勇、潔諸美德。《說文解字卷一上》亦云：「玉，石之美有五德：澤潤以溫，義之方也；鰓理自外，可認知中，義之方也；其聲舒揚，專以遠聞，智之方也；不撓而折，勇之方也；銳廉而不忮，潔之方也。」〔註 90〕玉集仁、義、智、勇、潔五德於一身，成為人間美德的化身，故深受人們喜愛，人們尚玉佩玉，故《禮記・玉藻》云：「天子佩白玉，公侯佩山玄玉，大夫佩水蒼玉，世子佩瑜玉，士佩瓀玟。」「古之君子必佩玉……進則揖之，退則揚之，然後玉鏘鳴也。君子無故，玉不離身，君子於玉比德焉。」〔註 91〕故上自天子，下至庶民，皆喜佩玉。玉器貴重高雅，常被作為彼此相贈的禮物。《詩經・大雅・嵩高》：「錫爾介圭，以作爾寶。往邇王舅，南土是保。」〔註 92〕寫周宣王之舅氏申伯出封於謝，將行，宣王以介圭相贈。《秦風・渭陽》：「我送舅氏，悠悠我思。何以贈之？瓊瑰玉佩。」〔註 93〕秦康公因舅父晉公子重耳遭驪姬之難逃亡，臨行之時，以瓊瑰玉佩相贈。此外《衛風・木瓜》云：「投我以木瓜，報之以瓊璩。」〔註 94〕《鄭風・女曰雞鳴》：「知子之來之，雜佩以贈之。」〔註 95〕皆為男女相戀時彼此互贈的定情信物。

此外，人們亦喜以玉譬喻人之美，〈秦風・小戎〉：「彼其之子，溫其如玉。」〔註 96〕〈魏風・汾沮洳〉：「彼其之子，美如玉。」〔註 97〕〈召南・野有死麕〉亦云：「白茅結束，有女如玉。」〔註 98〕〈衛風・淇奧〉更云：「有匪君子，如金如錫，如圭如璧。」〔註 99〕唐詩中亦有不少以玉喻美之人事物，如杜甫〈飲中八仙歌〉：「宗之瀟灑美少年，舉觴白眼望青天，皎如玉樹臨風前。」詩中以玉樹臨風形容崔宗之俊美之態。杜牧〈寄揚州韓綽判官〉：「二十四橋

〔註 90〕〔東漢〕許慎著，段玉裁注：《說文解字》（台北：藝文印書館，1976 年）頁 10。
〔註 91〕《禮記卷第三十・玉藻》《十三經注釋》（台北：藝文印書館，1981 年）頁 563。
〔註 92〕姚際恆：《詩經通論・卷十五・大雅・嵩高》（台北：廣文書局，1999 年）頁 309。
〔註 93〕姚際恆：《詩經通論・卷七・秦風・渭陽》（台北：廣文書局，1999 年）頁 144。
〔註 94〕姚際恆：《詩經通論・卷四・衛風・木瓜》（台北：廣文書局，1999 年）頁 90。
〔註 95〕姚際恆：《詩經通論・卷五・鄭風・女曰雞鳴》（台北：廣文書局，1999 年）頁 104。
〔註 96〕姚際恆：《詩經通論・卷七・秦風・小戎》（台北：廣文書局，1999 年）頁 139。
〔註 97〕姚際恆：《詩經通論・卷六・魏風・汾沮洳》（台北：廣文書局，1999 年）頁 124。
〔註 98〕姚際恆：《詩經通論・召南・野有死麕》（台北：廣文書局，1999 年）。
〔註 99〕姚際恆：《詩經通論・衛風・淇奧》（台北：廣文書局，1999 年）。

明月夜，玉人何處教吹簫。」以玉人喻才子韓綽。張若虛〈春江花月夜〉:「玉戶簾中捲不去，搗衣砧上拂還來。」以玉戶形容女子的閨房。司空圖〈司空表聖文集・與極浦書〉云:「詩家之景，如藍田日暖，良玉生煙，可望而不可置於眉睫之前也。象外之象，景外之景，豈容易可譚哉？」此則文論中以「藍田玉」比喻某種只可意會不可言傳的藝術境界。玉在人們的審美判斷中佔有很重要的位置，因而常被用以譬喻美好的事物，也積澱出先民的審美寓意及價值取向。

《紅樓夢》中以玉爲名的人物甚多，如寶玉、黛玉、妙玉、紅玉、蔣玉函、甄寶玉。名字以玉爲偏旁的亦多，如賈珍、賈璉、賈環。曹雪芹以玉命名寶玉、黛玉、妙玉是把玉作爲美好及人格的象徵。以妙玉在太虛幻境的圖、詩、曲言之，圖中即畫著一塊美玉，落在污泥之中。其詩云:「欲潔何曾潔，云空未必空。可憐金玉質，終陷淖泥中。」〈紅樓夢曲・世難容〉亦云:「氣質美如蘭，才華馥比仙，天生成孤僻人皆罕」,「卻不知太高人愈妒，過潔世同嫌。」曹雪芹以玉塑造了妙玉高潔自恃，不拘禮俗的形象。玉有神權、皇權、美與高潔之意旨。寶玉、黛玉人品皆高潔，且寶玉之意氣軒昂，黛玉之美如西子，妙玉之清雅飄逸皆合乎審美特質。然黛玉之高潔、堅貞，柔中帶剛之美與妙玉之高潔自恃，目下無人之特質又有所不同。當林之孝回王夫人已採訪聘買得十個小尼姑、小道姑，外加一帶髮修行的妙玉

> 王夫人不等回完，便說:「既這樣，我們何不接了他來。」林之孝家的回道:「請他，他說『侯門公府，必以貴勢壓人，我再不去的。』」王夫人笑道:「他既是官宦小姐，自然驕傲些，就下個帖子請他何妨。」〔註100〕

林之孝家的答應了出去，即命人寫請帖去請妙玉。妙玉投靠賈府，卻自恃高傲，須賈府下帖才去，有著文人孤高的特質。她呈顯了自由放任，我行我素，高潔自恃的名士形象，因此與周遭的人際關係並不和諧。〈蘆雪庵爭聯即景詩〉時李紈云：

> 我才看見櫳翠庵的紅梅有趣，我要折一枝來插瓶。可厭妙玉爲人，我不理他。如今罰你去取一枝來。〔註101〕

〔註100〕曹雪芹、高鶚原著，其庸等校注:《紅樓夢校注》(台北：里仁書局，1986年)第17～18回，頁267。

〔註101〕曹雪芹、高鶚原著，其庸等校注:《紅樓夢校注》(台北：里仁書局，1986年)第50回，頁767。

《紅樓夢》中人物對妙玉評價並不高，賈府給寶玉祝壽，妙玉也飛帖祝壽，回帖時見妙玉署名「檻外人」，令寶玉不知如何回帖，想去請教黛玉，剛過了沁芳亭，即見岫烟迎面而來，寶玉說明緣由，便將拜帖取與岫烟看。

> 岫烟笑道：「他這脾氣竟不能改，竟是生成這等放誕詭僻了。從來沒見拜帖上下別號的！這可是俗語說的『僧不僧，俗不俗，女不女，男不男』，成個什麼道理。」〔註102〕

妙玉與岫烟是亦師亦友的關係，但岫烟對其亦不免有微詞。儘管周遭的人對妙玉有反面評價，然而寶玉與黛玉卻與她意趣相投，寶玉眼中的妙玉是「超然如野鶴閒雲」，「他原是世外之人」，至於妙玉心目中的寶玉則是「些微有知識的。」兩者是惺惺相惜的。至於處處放心不下的黛玉對妙玉倒是能撤下心防。當寶玉訪妙玉乞紅梅，李紈命人好好跟著，黛玉卻忙攔說：「不必，有人反不得了」，黛玉在眾人面前是好逞強使能的，在妙玉面前卻異常謙虛。當凹晶舘黛玉、湘雲聯詩後，與妙玉至櫳翠庵

> 黛玉見他今日十分高興，便笑道：「從來沒見你這樣高興。我也不敢唐突請教，這還可以見教否？若不堪時，便就燒了；若或可改，即請改正改正。」妙玉笑道：「也不敢妄加評贊。只是這才有了二十二韻。我意思想著你二位警句已出，再若續時，恐後力不加。我竟要續貂，又恐有玷。〔註103〕

寶玉、黛玉、妙玉此三玉的見解總是超俗的，所以他們對世俗雖有耿介孤傲的一面，但彼此之間卻能惺惺相惜，妙玉耿介孤傲的特質更是充分的呈顯。「玉」在曹雪芹的心目中是高貴的，妙玉以「玉」爲名更表達了她冰清玉潔的特質。玉作爲生命與情感的審美意象有濃郁的文化蘊涵和詩意的美。玉意象的諸多美好內涵融入主人公的性靈，也呈顯了他們的精神世界。

（三）茶

茶文化源遠流長，關於茶，古籍中早有記載。《神農本草經》云：「茶味苦，飲之使人益思、少臥、輕身、名目。」《神農食經》亦云：「茶茗久服，令人有力，悅志。」陶弘景《雜錄》云：「苦茶輕身換骨。」至於陸羽的〈茶

〔註102〕曹雪芹、高鶚原著，其庸等校注：《紅樓夢校注》（台北：里仁書局，1986年）第63回，頁987。

〔註103〕曹雪芹、高鶚原著，其庸等校注：《紅樓夢校注》（台北：里仁書局，1986年）第76回，頁1200。

經〉則云「茶之爲用，味至寒，爲飲最宜。精行儉德之人若熱渴凝悶，腦疼目澀，四肢煩，百節不舒，聊四五啜，與醍醐甘露抗衡也。」〔註 104〕李時珍《本草綱目》更云：「葉苦甘，微寒無毒，瘻瘡、利小便、去痰熱、止渴、令人少睡有力悅志、下氣消食。」〔註 105〕此書對茶的養生和治病的功效作了全面的說明。《紅樓夢》此文學巨著，對茶之種類、茶具、茶水、茶境、品茶、茶俗、及茶詩均有精采之書寫。以茶之種類來說：首先出場的是第五回寶玉在太虛幻境喝的「千紅一窟」，此茶出自放春山遣香洞乃以仙花靈葉上所帶之宿露烹煮而成，是寶玉在夢中所喝的仙茶，與「萬艷同杯」之酒爲文本渲染上淒迷的氛圍。第八回寶玉請林妹妹吃楓露茶，此茶得沏三四次才出色，是寶玉愛喝的名茶，奈何被其奶媽李奶奶喝了，寶玉聽了，將手中茶杯往地下一擲，打個粉碎，爲了一碗楓露茶，寶二爺發了少爺脾氣，可見其喜愛之程度，也可看出賈府中連飲食也是階級分明的，第二十五回王熙鳳給大觀園小姐少爺們送了暹羅國進貢的茶葉，也是相當珍貴的。第四十一回大夥兒在櫳翠庵品茶，賈母道：「我不吃六安茶」，六安茶產於安徽六安縣霍山，爲清代貢茶。〔明〕屠隆《考槃餘事》云：「六安茶品亦精，入藥最效。但不善炒，不能發香，而味苦，茶之本性實佳。」〔註 106〕賈母不吃六安茶，妙玉乃爲其特備一種名茶，名老君眉。老君眉即岳陽洞庭君山所產的「君山銀針茶」。〔清〕袁枚《隨園食單》云：「洞庭君山出茶，色味與龍井相同，葉微寬而綠過之，采掇最少。」〔註 107〕此茶嫩綠似蓮心，香味清淡，爲文人所喜愛，也是清代的貢茶，賈母喝了這象徵長壽的老君眉自然是高興了，也呈顯了妙玉之精於茶道。第六十三回林之孝向襲人索取普洱茶，晴雯說的女兒茶即爲普洱茶的一種，普洱茶產於雲南，屬完全發酵茶。《清稗類鈔・飲食類・孫月泉飲普洱茶》云：「醉飽後飲之，能助消化。」〔註 108〕普洱茶亦爲清代的貢茶。第七十七回寫寶玉爲瀕死的晴雯倒茶，貧窮人家的茶是何其苦澀，具見當時社會貧富差距之懸殊。第七十八回則描述寶玉以他最喜愛的楓露茶哀悼晴雯。第八

〔註 104〕〔唐〕陸羽：《茶經・卷上・茶之源》《叢書集成初編》（北京：中華書局，1985 年）頁一。

〔註 105〕〔明〕李時珍：《本著綱目》《醫學彙刊》（台北：鼎文書局，1973 年）頁 1070。

〔註 106〕〔明〕屠隆：《考槃餘事・卷三・茶箋》《叢書集成初編》（北京：中華書局，1985 年）頁 56。

〔註 107〕〔清〕袁枚：《隨園食單》《袁枚全集・第五冊》（江蘇：古籍出版社，1993 年）頁 96。

〔註 108〕〔清〕徐珂編撰《清稗類鈔・飲食類》（北京：中華書局，2003 年）頁 6316。

十二回提到的龍井茶。此茶產於杭州西湖龍井村，爲貢品名茶，屬細嫩綠茶。寶玉讀書回來，急著到瀟湘舘見黛玉，只見黛玉微微一笑，因叫紫鵑：「把我龍井茶給二爺沏一碗，二爺如今唸書了，比不的頭裡。」這杯清香的龍井茶盛滿了黛玉對寶玉的濃情蜜意。

封建社會連喝茶都有階級尊卑之分，茶的優劣體現了身份。賈母德高望重，喝的是高貴的「老君眉茶」，寶玉喝的是名貴的「楓露茶」，黛玉多愁善感，喝的是她家鄉附近生產的龍井茶，至於被逐的晴雯，也只能喝苦澀的茶汁了。

> 晴雯道：「阿彌陀佛，你來的好，且把那茶倒半碗我喝，渴了這半日，叫半個人也叫不著。」寶玉聽說，忙拭淚問：「茶在那裡？」晴雯道：「那爐臺上就是。」寶玉看時，雖有個黑沙吊子，卻不像個茶壺。只得桌上去拿了一個碗，也甚大甚粗，不像個茶碗，未到手內，先就聞得油膻之氣。寶玉只得拿了來，先拿些水洗了兩次，復又用水汕過，方提起沙壺斟了半碗。看時，絳紅的，也太不成茶。晴雯扶枕道：「快給我喝一口罷！這就是茶了。那裡比得咱們的茶！」寶玉聽說，先自己嚐了一嚐，並無清香，且無茶味，只一味苦澀，略有茶意而已。〔註109〕

水是沏好茶的重要元素。陸羽《茶經》：「其水，用山水上，江水中、井水下。其山水，揀乳泉，石池漫流者上。」〔明〕許次紓《茶疏》云：「精茗蘊香，借水而發，無水不可與論茶也。」〔註110〕〔明〕張大夏《梅花草堂筆談》更云：「茶性必發於水。八分之茶遇水十分，茶亦十分矣；八分之水，試茶十分，茶只八分耳。」〔註111〕可知水質的好壞影響茶湯的品質甚大。以雨水、雪水煎茶，爲一大雅事，古已有之。〔北宋〕蘇東坡〈論雨井水〉：「時雨降，多置器廣庭中，所得甘滑不可名，以潑茶煮藥，皆美而有益。正爾食之不輟，可以長生。其次井泉，甘冷者皆良藥也。」〔註112〕「清」徐士鋐〈梅水烹茶詩〉亦云：「陰晴不定是黃梅，暑氣薰蒸潤綠苔；瓷甕競裝天雨水，烹茶時候客初

〔註109〕曹雪芹、高鶚原著，其庸等校注：《紅樓夢校注》（台北：里仁書局，1986年）第77回，頁1219。

〔註110〕〔明〕許次紓：《茶疏》《叢書集成初編》（北京：中華書局，1984年）頁5。

〔註111〕〔明〕張大夏：《梅花草堂筆談》《四庫全書存目叢書》（台南：莊嚴文化，1996年）頁子104～305。

〔註112〕〔北宋〕蘇東坡〈論雨井水〉《蘇軾文集》（北京：中華書局，1996年）頁2349。

來。」至於雪水，李時珍《本草綱目》有很高的評價：「臘雪密封陰處，數十年亦不壞；用水浸五穀種，則耐旱不生虫；灑几席間，則蠅自去。」「煎茶煮粥，解熱止喝。」〔註 113〕雪水烹茗亦爲雅事。白居易〈曉起〉：「融雪煎茗茶，調酥煮乳糜。」陸龜蒙〈煮茶〉亦云：「閑來松間坐，看煎松上雪。」〔南宋〕陸游〈雪後煎茶〉更云：「雪夜清甘漲井泉，自攜茶灶自烹煎。」《紅樓夢》第二十三回賈寶玉〈冬夜即事〉即云「卻喜侍兒知試茗，掃將新雪及時烹。」文本中作者對茶水也是很有研究的。當大夥兒到櫳翠庵品茗

> 賈母道：「我不吃六安茶。」妙玉笑說：「知道，這是老君眉。」賈母接了，又問是什麼水。妙玉笑回：「是舊年蠲的雨水。」賈母便吃了半盞，便笑著遞與劉姥姥。……〔註 114〕

文本中不但提及以雨水沏茶，更有以雪水煎茶之書寫：

> 妙玉執壺，只向海內斟了約有一杯，寶玉細細吃了。果覺輕浮無比，賞贊不絕。妙玉正色道：「你這遭吃的茶是託他兩個福，獨你來了，我是不給你吃的。」寶玉笑道：「我深知道的，我也不領你的情，只謝他二人便是了。」妙玉聽了，方說：「這話明白。」黛玉因問：「這也是舊年的雨水？」妙玉冷笑道：「你這麼個人，竟是大俗人，連水也嘗不出來。這是五年前我在玄墓蟠香寺住著，收的梅花上的雪，共得了那一鬼臉青的花甕一甕，總捨不得吃，埋在地下，今年夏天才開了。我只吃過一回，這是第二回了。你怎麼嘗不出來？隔年蠲的雨水那有這樣輕浮，如何吃得！」〔註 115〕

由烹茶用水之講究反映出妙玉對飲茶生活品味之講究。至於茶具，文本中更有精采的描寫：茶具由唐至明清不斷的演變。唐朝陸羽論茶以邢、越爲上〔註 116〕，其色似冰雪，陸羽論茶色重綠，故以白盌盛之。〔宋〕蔡襄《茶錄》則云：「茶色白，宜黑盞。」〔註 117〕至明清則較流行五彩盞、白瓷和青花

〔註 113〕李時珍：《本草綱目》《醫學彙刊》（台北：鼎文書局，1973 年）頁 232。

〔註 114〕曹雪芹、高鶚原著，其庸等校注：《紅樓夢校注》（台北：里仁書局，1986 年）第 41 回，頁 635。

〔註 115〕曹雪芹、高鶚原著，其庸等校注：《紅樓夢校注》（台北：里仁書局，1986 年）第 41 回，頁 636。

〔註 116〕陸羽：《茶經・卷中・盌》：「盌，越州上。……若邢瓷類銀，越瓷類玉，邢不如越。」《叢書集成初編》（北京：中華書局，1985 年）頁 9。

〔註 117〕〔宋〕蔡襄：《茶錄・茶盞》《叢書集成初編》（北京：中華書局，1985 年）頁 4。

瓷爲人們所喜愛。尤其江蘇宜興紫砂茶器最爲世人鍾愛。《清稗類鈔·飲食類·孝欽后飲茶》云:「宮中茗碗,以黃金爲托,白玉爲碗。孝欽后飲茶,喜以金銀花少許入之,甚香。」〔註 118〕皇宮如此,貴族亦然。《紅樓夢》第五十四回即言賈府有專事供茶的茶房。文本中幾乎每個主子的居室裡都擺放有精緻的茶具。賈母的花廳上擺設洋漆茶盤裡就放著舊窯十錦小茶杯;王夫人居坐的正二室裡也是茗碗瓶茶具備;寶釵雪洞一般的蘅蕪苑中一色頑器全無,案上卻也擺著茶奩、茶杯。女婢們爲主人客人送茶用的是精緻的茶盤、茶盅,襲人即以「連環洋漆茶盤」送茶水。元妃給兄妹的燈謎獎品亦有茶具、茶憲,反映了富貴人家的豪華氣派。至於晴雯回家中生病時所用的烹茶具,「寶玉看時,雖有個黑煤烏嘴吊子,也不像個茶壺。」這是窮人家的茶具,具見當時貧富的懸殊。賈府茶具之奢華,在妙玉櫳翠庵中更有精彩的書寫:

> 只見妙玉親自捧了一個海棠花式雕漆填金雲龍獻壽的小茶盤,裡面放一個成窰五彩小蓋鍾,捧與賈母。……妙玉剛要去取杯,只見道婆收了上面的茶盞來。妙玉忙命:「將那成窰的茶杯別收了,擱在外頭去罷。」寶玉會意,知是劉姥姥吃了,他嫌髒不要了。又見妙玉另拿出兩只杯來,一個旁邊有一耳,杯上鐫著「𤓰瓟斝」三個隸字,後有一行小真字是「晉王愷珍玩」,又有「宋元豐五年四月眉山蘇軾見於秘府」,一行小字。妙玉便斟了一斝,遞與寶釵。那一只形似鉢而小,也有三個垂珠篆字,鐫著「點犀𥫗」妙玉斟了一𥫗與黛玉。仍將前番自己常日吃茶的那只綠玉斗來斟與寶玉,寶玉笑道:「常言『世法平等』,他兩個就用那樣古玩奇珍,我就是個俗器了。」妙玉道:「這是俗器?不是我說狂話,只怕你家裡未必找的出這麼一個俗器來呢。」寶玉笑道:「俗說:『隨鄉入鄉』,到了你這裡,自然把那金玉珠寶一概貶爲俗器了。」妙玉聽如此說,十分喜歡,遂又尋出一只九曲十環一百二十節蟠虬整雕竹根的一個大𥖁出來,笑道:「就剩了這一個,你可吃的了這一海?」寶玉喜的忙道:「吃的了。」妙玉笑道:「你雖吃的了,也沒這些茶遭塌。豈不聞「一杯爲品,二杯即是解渴的蠢物,三杯便是飲牛飲騾了。」〔註 119〕

〔註 118〕〔清〕徐珂:《清稗類鈔·飲食類·孝欽后飲茶》(北京:中華書局,2003 年)頁 6314。

〔註 119〕曹雪芹、高鶚原著,其庸等校注:《紅樓夢校注》(台北:里仁書局,1986 年)第 41 回,頁 635。

賈母用的是「成窰的五彩小蓋鍾」，精緻細美，成窰即明代成化年間的景德鎮官窰。〔明〕沈德符《萬曆野獲編》云：「頃來京師，則成窰酒杯，每對博銀百金，予爲吐舌不能下。」張岱《陶庵夢憶・卷三・閔老子茶》亦云：「導至一室，明窗淨几，荊溪壺，成宣窰瓷甌十餘種皆精絕。」〔清〕程哲《蓉槎蠡》亦云：「神宗時尚食，御前成杯一雙又值錢十萬。」具見成窰之精美貴重。跟隨賈母的眾人則用「官窰脫俗塡白蓋碗。塡白爲明代著名白瓷，又稱「塡白」，也是名品，但較之賈母所用的「五彩小蓋鍾」形體較大色彩素淨。品級亦較低。寶釵用的是𤫰瓟斝，此物主人是晉代富豪王愷，和寶釵的皇商家庭身分契合。黛玉用的是「點犀䀉」，此三字以垂珠篆字刻成，點犀二字令人聯想到李商隱「心有靈犀一點通」之名句，也讓人聯想到黛玉的詩心及多愁善感的倩影。然而這兩件茶具乃似是而非的事物。匏器於晉代尚無此製法，且蘇東坡於元豐二年因烏臺詩案入獄生活窘迫，更不可能「見於秘府」曹雪芹書寫此二茶具正如秦可卿臥房擺設，乃藝術之需求，以達到撲朔迷離的效果。至於給寶玉的茶具則爲一只「九曲十環一百二十節蟠虬雕竹根大𥁢」及有潔癖的妙玉自己平日吃茶用的「綠玉斗」此杯呈顯了妙玉對寶玉的用心及其間複雜的情感糾葛。精於茶道的妙玉以盞品配人品，符合人物的身份、性格。寶玉對妙玉是敬重多於愛慕，然而妙玉由綠玉斗至乞紅梅，甚至「檻外人妙玉恭肅遙叩芳辰」，妙玉對寶玉有份隱晦的情愫。妙玉身爲檻外人，卻乏平等心，對社會階級低的劉姥姥嗤之以鼻，連她用過的杯子都安排丟掉，寶玉覺得可惜

> 和妙玉陪笑道：「那茶杯雖然髒了，白撂了豈不可惜？依我說，不如就給那貧婆子罷，他賣了也可以度日。你道可使得。」妙玉聽了，想了一想，點頭說道：「這也罷了。幸而那杯子是我沒吃過的，若我使過，我就砸碎了也不能給他。〔註120〕

王府本夾批云：「更奇，世上我也見過此等人。」櫳翠庵品茗後，大夥兒即將離開

> 寶玉接了又道：「等我們出去了，我叫幾個小么兒來河裡打幾桶水來洗地如何？妙玉笑道：「這更好了，只是你囑咐他們，抬了水只擱在山門外頭墻根下，別進門來。」寶玉道：「這是自然的。」〔註121〕

〔註120〕曹雪芹、高鶚原著，其庸等校注：《紅樓夢校注》（台北：里仁書局，1986年）第41回，頁637。

〔註121〕曹雪芹、高鶚原著，其庸等校注：《紅樓夢校注》（台北：里仁書局，1986年）第41回，頁637。

王府本夾批云：「偏于無可寫處深入一層。」妙玉不尋常的潔癖，使她難以受世人的包融，靖藏本眉批云：「妙玉偏辟處，此所謂過潔世同嫌也。」依附於賈母的妙玉從來不討好賈母，不僅不陪賈母說話，甚至把她丟在外頭，悄悄地把寶玉、寶釵、黛玉拉進耳房吃梯己茶，孤高傲直的個性特質，也將她孤立得與人群越離越遠。曹雪芹通過茶描寫人物心理活動，也刻劃人物的性格，更由茶揭示人物的悲劇命運。

自古以來茶禪一味，茶道以茶修德，強調內省的功夫與禪宗主張靜心自悟是一致的。詩僧皎然〈飲茶歌誚崔石使君〉云：「一飲滌昏寐，情來朗爽滿天地。再飲清我神，忽如飛雨灑輕塵。三飲便得道，何須苦心破煩惱。」皎然以佛教的靜心自悟與飲茶合而為一，使飲茶與山水、自然、宇宙融為一體。茶道講究井然有序的品茗，追求環境與內心的清靜，禪宗的修行也是追求內心的清寂。文人喜以茶入詩，白居易〈琵琶行〉云：「商人重利輕別離，前月浮梁買茶去。」皮日休〈茶焙〉又云：「鑿彼碧岩下，恰應深二尺。泥易帶雲根，燒難碍石脈，初能燥金餅，漸見於瓊液。」其〈茶舍〉亦云：「湖上汲江泉，焙前蒸紫蕨。乃翁研茗後，中婦拍茶歇。」韋應物〈喜園中茶生〉也云：「潔性不可污，為飲滌塵煩。此物信靈味，本自出山原。聊因理郡餘，率爾植荒園。喜隨眾著長，得與幽人言。」詩中以歌頌茶的情性抒發自己的襟懷，以茶明志，借茶喻己。〔南宋〕辛棄疾〈臨江仙・試茶〉亦云：「紅袖扶來聊促膝，龍團共破春溫。高標終是絕塵氛。兩廂留燭影，一水試泉痕。飲罷清風生兩腋，餘香齒頰猶存。離情凄咽更休論。銀鞍和月載，金碾為誰分。」也是以茶喻志，寫出自己無法為國效命的感慨。《紅樓夢》中亦有不少關於茶的詩作，第二回回前詩云：「一局輸贏料不真，香消茶盡尚逡巡。欲知目下興衰兆，須問旁觀冷眼人。」以茶暗示賈府終將運終數盡。第八回回前詩云：「古鼎新烹鳳髓香，那堪翠斝貯瓊漿。莫言綺縠無風韻，試看金娃對玉郎。」詩中表達了貴族家庭的殷富。第十七回寶玉至大觀園的瀟湘舘，亦擬了一副對聯：「寶鼎茶閒烟尚綠，幽窗棋罷指猶涼。」至於第二十三回寶玉作的四首即事詩，即有與茶有關的描述：〈夏夜即事〉云：「倦繡佳人幽夢長，金籠鸚鵡喚茶湯。窗明麝月開宮鏡，室靄檀雲品御香。」〈秋夜即事〉末二句云：「靜夜不眠因酒渴，沈烟重撥索熟茶。」〈冬夜即事〉末二句亦云：「卻喜侍兒知試茗，掃將新雨及時烹。」四首中即有三首與茶有關，可見「茶」在寶玉生活中的地位。第五十回〈蘆雪庵爭聯即景詩〉，寶琴亦有「烹茶水漸沸」之聯句。第七十六回〈凹晶舘聯詩悲寂寞〉中有〈中秋夜大觀園即景聯句三十五韻〉。寂寞秋夜，黛玉、湘雲相對聯句，情調淒清，被妙玉截住，於是三人同至櫳翠庵烹茶，由妙玉續完所剩十三韻，其中有「芳情只自遣，雅趣向誰言。徹旦休云倦，烹茶更細論。」四句，此四句茶詩呈顯了妙玉的孤寂與才情。

妙玉對茶葉及水質的講究，具見其對茶道之精通，而且其對茶具使用的鮮明階級劃分及對飲茶的細致研究，作者從不同側面揭示了她孤僻的性格及出身不凡、高雅的特質。在《紅樓夢》中，香、茶、酒是與女性有密切關係的意象，〔註 122〕借「群芳髓」「千紅一窟」「萬艷同杯」之推展鋪演出一段悲壯的愛情悲劇，象徵女性葬身於禮教世界的共同命運。曹雪芹通過飲茶的活動推展了小說情節，雕塑了人物形象，渲染了環境，呈顯了妙玉的悲劇命運，也豐富了文本的審美情趣。

小結

無情的，分明報應。妙玉的個性過潔，然而太高人愈妒，過潔世同嫌，她云空未必空，存在出世、入世，及等級觀念中。孤潔的個性無法見容於世俗，最後只能「屈從枯骨」，「終陷淖泥中。」〈紅樓夢曲・世難容〉云：

> 氣質美如蘭，才華阜比仙。天生孤癖人皆罕。你道是啖肉食腥膻，視綺羅俗厭；卻不知太高人愈妒，過潔世同嫌。可嘆這，青燈古殿人將老；辜負了，紅粉朱樓春色闌。至頭來，依舊是風塵骯髒違心願。好一似，無瑕白玉遭泥陷，又何須，王孫公子嘆無緣。〔註 123〕

妙玉出身宦門，是才華出眾的才女，詩書琴棋樣樣精通，然而自幼與世隔絕，因而有些不近人情的舉動。她的孤高與潔癖有矯情的味道，何況潔與不潔，實在存在著階級與感情的烙印。曹雪芹雖有某些程度的「色空」觀念，但對於妙玉，作者並不認爲入了空門就能一塵不染，也沒有爲她安排更好的命運。

妙玉此一才貌獨特，氣質美如蘭之女子十七至十八回中言及其進入大觀園時自恃身份要求以禮相待，王夫人乃先下請帖，又遣人備車轎去接，足見禮遇之貴，也揭示了妙玉孤高矜持的性格特徵。第四十一回〈櫳翠庵茶品梅花雪〉集中反映了妙玉的潔癖與孤高。人人想巴結的賈母，妙玉招待她的只

〔註 122〕歐麗娟：〈《紅樓夢》中的〈四時即事詩〉：樂園的開幕頌歌〉《中國古典文學研究》，1999 年 12 月，頁 167～186。

〔註 123〕曹雪芹、高鶚原著，其庸等校注：《紅樓夢校注》（台北，里仁書局，1983 年）第 5 回，頁 91。

是一般的茶具，還把她丟到外頭，自己卻和黛玉、寶釵、寶玉至耳房喝梯己茶，把常日吃茶的那只綠玉斗斟與寶玉，但對劉姥姥用過的成窰茶盅卻覺骯髒。連小廝們要提水清掃也只允許他們得把水放在山門外不得進入，足見其潔癖之甚。此回以寶黛釵三人映襯重在妙玉品行和格調的描述，第五十回蘆雪庵即景聯句，寶玉落了第，李紈罰他到櫳翠庵找妙玉折一枝紅梅來插瓶，群釵想著向妙玉乞梅是不容易的事，寶玉卻一乞就靈，妙玉笑欣欣擎了一枝給寶玉，並煞有回事地說：「也不知費了我多少精神呢。」妙玉以特有的方式表達了她對愛情的嚮往。第六十三回有飛帖祝壽。和寶玉同一天生日的有寶琴與邢岫烟，邢岫烟與妙玉有過十年的鄰居，且有十年師父之誼，妙玉沒向她祝賀，唯獨向寶玉飛帖祝壽，一個是青春妙齡的女尼，一個是風流多情的公子，這是封建習俗所不容的。然而孤寂的庵堂生活卻無法泯滅一青春女子對世俗的依戀及對幸福的追求。第七十六回〈凹晶館聯詩悲寂寞〉此次敘述重在妙玉的詩才。中秋之夜，賈府合家在凸碧堂賞月，因寶釵寶琴回家了，鳳姐李紈又生病，只剩黛玉、湘雲在凹晶館對月聯詩，妙玉竟然夜出庵門，女子於晚間是不能隨便出門的，更遑論出家修行的女尼，聯詩呈顯了妙玉的才情，也顯現了妙玉特立孤行的一面。妙玉之夜出庵門，或許是希望能與寶玉有一會之緣罷！大抵來說，曹雪芹描繪書中角色，較注重人物品格、氣質和才華。前八十回中，他也從不同角度、不同側面皴染妙玉的脫俗及清高的品格及傲人的才華，前八十回中作者對妙玉形象的描繪是對美的贊嘆，及對美被毀滅的慨嘆。妙玉是曹雪芹筆下個性複雜的悲劇性人物，她愛潔成癖，才情高雅，孤傲怪僻，身為檻外人卻眷戀人世的自由與真情，要求個性解放，是封建禮教的反叛者。作為他人屋檐下的寄居者，卻有著孤傲的個性，形成了她高潔的特質中不可避免的「世難容」的命運。曹雪芹將蘊涵深刻文化內涵賦予妙玉，將其雕塑成高潔脫俗富涵意象化的形象，呈顯出的是妙玉的靈性，後四十回續書卻將妙玉寫成被色慾困擾走火入邪魔的大俗人。使妙玉此形象前後割裂，實為一大敗筆。第八十七回蓼風軒與惜春對弈，寶玉悄然而至，笑問：「妙公輕易不出禪關，今日緣何下凡一走？」此一挑逗性問語在她情感深處攪起陣陣漣漪，令她臉上三次飛紅，臨行之時，藉口路徑不熟，要寶玉送她回去。回庵中打坐時一直心情不定，以致走火入魔，惜春也嘆道：「妙玉雖然潔靜，畢竟塵緣未斷。」續書第八十七回〈坐禪寂走火入邪魔〉把妙玉寫得如此輕薄不堪，嚴重的歪曲了妙玉的形象，此回〈感秋深撫琴悲往事〉，

妙玉和寶玉途經瀟湘館，聽到黛玉彈琴，

> 妙玉聽了，呀然失色道：「如何忽作變徵之聲，音韻可裂金石矣，只是太過。」寶玉道：「太過便怎麼？」妙玉道：「恐不能持久。」正議論時，其聽君弦蹦的一聲斷了。妙玉站起來連忙就走。寶玉道：「怎麼樣？」妙玉道：「日後自知，你也不必多說。」竟自走了。弄得寶玉滿肚疑團，沒精打采的歸至怡紅院中。〔註 124〕

此時的妙玉居然像巫師一般能從琴聲中得到預感，連寶玉也感到莫名其妙。第九十五回中更有妙玉扶乩的描述，

> 妙玉笑了一笑，叫道婆焚香，在箱子裡找出沙盤乩架，書了符，命岫烟行禮祝告畢，起來同妙玉扶著乩。……岫烟便問：「請問是何仙？」妙玉道：「請的是拐仙。」〔註 125〕

在續作者筆下，妙玉居然如江湖術士，和前八十回那氣質美如蘭，才華馥比仙的妙玉真是判若兩人了。且第一百十二回〈活冤孽妙姑遭大劫〉寫妙玉由於塵緣未斷，情懷火熾被強盜合夥劫去，落得不堪的下場。《紅樓夢》後四十回對妙玉形象的描寫雖則不無符合曹雪芹原意的地方，然而總體說來是違反了曹雪芹的原意。〔註 126〕以曲文言之：「可歎這青燈古殿人將老，辜負了紅粉朱樓春色闌，到頭來，依舊是風塵骯髒違心願。」第一百九回，來看賈母病時，仍是打扮的妖嬌，不像姑子一派「……淡墨畫的白綾裙，手執塵尾念珠，跟著一個侍兒飄飄拽拽的走來。」〔註 127〕後四十回與前八十回之書寫風格迥異。妙玉是後來「骯髒風塵」的。高鶚寫他被劫被污，也不算甚錯。但作者原意既已寫實了賈氏底凋零，一敗而不可收拾，則妙玉不必被劫，也可以墮落風塵。〔註 128〕曹雪芹是同情妙玉的，依原作妙玉後來是流落「瓜洲渡口……紅顏固不能不屈從枯骨。」然而續作第一百十二回卻寫成了〈活冤孽妙姑遭大劫〉被強盜合夥劫去。妙玉躲避塵世，但生活的引力又使她嚮往愛情與幸福，第一百十二回寫妙玉的慘遭劫難，這無瑕白玉最終還是從佛門淨土陷於塵世污泥中。後四十回妙玉形象之改變根本原因在續書作者的創作主旨和曹

〔註 124〕曹雪芹、高鶚原著，其庸等校注：《紅樓夢校注》（台北，里仁書局，1983 年）第 87 回，頁 1377。

〔註 125〕曹雪芹、高鶚原著，其庸等校注：《紅樓夢校注》（台北，里仁書局，1983 年）第 95 回，頁 1476。

〔註 126〕張錦池：《紅樓十二論》（天津：百花文藝出版社，1982 年），頁 37。

〔註 127〕林語堂：《平心論高鶚》（台北：傳記文學出版社，1969 年），頁 127。

〔註 128〕俞平伯：《俞平伯說紅樓夢》（上海：上海古籍出版社，1998 年），頁 114。

雪芹不同。曹雪芹借妙玉此形象表達了他蔑視流俗追尋秉性曠達的理念。而後四十回續作者注重的卻是福善禍淫的主題，以妙玉悲慘的結局向世人警戒「情」與「淫」之不可犯。〔註 129〕主要是要維護禮教及封建道德。曹雪芹藉妙玉此一形象表達了對青春覺醒的贊賞，及對淒慘遭遇的惋惜。妙玉性格絕怪、高潔、自恃、自由放任、有落拓不拘的名士形象，她是枝怒放於寺院，矯情於檻外，寒香撲鼻的冷艷紅梅。

〔註 129〕王婷婷：〈談後四十回妙玉形象的改變〉《紅樓夢學刊》2005 年第一輯。

第六章　李紈與秦可卿

李紈出身侯門，爲賈政媳婦，寶玉的嫂嫂，她年輕守寡，專心教子，但賈蘭後來雖取得功名，卻只是鏡裡恩情，夢裡功名，也只是虛名兒與後人欽敬。可卿風姿綽約爲賈蓉媳婦，在太虛幻境和寶玉有千絲萬縷的情愫，在賈府是人人稱讚的媳婦。她亦人亦仙亦鬼遊走於多元空間，她的出現呈顯了文本的警幻功能，因受不了公公賈珍的糾纏最後是淫喪天香樓。她短暫的人生警示著富貴顯赫終將是過眼雲煙，終必歸於幻滅。李紈與可卿均爲賈府媳婦，卻有著貞與淫的對比，有警世意涵，故將其安排在同一篇討論。

第一節　李紈

一、李紈意象相關資料

李紈淡泊明志乃賈珠之妻賈政之媳。姓氏爲「李」，有李花白如紈素之意。名「紈」諧音「完」乃完節之意，言其品格如精細潔白之白絹。賈珠早逝，李紈年輕守寡，平日以教導其子賈蘭讀書及陪侍小姑女紅讀書爲主，在賈府甚受長輩的疼愛及平輩的尊敬，別號「稻香老農」。始見於第三回，第四回寫其出身名宦之家，雖青春喪偶然只知侍親教子心如死灰。第五回有判詞「春風桃李結子完」一首及〈紅樓夢曲・晚韶華〉屬李紈。第三十七回結詩社自薦掌壇，第三十九回曾評論平兒、鴛鴦及襲人，也引發自身之傷感。第四十五回爲平兒打抱不平，第五十五回受命和寶釵、探春等代鳳姐共掌家政。第九十八回爲黛玉料理後事，第一百十九回賈蘭中舉。至於其貞定內斂的性格深受家庭背景的影響：

原來這李氏即賈珠之妻。珠雖夭亡，幸存一子，取名賈蘭，今方五歲，已入學攻書。這李氏亦係金陵名宦之女，父名李守中，曾爲國子監祭酒，族中男女無有不誦詩讀書者。至李守中承繼以來，便說：「女子無才便是德」，故生了李氏時，便不十分令其讀書，只不過將些《女四書》、《列女傳》、《賢媛集》等三四種書，使她認得幾個字，記得前朝這幾個賢女便罷了，卻只以紡績井臼爲要，因取名爲李紈，字宮裁。因此這李紈雖青春喪偶，居家處膏粱錦繡之中，竟如槁木死灰一般，一概無見無聞，惟知侍親養子，外則陪侍小姑等針黹誦讀而已。〔註 1〕

李紈字「宮裁」，紈，扇也，李紈少寡，如秋扇之見捐。然有令德，能奉揚仁風，李花白如縞素，故氏李。〔註 2〕「李」諧音「禮」，即守禮的完人。她的出身雖不似賈府的鐘鳴鼎食，卻可算詩書翰墨之家。至於其婢「素雲」表潔白、「碧月」表清高，乃在烘托李紈生活之澄靜、恬淡。〔註 3〕其子名賈蘭，蘭乃香草之一〔註 4〕，喻君子高尚之情操，作者爲諸角色命名，皆有其深意。

《紅樓夢》妙處，又莫如命名之初。他書姓名皆隨筆雜湊，間有一、二有意義者，非失之淺率，即不能周詳，豈若《紅樓》一姓一名皆具精意，惟囫圇讀之，則不覺耳。〔註 5〕

至於到第四十九回文本中曾述及李紈的寡嬸和兩個小妹來京，只能投靠李紈，這說明李紈的娘家已是沒落了。文本中李紈的判詞云：

畫：一盆茂蘭，旁有一位鳳冠霞帔的美人

詞：桃李春風結子完，到頭誰似一盆蘭？

〔註 1〕曹雪芹、高鶚原著，其庸等校注：《紅樓夢校注》（台北：里仁書局，1986 年）第 4 回，頁 65。

〔註 2〕洪秋蕃：《紅樓夢抉隱》一粟編：《紅樓夢卷》（北京：中華書局，1985 年），頁 240。

〔註 3〕李紈者，守禮之完人也。字曰宮裁者，作者自謂秉公裁定者也，亦猶《琵琶記》中張大公之義。其父名守中，曾官祭酒，謂其守正不阿，閨中之祭酒也。婢名素雲；碧月者，以喻宮裁絕美無疵也。此亦如《春秋》大書特書而無貶詞焉。
解盦居士：《石頭記臆說》一粟：《紅樓夢卷・卷三》（北京：中華書局，1985 年）頁 192。

〔註 4〕紛吾既有此內美兮。又重之以修能。扈江離與辟芷兮，紉秋蘭以爲佩。……朝飲木蘭之墜露兮，夕餐秋菊之落英。
〔宋〕洪興祖：《楚辭補注》（台北：漢京文化事業有限公司，1983 年）頁 4。

〔註 5〕洪秋蕃：《紅樓夢抉隱》，一粟編：《紅樓夢卷》（北京：中華書局，1985 年）頁 238。

如冰水好空相妒，枉與他人作笑談。〔註6〕

茂蘭指賈蘭，喻其日後有出息，鳳冠霞帔的美人，指賈蘭高登爵祿，其母李紈亦因此而顯貴。桃李句含李字，結子完「完」字諧「紈」字，此句言桃李在春風中開花結子，暗指李紈早寡但生了個好兒子。如冰水好指李紈恪守貞操，教子有方，如冰水般純潔。賈家沒落後賈蘭以讀書求取功名，李紈也因此受誥封，「戴珠冠」、「披鳳襖」，曾有一番榮耀。然而以作者看來，終趨死亡，也是一場虛幻。

（一）李紈形貌

李紈年輕即守寡，向來安分守節、謹言慎行，因此在服飾方面也得嚴格自我約束，以符合女子三從四德之規範。第三回黛玉初至賈府時，賈母只一句「這是你先珠大哥的媳婦珠大嫂子。」即一筆帶過，然以第五回判詞前的茂蘭美人圖及賈母所言賈家的擇媳標準：「不管根基富貴，只要模樣配得上就好。」可推測出李紈應也是天生麗質。但因年少守寡，在禮教的束縛下自是簡衣素顏。第七回送宮花一節，獨不送李紈。周瑞家的送花給鳳姐時途經李紈後窗，李紈卻在睡覺。當眾釵群集稻香村商議作詩，適値隆冬，眾人皆著華麗大衣，獨李紈一身清淡：

只見眾姊妹都在那邊，都是一色大紅猩猩毡與羽毛緞斗篷，獨李紈穿一件青哆羅呢對襟褂子。〔註7〕

脂評云：「李宮裁斗篷是哆羅呢，昭其質也。」〔註8〕除衣著樸素之外，李紈亦甚少使用脂粉。當尤氏與惜春賭氣後，到李紈那兒訴苦，李紈命丫頭服侍尤氏洗臉時，才發現李紈平日是不施脂粉的：

李紈忙命素雲來取自己妝奩。素雲一面取來，一面將自己的胭粉拿來，笑道：「我們奶奶就少這個。奶奶不嫌髒，這是我的，能著用些。」〔註9〕

由文本之描述可知李紈平日生活的簡約清淡。李紈在文本中所呈現的是婦

〔註6〕曹雪芹、高鶚原著，其庸等校注：《紅樓夢校注》（台北：里仁書局，1986年）第5回，頁88。

〔註7〕曹雪芹、高鶚原著，其庸等校注：《紅樓夢校注》（台北：里仁書局，1986年）第49回，頁752。

〔註8〕陳慶浩編：《石頭記脂硯齋評語輯校‧第49回》（台北：聯經出版社，1986年）頁403。

〔註9〕曹雪芹、高鶚原著，其庸等校注：《紅樓夢校注》（台北：里仁書局，1986年）第75回，頁1171。

德的典範，她的「霜曉寒姿」體現了她的清靜守節、安守婦道的特質。文本中對李紈的評價一般都是正面的，如李紈熱心的帶動詩社的成立，通過評詩，展現了李紈思想性格之素樸內涵。作者敘述李紈分三階段，即進大觀園前、入大觀園後及遷出大觀園後。前二十一回寫榮禧堂旁抱廈裡的李紈著墨點是個守節的寡婦，入大觀園之前她遵從家長之命，專心陪侍小姑女紅針黹紡織之事。入了大觀園之後，大觀園是作者所創作的理想園地，也是紅樓諸釵們的理想家園。入園之後的李紈精神面貌亦煥然一新，她起詩社，自薦掌壇制定規程，第一次的詩題：〈即景詠白海棠〉也是她提出的，評詩更是作者塑造李紈此一詩社社長青春形象又一精彩之筆。她相當充分地體現了長嫂兼社長的風範。寶玉說她：「是不善作，卻善看，又最公道」確是知人之評（第三十七回）。當大觀園起詩社，李紈帶領眾家姐妹至鳳姐處商討相關事宜，並邀鳳姐作監社御史，藉此也可分擔些詩社費用，可是鳳姐卻向李紈說：

> 虧你是大嫂子呢！……這會子他們起詩社，能用幾個錢，你就不管了？……你一個月十兩錢銀子的月錢，比我們多兩倍銀子。老太太、太太還說你寡婦失業的，可憐，不夠用，又有個小子，足的又添了十兩，和老太太、太太平等。又給你園子地，各人取租子。年終分年例，你又是上上分兒。你娘兒們，主子奴才共總沒十個人，吃的穿的仍舊是官中的，一年通共算起來，也有四五百銀子。這會子你就每年拿出一二百兩銀子來陪他們頑頑，能幾年的限？他們各人出了閣，難道你還要賠不成？這會子你怕花錢，調唆他們來鬧我，我樂的去吃一個河涸海乾，我還通不知道呢！〔註 10〕

李紈平日雖安份守禮，此時卻也展現其口舌之伶俐：

> 你們聽聽，我說了一句，他就瘋了，說了兩車的無賴泥腿市俗專會打細算盤分斤撥兩的話出來。這東西虧他托生在詩書大宦名門之家作小姐，出了嫁又是這樣，他還是這麼著；若是生在貧寒小户人家，作個小子，還不知怎麼下作貧嘴惡舌的呢！天下人都被你算計了去！昨兒還打平兒呢，虧你伸的出手來！那黃湯難道灌喪了狗肚子裡去了？氣的我只要給平兒打報不平。……你今日又招我來了，給

〔註 10〕曹雪芹、高鶚原著，其庸等校注：《紅樓夢校注》（台北：里仁書局，1986 年）第 45 回，頁 687。

平兒拾鞋也不要，你們兩個只該換一個過子才是！〔註 11〕

李紈反應如此激烈，連「黃湯難道灌喪了狗肚子裡去」的市井粗話都出籠了，其雷霆之勢突破了她死水無波的婦德形象，呈顯了她的實有的血肉之氣，〔註 12〕顯現了更立體的人物形象。她向鳳姐要詩社經費資助時，李紈是唇槍舌劍，嬉笑怒罵，毫不示弱，展現其性格中之奇光異彩（第四十五回），有雪無梅不精神，有梅無詩俗了人，第四十九～五十回蘆雪庵即景聯詩中，白雪紅梅、脂粉香娃、即景聯詩，雪與梅及紅粉佳人構成詩的意境。至於議事小花廳裡的李紈，則是一個有見地的擅理財者（第五十五回），壽怡紅狂歡之夜（第六十三回）在抽花籤中李紈掣出的花名籤上畫著一枝老梅，寫著「霜曉寒姿」四字，李紈以梅花自況，表堅貞。

（二）李紈詩才

文字遊戲乃屬於娛樂文化的範疇，也是民族性與時代性的鮮活體現，可反映作品當時的社會風俗習尚，及個人生活特質。作者通過文字遊戲的書寫展開情節的轉換，也預示了人物的命運，作者於描繪之中蘊涵著強烈的文化與道德批判，寄託了作者的理想與價值觀。曹雪芹爲紅樓十二正釵代寫各種不同的體裁、風格的詩詞、歌賦，凸顯了人物不同的風姿神韻及獨特的個性氣質，也蘊含了深刻的寓意。李紈在封建制度束縛頗深之下，缺乏創作的激情與靈感，文本中之詩才表現並不多，〔清〕涂瀛〈李紈贊〉:「李紈幽閑貞靜，和雍肅穆，德有餘矣，而不足於才。然正惟無才，故能閑淡以終。雖無奇功，亦無厚禍，淵淵宰相風度也，可與共享太平矣。」李紈唯一一首完整的詩作僅元妃省親時大觀園題詠中之〈文采風流〉（匾額）:

秀水明山抱復回，風流文采勝蓬萊。綠裁歌扇迷芳草，紅襯湘裙舞落梅。珠玉自應傳盛世，神仙何幸下瑤台。名園一自邀遊賞，未許凡人到此來。〔註 13〕

文本中介紹李紈雖云自幼其父:「不十分令其讀書。」但必竟是官宦人家，族中男女無有不誦詩讀書的，因此李紈是懂詩的，甚至被推爲詩社社長。詩中極言園中之熱鬧，綠裁乃用綠綢裁製成的歌扇，紅襯則云繡裙上襯著紅花，

〔註 11〕曹雪芹、高鶚原著，其庸等校注:《紅樓夢校注》（台北：里仁書局，1986 年）第 45 回，頁 688。

〔註 12〕歐麗娟:《紅樓夢人物立體論》（台北：里仁書局，2006 年），頁 454。

〔註 13〕曹雪芹、高鶚原著，其庸等校注:《紅樓夢校注》（台北，里仁書局，1986 年）第 18 回，頁 275。

湘裙亦指湘繡做的裙子。珠玉則指美好的詩文。瑤台乃神仙所住之處。這些綺麗的意象把大觀園點綴得風光如此旖旎，此詩寫歌舞的繁華生活，然而蓬萊仙山本就不存在，也暗示著賈府的繁華也是瞬息的歡樂，到後來也將萬境皆空。

李紈詩作雖不多，評詩卻不失公允。第三十七回〈詠白海棠〉黛玉有「偷來梨蕊三分白，借得梅花一縷香」寫得生動傳神，李紈評其「風流別致」，至於寶釵的「珍重芳姿晝掩門」表達了豪門千金的矜持，李紈評其「含蓄渾厚」，其詩被李紈推舉第一。第三十八回〈林瀟湘魁奪菊花詩〉，十二首菊花詩中黛玉居然名列前三首，李紈云：「題目新，詩也新，立意更新，惱不得要推瀟湘妃子爲魁了。」可知其審美風格的公允態度。且第五十回蘆雪庵即景聯詩時，爲了避免「扭用」，她認爲寧可缺韻也及時喊停之舉，可知她對學問嚴謹的態度。此外在第五十回還作了兩個燈謎，燈謎又稱隱語：

隱語古稱「廋辭」《國語・晉語五》云：「有秦客廋辭於朝，大夫莫之能對也。」廋辭即「隱伏譎詭之言。」《荀子・賦篇》即以隱語提示讀者「物」之形狀、特性、功能，此即所謂「謎面」，最後再揭示謎底一蠶。周密《齊東野語》更說：「古之所謂廋辭，即今之隱語，而俗所謂謎。」《文心雕龍・諧隱》云：「謎也者，迴互其辭，使昏迷也。」所以謎語俗稱「昏子」或「悶兒」。有文字謎與畫謎之分，後世更有圖章謎、實物謎、動作謎和故事謎。漢魏至唐，以文字謎爲主，宋代承漢朝元宵張燈之習，更趣味化，將謎面貼在燈上讓人猜測，此即燈謎。周密《武林舊事・燈品》云：「有以絹燈剪寫詩詞，時寓譏笑，及畫人物，藏頭隱語，舊京諢說，戲弄行人。」明初錢塘人楊景言最善製謎，杭州一帶猜謎風氣甚盛。至清代集前人之大成，不僅出現了動作謎，且謎題形式多樣化，也開始有謎格之著作，俗稱「打燈虎」，台灣則稱爲「文虎」或「燈猜」。《紅樓夢》的作者、背景是謎，人、事、時、地、物、景更是謎，誠如作者於第一回云：「將眞事隱去，用假語村言。」謎語、隱語即是表達主題的一種方式。〔註 14〕《紅樓夢》詩詞謎語總暗示著主要人的命運，第五十回〈蘆雪庵爭聯即景詩，暖香塢雅制春燈謎〉中展示了李家三姐妹參加的一次聯句，有四條謎語，一首詩詞。李紋、李綺在此次聯句中只留下一組完整的對子：李綺之句「葭動灰飛管」，此句應爲管動葭灰飛之倒裝，

〔註 14〕龔顯宗：〈由《文心雕龍》「隱語」論《紅樓夢》燈謎的面與底〉《文心雕龍國際學術研討會論文集》（國立中山大學，2007 年）頁 209。

劉耕路《紅樓夢詩詞解析》提及此爲古代驗證節氣變化之法，即把葭（蘆葦）裡的薄膜燒成灰，裝進律管裡，放在暗室中，到冬至這天某一刻，管內的灰就會自動飛出，說明冬至到了，灰飛，陽氣已經萌動了。至於「陽回斗轉杓」爲李紋之句，古代有「冬至一陽生」之說，即陰氣發展至極點，就有陽氣生出，而且北斗星的杓柄就開始轉換方向。

至於李紈的第一個謎語是「觀音未有世家傳」，答案是「雖善無徵」，李紈最後老年喪子，沒有香烟承繼。李紈第二個謎語是「一池青草草何名」，草何名呢？蒲蘆也，蒲蘆爲鋪路之諧意，李紈一生都在爲兒子鋪路。李紋的謎語是「水向石邊流出冷」答案是石濤，石濤爲和尚畫家，賈寶玉後來出家了，且「石」乃與寶玉相關之意象。李綺謎語是「螢」答案是「花」，取「腐草化螢」之意，《禮記・月令》:「季夏之月……腐草化螢。」然以今日科學之角度觀之，腐草不可能化螢，古人科學知識有限，認爲腐草化螢乃自然造化之功，能化腐朽爲神奇。如把「腐草化螢」、「葭動灰飛管」、「陽回斗轉杓」聯繫在一起，暗示我們賈蘭因李紋、李綺兩位姨媽的相助，如腐草化螢，起死回生，陽氣回轉，穩步仕途，成就了自己功名。賈蘭是成功了，但旋即短命死去，讓李紈只留下虛名兒爲後人敬仰。〔註 15〕

二、李紈意象

意象帶給人們美的感受和啓迪，具有美學功能。〔唐〕司空圖云:「是有眞迹，如不可知，意象欲生，造化已奇。」〔註 16〕其《二十四詩品・纖穠》亦云:「采采流水，蓬蓬遠春，窈窕幽谷，時見美人，碧桃滿樹，風日水濱，柳陰路曲，流鶯比鄰。」或清雅，或穠艷，意象總有其美學蘊含。《紅樓夢》意象敘事隱秘又自然的傳達了作者的審美意趣及情感體驗。古典小說在塑造人物時，善於以人物的字、綽號和小道具進行意象操作。《紅樓夢》人物的名號，無不寓含了豐富的意象。敘事作品之意象，猶如地脈之有礦藏，一種蘊藏著豐富的文化密碼之礦藏〔註 17〕。茲將李紈相關意象敘述如下：

（一）稻香村

稻香村爲寶玉寡嫂李紈居處，是大觀園院落中唯一已婚的女性，主要特

〔註 15〕王匯涓：〈李紈形象新議〉《安陽師範學院學報》第三期，2007 年。

〔註 16〕〔唐〕司空圖:《二十四詩品》,〔清〕何文煥輯《歷代詩話》(上)(中華書局，1981 年）頁 41。

〔註 17〕楊義:《中國敘事學》(北京：人民出版社，2004 年）頁 267。

色是院落外的田園景觀及室內簡樸之佈置風格。也呈顯了賈政父子見法不一之處，賈政認爲稻香村的農村景觀雖爲人力穿鑿，但愛其清幽氣象，寶玉卻批其左右無源、峭然孤出於大觀園中，給人不自然的感覺，而這「不自然」的特色和李紈不太說話的個性正相輝映。且說賈政一行人一面走，一面說：

> 倏爾青山斜阻〔註 18〕，轉過山懷中，隱隱露出一帶黃泥築就矮牆，牆頭皆用稻莖掩護。有幾百株杏花，如噴火蒸霞一般。裡面數楹茅屋。外面卻是桑、榆、槿、柘，各色樹稚新條，隨其曲折，編就兩溜青籬。籬外山坡之下，有一土井，旁有桔槔轆轤之屬。下面分畦列畝，佳蔬菜花，漫然無際。〔註 19〕

《紅樓夢》中爲表現封閉感，往往以山隔景，第十七回大觀園落成之時，眾人遊園在總入口一開門處，「只見迎面一帶翠幛擋在前面」眾清客乃云：「非此一山，一進來園中所有之景悉入目中，則有何趣？……非胸中大有丘壑，焉想及此！」傳統建築中之照壁，亦呈現含蓄蘊藉之美。至於蘅蕪苑也有「步入門時，忽迎面突出插天的大玲瓏山石來，四面群繞各式石塊，竟把裡面所有房屋悉皆遮住。」這封閉的環境，正是寶釵深沈性格的寫照。及至第四十九回的櫳翠庵，寶玉「走至山坡之下，順著山腳剛轉過去，已聞得一股寒香撲鼻。」原來在山巒圍繞中，櫳翠庵十數株紅梅如胭脂一般映著白雪，分外有精神。稻香村亦有「倏爾青山斜阻，轉過山懷中」方看到「隱隱露出一帶黃泥築就矮牆」，這些與世隔絕的幽居環境恰若主人翁被封閉的心靈。那黃泥矮牆內幾百株杏花，如噴火蒸霞一般，不正隱喻著李紈對芳心的自我壓抑。接著，賈政一群人步入茆堂，裡面紙窗木榻，富貴氣象一洗皆盡。賈政對此仿農家風格的茅屋、植栽、菜圃、籬笆設計雖都是「人力穿鑿」但頗爲欣賞，頓興「歸農」之意，且建議道：

> 「……此處都妙極，只是還少一個酒幌。明日竟作一個，不必華麗，就依外面村莊的式樣作來，用竹竿挑在樹梢。」……「此處竟還不

〔註 18〕 己卯本脂硯齋重評石頭記（上）：「斜字細，不必拘定方向。諸釵所居之處，若稻香村、瀟湘館、怡紅院、秋爽齋、蘅蕪院等，都相隔不遠，究竟只在一隅，然處置得巧妙，使人見其千丘萬壑，恍然不知所窮，所謂會心處不在乎遠。一山一水，一木一石，全在人之穿插佈置耳。」（台北：里仁書局，1980 年）頁 165。

〔註 19〕 曹雪芹、高鶚原著，其庸等校注：《紅樓夢校注》（台北：里仁書局，1986 年）第 17～18 回，頁 258。

可養別的雀鳥，只是買些鵝、鴨、雞類，才都相稱了。」〔註20〕

此處寶玉題曰：「杏帘在望」，賈妃賜名此院爲「浣葛山莊」，往後習稱「稻香村」，爲李紈及其子賈蘭及一些下人住處。大抵上說，這柴門臨水稻花香，黃泥牆頭，紙窗木榻，樸實無華的風格與寡婦李紈的身份及性格是相契合的，然而卻被寶玉說得一無是處：

「老爺教訓的固是，但古人常云『天然』二字，不知何意？」...「卻又來此處置一田莊，分明見得人力穿鑿扭捏而成。遠無鄰村，近不負郭，背山山無脈，臨水水無源，高無隱寺之塔，下無通市之橋，峭然孤出，似非大觀。爭似先處有自然之理，得自然之氣，雖種竹引泉，亦不傷於穿鑿。古人云『天然圖畫』四字，正畏非其地而強爲地，非其山而強爲山，雖百般精而終不相宜……」〔註21〕

寶玉說其無自然之理，背自然之氣。反觀李紈雖出身名門，然青春喪偶，心如死灰，只侍親教子，畢竟有其壓抑與委曲？在花團錦簇的大觀園中，這座「泥牆圍護，稻莖掩護」「紙窗木榻」「竹籬茅舍自甘心」的稻香村卻引發了賈政與寶玉觀點的分歧、爭議。李紈守寡本分在維護禮教的公公賈政眼裡自是歡喜，但對愛好天然，主張人性自由的寶玉來說遂要大發不以爲然的議論了。

李紈住進大觀園，負有照顧小姑和小叔們的職責，且誠如其所抽花名籤云：「竹籬茅舍自甘心」，稻香村的名稱，周遭環境都是呈顯了李紈對恬淡寡欲生活的期盼，然而在享盡榮華富貴的賈府中，這槁木般的生活是何其不相稱。到達稻香村前倏爾先見一道「青山斜阻」「轉過山懷中」之後才看到「隱隱露出一帶黃泥築就矮牆」的稻香村。整個視覺感受有阻隔困頓之意，更象徵著傳統禮教對寡居女子的封鎖。有關稻香村「人力」與「天然」之辯，余英時在《海外紅學論集》曾論及寶玉對李紈有微詞：「但李紈畢竟是寶玉的嫂嫂，並且人品又極好，因此這種微詞便只好如此曲曲折折地顯露出來。其中『天然』、『人力』的分別尤堪玩味。」李紈眞個是「竹籬茅舍自甘心」嗎？稻香村就在那稻莖掩護的黃泥矮牆邊，卻有「噴火蒸霞一般的數百株杏花」嬌紅的紅杏與繁茂的花枝撲面而來，現出令人難以逼視的炫麗景致，給人一

〔註20〕曹雪芹、高鶚原著，其庸等校注：《紅樓夢校注》（台北：里仁書局，1986年）第17～18回，頁258。

〔註21〕曹雪芹、高鶚原著，其庸等校注：《紅樓夢校注》（台北：里仁書局，1986年）第17～18回，頁259。

種充滿生命力的盎然春意，象徵李紈在重重禮教的管制下，是一株「竹籬茅舍自甘心」的老梅，是古井無波，然而在幽微深處的潛意識中，那「噴火蒸霞一般」的數百株杏花，卻洩露了她仍有一顆潛躍不安定的心。誠如韋勒克・華倫云：

> 配景就是周圍的情況（environment），而這周圍的情況，尤其是屬於家庭內景，可以看作換喻式的人物的現形。一個人的房子，就是他自己的外延部份（extension）。描寫他的房子就等於描寫了他……配景還可作爲一個人的意志的現形。如果那是個大自然的配景，它還可作爲意志的射影。自我分析的學者亞米爾（Amiel）說：「風景就是心境」。〔註 22〕

李紈在重重禮教牽制下並沒有滅絕她對春天的追尋。

（二）老梅

老梅爲李紈最具代表性意象。梅有傲雪抗寒的堅忍性格，與松、竹譽稱歲寒三友，遠自《詩經》即有對梅之描述，〈國風、召南、摽有梅〉云：「摽有梅，其實七兮；求我庶士，迨其吉兮；摽有梅，其實三兮，求我庶士，迨其今兮；摽有梅，頃筐曁之；求我庶士，迨其謂之。」詩中由七顆梅子落到剩下三顆，又到全部都落了，可推知女子期盼婚姻之殷切，此詩乃借物抒懷，〈離騷〉遍攬香草，就是沒提到梅花。至唐漸有吟詠，然只是偶然寄意，至宋朝梅花被推爲群芳之首，是崇高文化的象徵。

梅，風姿蒼勁，暗香浮動，尤其在隆冬雪壓冰封之時，它仍傲然挺立，噴紅吐妍，爲人們捎來早春的消息，爲文人雅士所樂於吟誦，梅花蘊藏著豐碩的審美意趣，也積澱著豐富的文化內涵。文人雅士喜歌頌其美好之風姿，如〔北宋〕歐陽修〈對和雪憶梅花〉云：「窮冬萬木立枯死，玉艷獨發淩清寒，鮮妍皎如鏡裡面，綽約對若鳳中仙。」王安石〈溝上梅花〉亦云：「亭台背暖臨溝處，脈脈含芳映雪時，莫恨夜來無伴侶，月明還見影參差。」將梅花神韻寫得出神入化的更有那「梅妻鶴子」的林逋，其〈山園小梅〉中「疏影橫斜水清淺，暗香浮動月黃昏」於烟水迷離之中呈現梅姿之勁峭及花香之清幽。亦有表現梅之高雅者，〔宋〕盧梅坡〈雪梅二首之一〉云：「梅雪爭春未肯降，騷人擱筆費評章。梅須遜雪三分白，雪卻輸梅一段香。」梅花淩雪開放不畏

〔註 22〕韋勒克（René・Wellek）、華倫（Austin. Warren）著，王夢鷗、許國衡譯：《文學論》《Theory of Literature》（台北，志文出版社，1936 年）頁 368。

嚴寒，有凜然的骨氣及不屈的高貴特質，如王安石〈梅〉:「墻角數枝梅，凌寒獨自開。遙知不是雪，為有暗香來」詩中表現了梅花孤傲的風骨及高尚的品行。梅不與眾花爭艷予人孤芳之感，葉夢得〈南鄉子〉:「山畔小池台，曾記幽人著意栽。亂石參差春至晚，徘徊。素景衝寒卻自開。」梅花亦可喻高潔的品性，蘇軾〈定風波・紅梅〉:「偶作小紅桃杏色，閑雅，尚餘孤瘦雪，霜姿。」古人亦有為愛情友誼而贈梅，晏殊〈瑞鷓鴣・詠紅梅〉云:「前溪昨夜深深雪，朱顏不掩天真。何時驛使西歸，寄與相思客，一枝新。報道江南別樣春」。賀鑄〈綠頭鴨〉亦云:「風城遠，楚梅香嫩，先寄一枝春。」李清照〈孤雁兒〉:「一枝折得，人間天上，沒個人堪寄。」陸游〈梅花絕句〉亦云:「幽谷那堪更北枝，年年自分著花遲，高標逸韻君知否，正是層冰積雪時。」表現了梅花在「層冰積雪」時傲然開放的「高標逸韻」。梅具有美好的特質，文人騷客喜以梅自喻，烈士以梅喻其壯烈，道學者以梅喻其高節，才女以梅喻其貞，高士以梅喻其隱逸，梅花成了自己精神和人生的象徵。陸游〈梅花絕句〉:「聞道梅花坼曉風，雪堆遍滿四山中。何方可化身千億，一樹梅花一放翁。」詩人和一樹梅花化為一體，表現其骨氣錚然的氣節，其〈卜算子・詠梅〉:「驛外斷橋邊，寂寞開無主。已是黃昏獨自愁，更著風和雨，無意苦爭春，一任群芳妒，零落成泥碾作塵，只有香如故。」詞中寫的是詞人被排擠冷落，但他卻堅守情操至死不渝。此時的梅花意象已與詞人物我合一，融為一體。朱熹〈墨梅〉:「夢裡清江醉墨香，蕊寒枝瘦凜冰霜。如今白黑渾休問，且作人間時世妝。」此時墨梅已是道學家清正貞香，正氣凜然的化身。

《紅樓夢》對梅花多所歌詠，有時表現當時風俗，有時是眾多美麗女子各擅才情，表達情思心志的載體。文本中梅花有表吉祥物者，第三回「正面設著大紅金錢蟒靠背，石青金錢蟒引枕，秋香色金錢蟒大條褥，兩邊設一對梅花式洋漆小几。」第五回寫秦可卿房內陳設時，「上面設著壽陽公主於含章殿下臥的榻。」〔註 23〕賈寶玉隨賈母等至寧府賞梅，倦怠欲睡時即夢入太虛幻境，與仙姑之妹有番「兒女之事」，梅與「媒」古代是相通的。第七回寫梅花朵的藥用，冷香丸之製作需「春天開的牡丹花蕊十二兩，夏天開的白荷花

〔註23〕宋武帝女壽陽公主，人日臥於含章殿檐下，梅花落公主額上，成五出花，拂之不去。皇后留之，看得幾時，經三日，洗之乃落，宮女奇其異，竟效之，今，梅花妝是也。
〔宋〕李時編:《太平御覽時序部・人日條》引《雜五行書》《景印文淵閣四庫全書・子部一九九》（台灣：商務印書館，1983 年）頁 893～388。

蕊十二兩，秋天的白芙蓉十二兩，冬天的白梅花蕊十二兩。」文本中詩詞歌賦也常詠到梅花。第十八回李紈詮釋「文采風流」匾額之詩即有「綠裁歌扇迷芳草，紅襯湘裙舞落梅。」之句。第十九回提到「取出兩個梅花春餅兒來」即用香料製成梅花形小餅，可佩帶也可燃燒。第二十三回中寶玉幾首即事詩〈冬夜即事〉即有「梅魂竹夢已三更，錦罽鸘衾睡未成。」之句。第三十四回襲人道：「老太太給的一碗湯，喝了兩口，只嚷乾渴，要吃酸梅湯。」烏梅有收斂生津，解毒驅蟲之效，寶玉才捱打，襲人躭心他喝了此湯熱血激在心裡，會惹出大病。第三十五回：「薛姨媽先接過來瞧時，原來是個小匣子，裡面裝著四副銀模子，都有一尺多長，一寸見方。上面鑿著有豆子大小，也有菊花的，也有梅花的。」食物印成梅花形，美觀又吉祥。此回〈黃金鶯巧結梅花絡〉中襲人帶了鶯兒過來，問寶玉打什麼絡子，鶯兒道：「一炷香，朝天凳，象眼塊，方勝，連環、梅花、柳葉。」寶玉道：「前兒你替三姑娘打的那花樣是什麼？」鶯兒道：「那是攢心梅花。」梅花款式雅致，玉打上梅花絡之後暗示著寶玉之形將被寶釵絡住。第三十七回黛玉的〈海棠花〉詩云：「偷來梨蕊三分白，借得梅花一縷魂。」以「偷」、「借」二字使之擬人化，使形象更加生動。第三十八回「黛玉放下釣竿，走至座間，拿起那烏銀梅花自斟壺來，揀了一個小小的海棠凍石蕉葉杯。」以梅飾壺，高雅脫俗。一向爲文人所喜愛。第四十回〈史太君兩宴大觀園〉，描寫場地的擺設：「每一榻前有兩張雕漆兒，也有海棠式的，也有梅花式的，也有荷葉式的……」。〈金鴛鴦三宣牙牌令〉也有不少涉及梅花之敘述。賈母道：「六橋梅花香徹骨。」…薛姨媽道：「梅花朵朵風前舞」…薛姨媽道：「十月梅花嶺上香。」第四十一回〈櫳翠庵茶品梅花雪〉，妙玉請寶玉、黛玉品梅花雪水沏的上等茶，云：「這是五年前我在玄墓蟠香寺住著，收的梅花上的雪，共得那一鬼臉青的花甕一甕，總捨不得吃，埋在地下，今年夏天才開了。」第四十二回要送給劉姥姥的藥：「梅花點舌丹也有；紫金錠也有，活絡丹也有……」梅花點舌丹可治瘡毒腫痛，口舌潰爛。第四十八回香菱的吟月詩，有「淡淡梅花香欲染，絲絲柳帶露初乾」之句，梅香爲一股清雅的暗香，第四十九回〈琉璃世界白雪紅梅〉寶玉被一股寒香吸引，回頭一看，原來是櫳翠庵中十數株紅梅如胭脂一般，映著雪色分外明顯。《紅樓夢》詠梅的高潮在第五十回〈蘆雪庵爭聯即景詩・暖香塢雅制春燈謎〉。即景詩中寶玉有：「清楚轉聊聊，何處梅花笛？」之句，黛玉與梅有關的聯句爲：「沁梅香可嚼。」後來寶玉被罰至櫳翠庵向妙玉乞紅梅。

於是大家詠紅梅爲詩，也呈現了諸釵的人格特質，如邢岫烟的純樸，李紋的感傷和薛寶琴的奢華。後來在四面粉妝銀砌中忽見寶琴身披鳧靨裘站在山坡上遙等，身後一丫鬟抱著一瓶紅梅，眾人都笑道像賈母房裡掛的仇十洲畫的〈艷雪圖〉。蘆雪庵的白雪紅梅，脂粉香娃與即景聯詩詠紅梅，以梅爲中心，雪與梅爲一體，構成了如詩之意境。第五十一回寶琴將素習所經過各省內古蹟爲題，其中有一首即爲〈梅花觀懷古〉:「不在梅邊在柳邊，個中誰拾畫嬋娟。團圓莫憶春香到，一別西風又一年。」《牡丹亭》杜麗娘死葬梅花觀梅樹下，後柳夢梅旅居該觀，與麗娘鬼魂相聚，受託將她救活，後結爲夫妻。第五十三回寧國府除夕祭宗祠，丫頭捧了一茶盤押歲錁子進來，有梅花式的，也有海棠式的……，梅花乃吉祥物，爲生活中各項物品所喜運用。第五十四回敘述元宵夜的晚上眾人擊鼓傳梅，花若落在誰手中，就飲酒一杯或說個笑話。第六十二回〈憨湘雲醉眠芍藥裀〉:「湘雲口內猶作醉語說酒令，唧唧嘟嘟說:『泉香而酒洌，玉盌盛來琥珀光，直飲到梅梢月上，醉扶歸，卻爲宜會親友。』」第七十回〈林黛玉重建桃花社〉寶釵曾言杜甫也有「紅綻雨肥梅」，「水荇牽風翠帶長」之句。寶琴〈西江月〉亦有:「三春事業付東風，明月梅花一夢。」第八十三回黛玉生病，請王太醫醫療，小廝們曾準備一張梅紅單帖，梅紅單帖乃一紅梅色單頁禮帖，喜慶時或醫師處方時用。第九十四回〈宴海棠賈母賞花妖〉，爲討老太太歡喜，寶玉立成了四句詩，其中即有「應是北堂增壽考，一陽旋復占先梅」之句。

梅花在中國傳統文化中承載著豐碩的意涵，《紅樓夢》中梅花除了食用、藥用及日常生活中器物的紋飾、遊樂的道具之外，文本中眾多美麗女子各擅才情詠梅，賞梅活動中表達了他們對美好事物的贊美及對自己的身世感懷，在贈梅中表達了情愛。梅也象徵著高尚的節操與人格。第六十三回壽怡紅群芳開夜宴，眾釵齊集怡紅院占花名籤。李紈掣的象牙花名籤子即是畫著一枝老梅，寫著「霜曉寒姿」四字，舊詩是「竹籬茅舍自甘心。」「竹籬」句出自〔宋〕王淇〈梅〉:「不受塵埃半點侵，竹籬茅舍自甘心。只因誤識林和靖，惹得詩人說到今。」李紈是封建時代守節寡慾的的典型婦女，〈梅〉詩前兩句即比喻她的操守，「霜曉寒姿」指梅花在歲末寒冬越冷越開花，與〈紅樓夢曲·晚韶華〉都在預示李紈晚年將母以子貴，但雖有「珠冠」「鳳襖」然而卻如槁木死灰般在稻香村中寂寞的寡居一生。梅花有孤芳、高潔之意旨，也是李紈和妙玉共同的追求。梅越冷越開花，預示著李紈晚年的母以子貴，至於櫳翠庵嬌艷的紅梅映雪，梅也是妙玉個性的對應意象。李紈是一枝「霜曉寒枝」的紅梅，美而不艷，花吐胭脂，香欺蘭蕙，永遠迎著寒霜煥發著異彩，吐露著芬芳。

（三）蘭

蘭，高雅幽香，常生於幽谷，雖沒有鮮艷招搖的顏色，然品味清高，其香獨秀。《說文解字》云：「佩帨茝蘭」，故古人常以蘭芷爲佩《爾雅翼、釋草》：「蘭，蘭草，都梁香也。」《詩經。鄭風，溱洧》：「士與女，方秉蕑兮。」蕑即蘭也，蘭又名蕑、香水蘭、蘭澤、蘭草、都梁香。《楚辭》素以香草美人著稱，如〈離騷〉云：「扈江離與辟芷兮，紉秋蘭以爲佩。」「朝飲木蘭之墜露兮，夕餐秋菊之落英。」〈湘君〉亦云：「薜荔柏兮蕙綢，蓀橈兮蘭旌。」〈少司命〉更云：「秋蘭兮蘼蕪，羅生兮堂下。」《漢書，司馬相如傳》有「蘅蘭芷若」之句注云：「蘭，即今澤蘭也。」《本草綱目，蘭草》云：「蘭有數種，蘭草、澤蘭生水旁，山蘭即蘭草之生山中者，蘭花亦生山中，與山蘭迥別。」蘭草、澤蘭爲菊科，蘭花爲蘭科，有草蘭、蕙蘭之別。古之所謂蘭，應指蘭草或澤蘭。

蘭，生於深山幽谷，孤芳自持，有君子之風，乃王者之香，高雅能使人心靈淨化，被譽爲空谷佳人，爲四君子之一，自古爲文人雅士所樂於歌詠，有喻人品高潔者，如王肅〈家語〉云：「芝蘭生於深林，不以無人而不芳，君子修道五德，不爲窮困而改節。」李頻〈送新安少府〉云：「遠宦須清苦，幽蘭貴獨芳。」蘭生於深山幽谷，孤高堅貞，有君子之德。蘭亦有喻美好事物者，韋應物〈答貢士黎逢〉云：「蘭章忽有贈，持用慰所思。」杜牧：〈華清宮三十韻〉：「鈞築乘時用，芝蘭在處芳。」劉谷〈和三鄉詩〉云：「蘭蕙芬香見玉姿，路旁花笑景遲遲，苧羅山下無窮意，併在三卿惜別時。」蘭姿幽雅，香氣清遠具美好事物之特質。蘭亦可喻友情，何思澄〈古意〉云：「故交不可忘，猶如蘭桂芳，新知雖可悅，不異茱萸香。」李白〈陳情贈友人〉：「所思採芳蘭，欲贈隔荊渚。」其〈江上寄元六林宗〉亦云：「蘭交空懷思，瓊樹詎解渴。」蘭純潔脫俗，與理想中的友人特質相吻合，故常被引以爲喻。蘭亦被喻懷才不遇，駱賓王：〈同辛簿簡仰酬思玄上人林泉四首〉曾云：「芳杜湘君曲，幽蘭楚客詞。」陳子昂〈感遇其二〉亦云：「蘭若生春夏，芊蔚何青青。幽獨空林色，朱蕤冒紫莖，遲遲白日晚，嫋嫋秋風生。歲華盡搖落，芳意竟何成！」蘭生幽谷，開得最盛時卻無人觀賞，恰若有才華的人懷才不遇，得不到賞識。李白在〈答杜秀才五松見贈〉亦云：「浮雲蔽日去不返，總為秋風摧紫蘭。」亦表達出有才之人為小人所害而志不得伸。

蘭之質，清麗淡雅，幽香可人，故常被用於喻女子，蘭室、蘭閨、蘭房即喻女子居室。蕙質蘭心亦比喻女子之美好。謝靈運〈江妃賦〉云：「蘭音未吐，紅顏若輝。留盼光溢，動袂芳菲。」即指女子之美好。韋莊〈閨怨〉：「空藏蘭蕙心，不忍琴中說。」亦以蘭比喻女子美好之質。《紅樓夢》第五回李紈判詞之畫即為一盆茂蘭，有一位鳳冠霞帔的美人，判詞亦云：「桃李春風結子完，到頭誰似一盆蘭。如冰水好空相妒，枉與他人作笑談。」蘭特質清幽雅靜，與李紈個性正相吻合。至於第五回〈紅樓夢曲，世難容〉對妙玉亦有：「氣質美如蘭，才華阜比仙。天生成孤癖人皆罕。」之描述。她高潔、孤傲的性格世人無法親近，以至於受世人排擠，為權勢不容，然而她如蘭孤芳淡雅之特質在紅樓十二正釵中是獨樹一幟的。蘭，高雅、獨芳的特質也同為李紈、妙玉的意象。

小結

關於李紈之最後歸宿有不同的說法，有苦盡甘來，積德致福說，亦有謂賈蘭富貴後即卒，致使李紈喪子之說。觀曹雪芹在〈紅樓夢曲·晚韶華〉云：

> 鏡裡恩情，更那堪夢裡功名！那美韶華去之何迅！再休提繡帳鴛衾。只這帶珠冠，披鳳襖，也抵不了無常性命。雖說是，人生莫受老來貧，也須要陰騭積兒孫。氣昂昂頭戴簪纓，氣昂昂頭戴簪纓；光燦燦胸懸金印；威赫赫爵祿高登，威赫赫爵祿高登；昏慘慘黃泉路近。問古來將相可還存？也只是虛名兒與後人欽敬。〔註24〕

李紈乃金陵名宦之女，其父乃國子監祭酒李守中，自幼其父即教她讀《女四書》、《列女傳》、《賢媛集》之類的書，受封建倫理道德的薰陶。她雖青春喪偶，卻也能孝敬公婆及撫養兒子。蘭有清幽雅靜的特質，和李紈的個性正相吻合。李紈所抽的花名籤乃「霜曉寒姿」的老梅，影射著她孀居生活心如止水，然而竹籬茅舍自甘心，古井無波的稻香村外卻有「噴火蒸霞一般數百株杏花」，洩露了李紈雖在重重禮教約束下並無法滅絕她對春天追尋的一顆不安定的心。以傳統視角評論李紈，李紈是個封建淑女，標準節婦，然而如以文藝心理學的角度觀照李紈，便會發現她也是個血肉豐滿的形象。她有深沈灼

〔註24〕曹雪芹、高鶚原著，其庸等校注：《紅樓夢校注》（台北，里仁書局，1986年）第5回，頁92。

熱的情愫；有情被壓抑的苦澀和無奈；有青春心態被扭曲變異的悲哀。她是被封建制度扼殺的悲劇人物。〔註 25〕晚年母以子貴，賈蘭作了官，她也得到了鳳冠霞帔的富貴榮耀。李紈應有晚來富貴，然而榮華與清福對她來說是短暫的。至於到底是李紈先卒或賈蘭，也是大家經常提到的議題，俞平伯認爲李紈的〈紅樓夢曲‧晚韶華〉有「珠冠鳳襖」、「簪纓」、「金印」、「爵祿高登」等語，可見她底晚來富貴，又不僅如高氏所言，賈蘭中舉而已。又曲子上說：「抵不了無常性命」、「昏慘慘黃泉路近」等語，似李紈俟賈蘭富貴後即卒，也並享不了什麼福。這一點高本簡直沒有提起。〔註 26〕周五純則認爲李紈〈紅樓夢曲‧晚韶華〉云：「昏慘慘黃泉路近，古來將相可還存，也只是虛名兒與後人欽敬」，曲中所云昏慘慘黃泉路近到底是李紈亡還是賈蘭亡？以賈蘭亡應較有悲劇性的震憾力。〔註 27〕筆者認爲如安排成李紈早年喪夫，中年又喪子，將更強化李紈此人物的悲劇性，更能引發讀者的省思。曹雪芹將其歸入薄命司的冊子，認爲這一切只不過是「枉與他人作笑談」罷了。

第二節　秦可卿

一、秦可卿意象相關資料

秦可卿小名可兒，又名兼美，乃賈蓉之妻，賈母之重孫媳，風流裊娜，在文本中有啓蒙和警世之使命。可卿之形象刻劃集中在幾回有限的畫面中閃現即逝。第五回寶玉在秦氏房中歇中覺，恍恍中由可卿引入太虛幻境，得閱判詞「情天情海幻情深」及屬秦可卿之〈紅樓夢曲‧好事終〉。第七回引出其弟秦鍾與寶玉等相會，第十回秦可卿治病，第十一回可卿病體垂危，第十三回可卿病歿，第十四回極寫喪儀之舖張浪費，第十百十一回可卿之魂引鴛鴦上吊。

秦可卿是個謎樣的人物，她在文本中遊走於三度空間：即天上、人間及鬼魂的空間。人間與鬼魂扮演的角色是寧府大少奶奶秦可卿，在天上則爲警幻仙子之妹。賈寶玉夢遊太虛幻境時，警幻仙子受榮寧二公之託使寶玉領悟積極奮發之理，對寶玉訓以雲雨之事，盼其徹悟風月之情之莫測，以期能留意經濟仕途之道，乃將妹妹兼美許配於寶玉：

〔註 25〕杜奮嘉：〈深埋於心理底層的情愫——論李紈評價的一個盲點〉《紅樓夢學刊》1995 年第二輯，頁 80。

〔註 26〕俞平伯：《俞平伯說紅樓夢》（上海：上海古籍出版社，1996 年），頁 498。

〔註 27〕周五純：〈李紈三題〉《紅樓夢學刊》1988 年第一輯，頁 151。

今既遇令祖寧榮二公剖腹深囑，吾不忍君獨爲我閨閣增光，見棄於世道，是以特引前來，醉以靈酒，沁以仙茗，警以妙曲，再將吾妹一人，乳名兼美字可卿者，許配於汝。今夕良時，即可成姻。不過令汝領略此仙閨幻境之風光尚如此，何況塵境之情景哉？而今後萬萬解釋，改悟前情，留意於孔孟之間，委身於經濟之道。」說畢便秘授以雲雨之事，推寶玉入房，將門掩上自去。……卻說秦氏正在房外囑咐小丫頭們好生看著貓兒狗兒打架，忽聽寶玉在夢中喚他的小名，因納悶道：「我的小名這裡從沒人知道的，他如何知道，在夢裡叫出來？」〔註 28〕

太虛幻境中秦可卿乃警幻仙子之妹，乳名「兼美」，乃指可卿兼具黛玉寶釵之美。解盦居士云：「秦氏名可卿，言可人之情事也，弟名秦鍾，情所鍾也。父名秦業，情之孽也。警幻仙子與可卿爲姊妹是一是二，恍惚迷離，殆不可辨。」寶釵和黛玉是作者精心雕塑的兩個絕代佳人。氣質方面黛玉有脫俗的純淨美，寶釵則是現實的雍容美。性格方面黛玉是孤僻敏感，寶釵則察言觀色，工於心計。至於作者如何看待這兩位人物呢？金陵十二釵判詞中釵黛是合在一起的。〈紅樓夢曲・終身誤〉云：

都道是金玉良緣，俺只念木石前盟。空對著，山中高士晶瑩雪；終不忘，世外仙姝寂寞林，歎人間美中不足今方信。縱然是齊眉舉案，到底意難平。〔註 29〕

可見釵黛在作者眼中是無分軒輊的。至於秦可卿則爲才、情、貌俱全而性格互補的釵黛合一的完人，太虛幻境中乳名兼美表字可卿的警幻之妹，「鮮艷嫵媚似乎寶釵，風流裊娜則又如黛玉」，暗示著可卿的兼美釵黛，可卿是作者審美理想的代表人物。曹雪芹的兼美，不只兼林薛二人之美，湘雲的天眞曠達，探春的文采精華，妙玉如蘭的幽冷，……作者將自己的審美理想分散到他所傾心和關注的角色身上，她們也一一的呈顯了各自的生命特質。在太虛幻境裡，寶玉的兼美心理得到暫時性的慰藉和滿足。那兒有的是美酒香茗，輕歌曼舞，是個「離恨」、「忘愁」、「放春」、「遣香」的自由境界。可卿仙子的出現，展示了「釵黛合一」的風格，有黛玉的靈透多情，又有寶釵的溫和凝重。警幻仙子夢

〔註 28〕曹雪芹、高鶚原著，其庸等校注：《紅樓夢校注》（台北：里仁書局，1986 年）第 5 回，頁 94。

〔註 29〕曹雪芹、高鶚原著，其庸等校注：《紅樓夢校注》（台北：里仁書局，1986 年）第 5 回，頁 91。

授寶玉雲雨之事，夢中之可卿乃意淫之說的媒介隱含著意蘊深邃的成年儀典原型，可卿是寶玉的侄兒媳婦，寶玉爲可卿的小叔子，作者卻通過象徵隱晦之筆，透露彼此之間的曖昧關係。如寶玉神遊太虛幻境時在可卿臥房內「恍恍惚惚睡去，猶似秦氏在前，悠悠蕩蕩，跟了秦氏到了一處。」後來警幻仙子又云：「將吾妹一人，乳名兼美，表字可卿者，許配與汝。」「那寶玉恍恍惚惚，依著警幻所囑，未免作起兒女的事來，也難盡述。至次日，便柔情綣繾，軟語溫存，與可卿難解難分。」文本中之敘述，暗示者二人之關係似乎不止「意淫」，以致第十三回云：「寶玉從夢中聽說秦氏死了，連忙翻身爬起來，但覺心中似戳了一刀不覺哇的一聲，直噴出一口血來。」冒著「夜裡風大」，套車至寧府匆忙奔至停靈之室，痛哭一番。如賈珍「哭的淚人般。」寶玉與可卿似乎有不平常的感情，可卿的死在寶玉心中是有難以抹去的烙痕。文本中第二回借冷子興之口介紹秦可卿爲賈珍之子賈蓉之妻，是寧國府大少奶奶，爲寧國府中賈敬的孫媳婦，賈珍和尤氏的兒媳。她出身寒門薄宦之家。

> 他父親秦業現任營繕郎，年近七十，夫人早亡。因當年無兒女，便向養生堂抱了一個兒子並一個女兒。誰知兒子又死了，只剩女兒，小名喚可兒。〔註30〕

秦業至五旬之上才有秦鍾，秦家經濟狀況拮据，秦鍾要去賈府的私塾念書，父親還得東拼西湊才湊足了二十四兩給老師賈代儒的贄見禮。秦鍾與寶玉見面時感嘆道：

> 果然這寶玉怨不得人溺愛他。可恨我偏生於清寒之家，不能與他耳鬢交接，可知「貧窶」二字限人，亦世間之大不快事。〔註31〕

雖然秦可卿和秦鍾在賈府都深受賞識，但畢竟出身於寒門之家，無富貴的家族撐腰，也成了秦可卿內心深處難以排遣的壓力。有關秦可卿的出身，判詞云：

> 畫：畫著高大樓廈，有一美人懸樑自縊。
>
> 詞：情天情海幻情身，情既相逢必主淫。
>
> 　　漫言不肖皆榮出，造釁開端實在寧。〔註32〕

〔註30〕曹雪芹、高鶚原著，其庸等校注：《紅樓夢校注》（台北：里仁書局，1986年）第8回，頁149。

〔註31〕曹雪芹、高鶚原著，其庸等校注：《紅樓夢校注》（台北：里仁書局，1986年）第7回，頁131。

〔註32〕曹雪芹、高鶚原著，其庸等校注：《紅樓夢校注》（台北：里仁書局，1986年）第5回，頁88。

秦可卿「生得裊娜纖巧，行事又溫柔和平」，是寧國府長孫賈蓉之妻，賈珍的兒媳，更是賈母重孫媳婦中第一個得意之人。《紅樓夢》後來流行的版本提到秦可卿的死因往往是說她得病，久治無效死了。然而判詞前畫著高樓大廈，有一美人懸樑自盡，這應暗示著秦可卿是死於自殺，賈珍與秦氏翁媳通奸，被丫鬟瑞珠、寶珠撞見，秦氏羞恨懸樑自盡而死，此正合圖讖之驗。甲戌本《石頭記》第十三回脂批云：「秦可卿淫喪天香樓，作者用史筆也。老朽因有魂託鳳姐賈家後事二件，豈是安富尊榮坐享人能想得到者，其言其意，令人悲切感服，姑赦之，因命芹溪刪去『遺簪』、『更衣』諸文。是以此回只十頁，刪去天香樓一節，少去四、五頁。」再看第七回焦大曾醉罵：「我要往祠堂裡哭太爺去！那承望到如今生下這些畜牲來，每日家偷雞戲狗，爬灰的爬灰，養小叔子的養小叔子，我什麼不知道！」〔註 33〕對榮、寧二府是何其感嘆，且第十三回寫秦可卿死訊傳出後「彼時合家皆知，無不納罕，都有些疑心」，如果是久病致死，何來「納罕」、「疑心」！秦可卿應是有男女私通的醜事，因而懸樑自盡。現實界的可卿居富室之媳，暗示其生活多受賈府內部的控制，無法自由以致薄命以終。〔註 34〕

（一）可卿形貌

秦可卿在文本中乃一風流浪漫之神秘女子，其名諧音「情可親」、「情可輕」或「情可傾」，太虛幻境中的可卿之名「兼美」，意指兼釵、黛之美，太虛幻境可卿乃警幻仙姑之妹：「其鮮艷嫵媚，有似乎寶釵，風流裊娜，則又如黛玉。」〔註 35〕釵黛之美是令人生畏的，以致興兒云：「不敢出氣，是怕這氣大了，吹倒了姓林的，氣暖了，吹化了姓薛的。」可卿長相之美自不待言，以賈母角度言之：

> 賈母素知秦氏是個極妥當的人，生的裊娜纖巧，行事又溫柔和平，

〔註 33〕曹雪芹、高鶚原著，其庸等校注：《紅樓夢校注》（台北：里仁書局，1986 年）第 7 回，頁 133。

〔註 34〕周汝昌、劉心武〈揭破《紅樓夢》中秦可卿之謎〉，曾就秦可卿提出四點疑問：一、秦氏託夢內容皆涉重要政治關係，此絕非一名「抱嬰」之女所能知能言。二、寫其居室陳設，筆法獨特，一般只解爲暗示其淫亂，實則隱寫其身份高貴。三、選棺木用的是常人不可的敗了事的老千歲所遺，即康熙大帝某位失勢的皇子，敗於雍正之手，干連曹家的政治大事主角人物。四、秦氏不過是賈府的一個重孫媳，何以位居郡襲的北靜王會親來弔祭？

〔註 35〕曹雪芹、高鶚原著，其庸等校注：《紅樓夢校注》（台北：里仁書局，1986 年）第 5 回，頁 93。

乃重孫媳中第一個得意之人。〔註36〕

第五回〈紅樓夢曲・好事終〉評其「擅風情，秉月貌」她不僅明艷照人，且風流多情。甲戌本第七回回前詩云：「十二花容色最新，不知誰是惜花人？相逢若問名何氏，家住江南本性秦。」脂評曰：「凡用十二字樣，皆照應十二正釵。」故可卿不僅兼黛玉、寶釵之美，亦兼金陵十二正釵眾釵之美。秦可卿是「十二花容」最鮮艷的人。作者亦以側寫之法烘托可卿之美。第七回寫香菱出現於賈府，人們都說她像「東府裡蓉大奶奶」，香菱體貌，文本中曾借賈璉的垂涎，寫她「出挑的標致」「好齊整模樣」。甲戌本夾批云：「一擊兩鳴法，二人之美，並可知矣。再忽然想到秦可卿，何玄幻之極。假使說像榮府中所有之人，則死板之至，故遠遠以可卿之貌爲譬，似極扯淡，然卻是天下必有之情事。」作者以釵、黛及香菱烘托可卿之美貌。第八回介紹可卿之父秦業時提及：

長大時，生的形容嫋娜，性格風流。因素與賈家有些瓜葛，故結了親，許與賈蓉爲妻。〔註37〕

可卿之美人人贊嘆，生病時，她的婆婆尤氏亦感嘆著說：

再要娶這麼一個媳婦，這麼個模樣兒，這麼個性情的人兒，打著燈籠也沒地方找去。他這爲人行事，那個親戚，那個一家的長輩不喜歡他。〔註38〕

治病的張太醫亦云：

大奶奶是個心性高強聰明不過的人，聰明忒過，則不如意事常有，不如意事常有，則思慮太過。〔註39〕

米克・巴爾（Mieke. Bal）曾云：「在敘述過程中，相關的特性以不同的方式經常重複，而且表現得越來越清晰。這樣，重複就是人物形象建構的原則。……除重複外，資料的累積（accumulation）也在形象的構造過程起著作用。特徵的累積，產生零散的事實的聚合，他們相互補充，然後形成一個整體：人物

〔註36〕曹雪芹、高鶚原著，其庸等校注：《紅樓夢校注》（台北：里仁書局，1986年）第5回，頁82。

〔註37〕曹雪芹、高鶚原著，其庸等校注：《紅樓夢校注》（台北：里仁書局，1986年）第8回，頁149。

〔註38〕曹雪芹、高鶚原著，其庸等校注：《紅樓夢校注》（台北：里仁書局，1986年）第10回，頁167。

〔註39〕曹雪芹、高鶚原著，其庸等校注：《紅樓夢校注》（台北：里仁書局，1986年）第10回，頁171。

形象。」〔註40〕可卿即是從重複的描述中建構出的人物形象。

可卿有寶釵的溫柔賢慧，卻沒有她的心機寡情，有黛玉的浪漫綽約卻沒有她的孤高自許，有鳳姐的精明理念卻沒有她的貪婪跋扈，作者力圖將可卿塑造成集三人精華於一身的人物，也是作者對合理生存環境的呼喚，而可卿的早夭則預示著此理想在封建社會的環境下終歸幻滅。可卿是諸美兼具的賈府媳婦。她兼黛玉、寶釵之美，也兼貴族少婦之美，當得起「情可親」三字，是作者完美的、理想的典型，寄託了作者兼美的美學思想。〔註41〕可卿之美令人贊嘆，然而「花容月貌」的她卻受其公公賈珍的糾纏以致命喪黃泉，也呈顯出十二正釵紅顏命薄之命運。秦可卿風流美麗，處事小心謹慎，性格溫柔和順，雖身爲寧國府大少奶奶，卻處於險惡之境，受其公公賈珍摧殘，年華之時即自縊身亡。觀其在回本中出現的回次：第二回借冷子興之口介紹秦可卿身份，乃賈珍之子賈蓉之妻，寧國府大少奶奶。秦可卿實際登場是在第五回，提及秦可卿的長相寫道：「秦氏是個極妥當的人，生的裊娜纖巧，行事又溫柔和平，乃重孫媳婦中第一得意之人。」此回中寶玉在秦氏房中歇中覺，恍惚中似由秦氏引入太虛幻境，判詞「情天情海幻情身」，〈好事終〉曲即爲秦可卿之寫照。第二次出場是在第七回，婆婆尤氏宴請鳳姐，可卿讓鳳姐與同來的寶玉去見弟弟秦鍾，文本中有段敘述：

> 早有鳳姐的丫鬟媳婦們見鳳姐初會秦鍾，並未備得表禮來，遂忙過那邊去告訴平兒。平兒知道鳳姐和秦氏厚密，雖是小後生家，亦不可太儉，遂自作主意，拿了一匹尺頭、兩個「狀元及第」的小金錁子，交付與來人送過去。鳳姐猶笑說太簡薄等語……。〔註42〕

鳳姐和秦可卿的交誼，一方面是互相欣賞，另方面是兩人有相同的情感遭遇，賈璉與賈蓉皆是喜歡拈花惹草之徒，而且秦氏深受婆婆尤氏的喜愛及榮國府上上下下的好感，彼此的交往有助於增加鳳姐在眾人面前的分量。第八回提及秦可卿的家世。第十回即有婆婆尤氏讚美秦可卿人品之書寫。至於秦可卿

〔註40〕米克・巴爾（Mieke.Bal）著，譚君強譯：《敘述學：敘事理論導論》（北京：中國社會科學出版社，2003年）頁148。

〔註41〕嚴安政：〈兼美審美理想的失敗——論曹雪芹對秦可卿的塑造及其他〉《紅樓夢學刊》，1995年第四輯。

〔註42〕曹雪芹、高鶚原著，其庸等校注：《紅樓夢校注》（台北：里仁書局，1986年）第7回，頁130。

的病，第十回由其婆婆尤氏口中得知她已病得不輕：「經期有兩個多月沒來」、「並不是喜」但經張先生診脈告知有「三分治得了，若吃了我的藥看，若是夜裡睡得著覺，那時又添了二分拿手了。」「今年一冬是不相干的。總是過了春分，就可望痊癒。」秦可卿亦云：「好不好，春天就知道了。」到了九月中旬賈敬生日，秦可卿已是十分支持不住，秦可卿已預感到「未必熬得過年去。」第十二回提及時序已是「臘盡春回」，第十三回一開始，秦可卿就託夢鳳姐而亡了。

> 彼時合家皆知，無不納罕，都有些疑心。那長一輩的想他素日孝順，平一輩的想他素日和睦親密，下一輩的想他素日慈愛，以及家中僕從老小想他素日憐貧惜賤，慈老愛幼之恩，莫不悲嚎痛哭。〔註43〕

其公公賈珍亦云：

> 合家大小，遠近親友，誰不知我這媳婦比兒子還強十倍，如今伸腿去了，可見這長房內絕滅無人了。〔註44〕

關於「無不納罕，都有些疑心」脂評云：「九個字寫盡天香樓事，是不寫之寫。」〔註45〕從秦可卿得病到突然死去，中間夾入了賈瑞事件，文本中云秦氏多慮加重病情，她對鳳姐云：「任憑神仙也罷，治得病治不得命。」〔註46〕這「命」應寓指她人生處境一直受公公賈珍的糾纏，脂評亦云曹雪芹曾用史筆寫過〈秦可卿淫喪天香樓〉，後被刪去，具體內容應是寫秦氏與賈珍私通之事。〔註47〕

〔註43〕曹雪芹、高鶚原著，其庸等校注：《紅樓夢校注》（台北：里仁書局，1986年）第13回，頁200。

〔註44〕曹雪芹、高鶚原著，其庸等校注：《紅樓夢校注》（台北：里仁書局，1986年）第13回，頁201。

〔註45〕陳慶浩編：《石頭記脂硯齋評語輯校・第13回》（台北：聯經出版社，1986年）頁243。

〔註46〕曹雪芹、高鶚原著，其庸等校注：《紅樓夢校注》（台北：里仁書局，1986年）第11回，頁181。

〔註47〕俞平伯認爲：「秦氏死後種種光景，皆可作她自縊而死的旁證」：一是書中幾處用暗寫筆法。如「寶玉聽秦氏死，只覺心中似戳了一刀，不覺哇的一聲，直噴出一口血來。」如果秦氏久病待死，決不會讓寶玉急火攻心，驟然吐血。寶玉所以如此，實際是因爲秦氏暴死，驚哀疑三者兼之，驚因爲驟死，哀緣於情重，疑則懷疑其死之故。同一回寫鳳姐聽到秦氏死的消息，也是「嚇的一身冷汗，出了一回神。」同樣表明秦氏死得蹊蹺，讓人生疑。二是秦氏是賈珍的兒媳婦，小說中卻少寫賈蓉是如何傷悲，反倒是濃墨寫賈珍之哀毀逾恆，如喪考妣，又寫賈珍備辦喪禮的隆重奢華，不由讀者不生疑。三是秦氏死時。尤氏正犯胃痛舊症睡在床上，讓人推測這之前賈珍

畸笏叟以長輩身份命曹雪芹刪去〈秦可卿淫喪天香樓〉，其中包括「遺簪」、「更衣」等情節，曹雪芹接受此一建議，刪去四五頁，卻沒更動秦氏冊子上之畫面、判詞、曲子，主要是要留下蛛絲馬跡，讓人們能辨出「廬山眞面目」。曹雪芹塑造秦氏這一形象，主要是要揭露封建地主的腐巧性，從而探討賈府何以一代不如一代，故不得不以曲筆寫之。〔註 48〕第七回寧國府老僕人焦大的醉罵是對榮寧二府的感嘆。且當賈璉與鮑二家通奸引起鳳姐大鬧時，賈母不僅一笑置之，且云：「什麼要緊的事，小孩子們年輕，饞嘴貓似的，那裡保得住不這麼著？從小兒世人都打這麼過的。」〔註 49〕這些說明賈府男女的私通是司空見慣的，因而秦可卿之死就有了更深層次的內涵。作者在塑造可卿形象時有其矛盾之處，一方面想完整如實的表現當時社會女子的悲劇命運，並予以同情，一方面又要讓她成爲揭露封建大家族淫亂奢華的工具，故不得不委婉含蓄的敘述，甚至以刪減筆法造成缺損。文本能吸引讀者去探索、解讀，此正其魅力所在，此正是《紅樓夢》之所以歷久不衰之因。作者將秦可卿設置爲《紅樓夢》的引夢者，秦可卿特有的美貌，兼薛、林二人之美，也引出了薛寶釵、林黛玉與賈寶玉的婚戀關係。可卿「擅風情，秉月貌」，卻淫喪天香樓，引出了賈府衰敗的禍因，秦可卿的死也引出了王熙鳳協理寧國府，故脂評云：「寫秦氏之喪，卻只爲鳳姐一人。」和可卿密切相關的三個夢境貫穿了整部小說，第一個夢〈遊幻境指迷十二釵〉引導了賈寶玉做了場白日夢，主要在啓迪寶玉愛怨情愁只不過是水中月、鏡中花，到頭來只不過是一場空，希望寶玉趁早退步。秦可卿上場第一個形象是警幻仙子，是寶玉夢魂的引路人，第二個形象是警幻仙子的妹妹，即「乳名兼美字可卿者」，其形象與釵黛合一。可卿、警幻及其妹是三位一體的，警幻引導寶玉看了薄命司金陵十二釵之簿冊，又聆聽了〈紅樓夢十二支曲〉，也教導他塵世間的生活哲理，又讓

和尤氏可能爭吵過；另外前數回寫尤氏愛秦氏，而此處沒寫尤氏的悲傷，而是專門描摹賈珍一人，其間一定有什麼見不得人的秘事。四是脂硯齋評《紅樓夢》（甲戌本・第十三回）明確說：「秦可卿淫喪天香樓，作者用史筆也。考朽因有魂託鳳姐賈家後事二件，豈是安富尊榮坐享人能想得到者。其言其意令人悲切感服。姑赦之，因命芹溪刪去。」這足證明秦氏之死不是病死，而是自縊而死。

俞平伯：《紅樓夢研究》（上海古籍出版社，2006 年）頁 135。

〔註 48〕張錦池：《紅樓夢十二論》（天津：百花文藝出版社，1982 年），頁 341。

〔註 49〕曹雪芹、高鶚原著，其庸等校注：《紅樓夢校注》（台北：里仁書局，1986 年）第 44 回，頁 680。

其妹與寶玉「即可成親」，「秘授以雲雨之事，推寶玉入帳」，故警幻也爲寶玉完成了性啓蒙教育。警幻仙姑教導寶玉有雙重任務，一是警情，指出情可親又警告情之可輕可悲。另一任務則爲戒淫，可卿是個功能型的人物，可卿的引夢和死亡象徵著大觀園情緣的開始和悲劇的展開。第二個夢在第十三回〈秦可卿死封龍禁尉〉，秦可卿的魂魄向鳳姐提出兩個建議，是賈府尚未有固定的祭祀祖宗的錢糧，二是賈府沒有固定開辦家塾的錢糧，還告訴鳳姐賈府將有喜事——元妃省親。第三個夢在一百十一回〈鴛鴦女殉主登太虛〉中可卿引導賈母之婢鴛鴦上吊殉主，並藉以脫離賈赦的糾纏。橫跨一百多回的這三個夢，可卿如太虛幻境和大觀園的紐帶，在文本中是一個關鍵性的人物，屬「正邪兩賦」之人，在書中聯結著寶玉、鳳姐兩大主角，揭示著小說盛極必衰的主旨。

（二）可卿居處

環境與人物有著密切的關係。作者詳細的敘述人物的居處環境，即在呈顯該人物的性格特徵。秦可卿的寢室擺設即在烘托其性格。當日賈母至東邊寧府賞梅花之後，寶玉困倦，被安排至可卿處休息：

> 大家來至秦氏房中。剛至房門，便有一股細細的甜香襲人而來。寶玉覺得眼餳骨軟，連說：「好香！」入房向壁上看時，有唐伯虎畫的《海棠春睡圖》，兩邊有宋學士秦太虛寫的一副對聯，其聯云：「嫩寒鎖夢因春冷，芳氣籠人是酒香」。〔註50〕案上設著武則天當日鏡室中設的寶鏡，一邊擺著飛燕立著舞過的金盤，盤內盛著安祿山擲過傷了太眞乳的木瓜。上面設著壽昌公主於含章殿下臥的榻，懸的是同昌公主製的聯珠帳。寶玉含笑連說：「這裡好！」秦氏笑道：「我這屋子大約神仙也可以住得了。」說著親自展開了西子浣過的紗衾，移了紅娘抱過的鴛枕。於是眾奶母伏侍寶玉臥好，款款散了，……〔註51〕

可卿寢室有唐伯虎的畫，秦少游的字，武則天的寶鏡及趙飛燕的金盤，這些都是與香艷風流故事有關之物，卻擺設於可卿房內，此爲作者春秋之筆，可卿臥室華麗穠艷的陳設展現在畫面之中，她奢侈淫靡的生活便昭然於觀眾面前，乃是對可卿人格之貶斥。她性格風流嫵媚多情，其臥室所擺各種香艷淫

〔註50〕甲戌本特批云：「艷極、淫極，已入夢境矣。」陳慶浩編：《石頭記脂硯齋評語輯校・第13回》（台北：聯經出版社，1986年）頁118。

〔註51〕曹雪芹、高鶚原著，其庸等校注：《紅樓夢校注》（台北：里仁書局，1986年）第5回，頁83。

穢的歷史背景的器物，隱喻了寧國府奢靡之風。脂評：「歷敘室內陳設，皆寓有微意，勿作閑文看。」透過室內陳設器具的細致描寫，烘托令人意亂情迷的氛圍，也暗示了小說情節中即將有風流韻事要發生。秦可卿乃作者刻意塑造以警示世間繁華無常的人物。經由環境的烘托人物性格也更加清晰。秦氏臥房之描寫間接寫出「造衅開端實在寧」的靡亂現象，《紅樓夢》藉由環境的烘托，呈顯了人物的性格，也影響了各角色的命運，更暗示了寧國府在賈珍的淫威下，日趨於敗亡。

二、秦可卿意象

意象是加強作品精緻化，呈顯審美意味的重要元素，積澱著悠久歷史文化蘊含，恰似作品中的文眼，有凝聚意義及精神的功能，而且可疏通行文脈絡及貫通敘事結構。《紅樓夢》小說意象大致可分一、神話意象；二、物性意象；三、人物意象，文本中的意象承擔敘事與抒情的功能。營造了小說的詩化意境，與可卿相關意象介紹如下：

縱觀可卿房中的飾物，構成不同的意象而且有其寓意。表香艷淫逸者有唐伯虎的海棠春睡圖、武則天當日鏡室中設的寶鏡、趙飛燕立著舞過的金盤、安祿山擲過太眞乳的木瓜、及西子浣過的紗衾。關於唐伯虎畫的〈海棠春睡圖〉不一定眞有，但唐寅確有〈題海棠美人〉詩：「褪盡東風滿面妝，可憐蝶粉與蜂狂。自今意思誰能說，一片春心付海棠。」曹雪芹寫秦氏房中有此香艷的〈海棠春睡圖〉，暗寓賈珍和其兒媳秦可卿正如唐明皇和其兒媳婦壽王妃楊玉環之「曖昧」關係。至於「武則天當日鏡室中設的寶鏡」〔註 52〕，武則天乃淫亂的代名詞，將秦氏臥室之鏡比作武則天鏡殿中的寶鏡，此物成淫亂的象徵物，譏刺著秦氏與賈珍的不正常關係。再如「趙飛燕立著舞的金盤」〔註 53〕宋樂史《楊太眞外傳》引《漢成帝內傳》云：「漢成帝獲飛燕，身輕欲

〔註 52〕唐高宗鏡殿成，劉仁軌驚下殿，謂一時乃有數天子。至武后時，則用以宣淫，楊鐵厓詩云：「鏡殿青春秘戲多，玉肌相照影相摹。六郎酣戰明空笑，隊隊鴛鴦浴錦波。」而秘戲之能事畢矣。鏡殿指四壁皆安裝上銅鏡之殿室，六郎指武則天男寵張昌宗，張排行第六，貌美，得幸於武則天。
〔明〕沈德符《萬曆野獲編・卷二十六・春畫》（北京：中華書局，1997 年）頁 659。

〔註 53〕「孝成趙皇后，本長安宮人。初生時，父母不舉，三日不死，乃收養之。及壯屬陽阿主家，學歌舞，號曰飛燕。成帝嘗微行出，過陽阿主，作樂。上見飛燕而說之，召入宮，大幸。有女弟復召入，俱爲婕妤，貴傾後宮」。「哀帝崩，王

不勝風，恐其飄翥，帝爲造水晶盤，含宮人掌之而歌舞。伶玄《趙飛燕外傳》云：「長而纖便舉止翩然，人謂之飛燕。」〔宋〕秦醇《趙飛燕別傳》亦云：「趙后腰骨纖細，善踽步行，若人手持荏枝，顫顫然，他人莫可學也。在王家時，號爲飛燕。」《趙飛燕外傳》與《趙飛燕別傳》均有趙飛燕與少年私通之描述，文本中提到「趙飛燕立著舞的金盤」除了形容秦可卿有著趙飛燕裊娜輕盈的腰身之外，也暗喻她也有趙飛燕般的淫行。「安祿山擲過傷了太眞乳的木瓜」，安祿山爲「安史之亂」的禍首〔註 54〕，太眞即楊玉環。〔註 55〕唐明皇寵信安祿山「詔與諸夷約爲兄弟，而祿山母事妃，來朝，必宴餞結歡。」〔註 56〕安祿山認貴妃爲義母，但祿山投木瓜以示好，乃男女求愛的表示〔註 57〕，有亂倫之嫌，曹雪芹乃以此典諷刺賈珍與秦氏之不倫醜行。至於「西子浣過的紗衾」，西子即西施〔註 58〕，西施雖爲美女之代詞，但卻使人亡國殺身，曹雪芹

莽白太后詔有司曰：『前皇太后與昭儀俱侍帷幄，姊弟專寵錮寢，執賊亂之謀，殘滅繼嗣以危宗廟，誖天犯祖，無爲天下母之義。貶皇太后爲孝成皇后，徙居北宮。』後月餘，復下詔曰：『皇后自知罪惡深大，朝請希闊，失婦道，無共養之禮，而有狼虎之毒。……今廢皇后爲庶人，就其園。』是日自殺。」
班固撰、顏師古注：《漢書・外戚傳》（台北：宏業書局，1974 年）頁 3988、3999。

〔註 54〕「帝登勤政樓，幄坐之左，張金雞大障，前置特榻，詔祿山坐，褰其幄以示尊寵。太子諫曰：「自古幄坐非人臣當得，陛下寵祿山過甚，必驕。」
〔宋〕歐陽修、宋祁：《新唐書・卷二百二十五上・逆臣傳》《二十五史》（台北：藝文印書館，1973 年）頁 2634。

〔註 55〕「而太眞得幸，善歌舞，邃曉音律，且智算警穎，迎意輒悟。帝大悅，遂專房宴宮中，號『娘子』，儀體與皇后等。天寶初進冊爲貴妃。」
〔宋〕歐陽修、宋祁：《新唐書・卷七十六・后妃傳》《二十五史》（台北：藝文印書館，1973 年）頁 1151。

〔註 56〕「安祿山，有邊功，帝寵之，詔與諸夷約爲兄弟，而祿山母事祀，來朝必宴餞結歡。」
〔宋〕歐陽修、宋祁：《新唐書・卷七十六・后妃傳》：（台北：藝文印書館，1973 年）頁 1153。

〔註 57〕姚際恆：《詩經通論・衛風・木瓜》：「投我以木瓜，報之以瓊琚。匪爲報也，永以爲好也！投桃報李，互贈信物乃同心之約。」（台北：廣文書局，1961 年）頁 90。
「貴妃私安祿山，以後頗無禮，因狂悖，指爪傷貴妃胸乳間，遂作訶子之飾以蔽之。」
〔宋〕高承《事物紀原・卷三「訶子」條》《叢書集成初編》（北京：中華書局，1997 年）頁 110。

〔註 58〕乃使相者國中，得苧蘿山鬻薪之女，曰西施、鄭旦。飾以羅穀，教以容步，習於土城，臨於都巷，三年學服而獻於吳。

用其浣過之紗衾比喻秦可卿衾褥的華美，也表達了賈珍可卿的奢靡淫亂生活導致賈府的敗亡。

秦可卿房中飾物亦有表「奢靡」之意者，如「同昌公主製的聯珠帳」，同昌公主乃唐懿宗之女〔註 59〕，〔唐〕蘇鶚《杜陽雜編》云：「咸通九年，同昌公主出降，宅於廣化里，賜錢五百萬貫，仍罄內庫寶貨以實其宅。至於房櫳戶墉，無不以珍異飾之。又以金銀爲井欄、藥臼、食樻、水槽、釜、鐺盆、甕之屬，仍鏤金爲笊、籬、箕、筐。制水精、火齊、琉璃、玳瑁等床，悉楮以金龜銀鳖。又琢五色玉器爲什合，百寶爲圖案。又賜金麥、銀米共數斛，此皆太宗朝條支國所獻也。堂中設聯珠之帳，卻寒之簾，犀簟、牙席、龍罽、鳳褥。連珠帳，續眞珠爲之也。卻寒簾，類玳瑁斑，有紫色，云卻寒之鳥骨所爲也。未知出自何國。……自兩漢至皇唐，公主出降之盛，未之有也。」〔註 60〕同昌公主生前享受之豪華，死後陪葬之奢靡，與秦可卿相類，作者以同昌公主之典譏諷寧國府賈珍父子之奢侈華靡，伏下了敗家之因。

至於「紅娘抱過的鴛枕」則表達了風流之意。《西廂記》第四本〈草橋店夢鶯鶯〉第一折云：「（末云）小姐來麼？（紅云）你接了衾枕者，小姐入來也。張生你怎麼謝我？」〔註 61〕張君瑞害相思病臥床不起，鶯鶯爲報相救之恩，由紅娘傳柬給張生，願薦枕席以慰張生相思之病。作者引此典呈顯秦可卿風流多情的性格。「壽昌（陽）公主於含章殿下臥的寶榻」，《太平御覽・時序部・人日條》引《雜五行書》云：「宋武帝女壽陽公主人日臥於含章殿簷下，梅花落公主額上，成五出花，拂之不去。皇后留之，看得幾時，經三日洗之乃落。宮女奇其異，竟效之，今梅花妝是也。」〔註 62〕因「臥含章殿」典，

〔漢〕趙曄：《吳越春秋・卷第九・勾踐陰謀外傳》（台北：藝文印書館，1966 年）頁 295。

〔註 59〕衛國文懿公主，郭淑妃所生。始封同昌。下嫁韋保衡。咸通十年薨。帝既素所愛，自制挽歌，君臣畢和。又許百官祭以金貝、寓車、廞服、火之，民爭取煨以汰寶。及葬，帝與妃坐延興門，哭以過柩，仗衛彌數十里，冶金爲俑，怪寶千計實墓中，與乳保同葬。追封及謚。

〔宋〕歐陽修、宋祁：《新唐書・卷八十三・諸帝公主》《二十五史》（台北：藝文印書館，1973 年）頁 1236。

〔註 60〕〔唐〕蘇鶚：《杜陽雜編》《叢書集成初編》（北京：中華書局，1985 年）頁 25。

〔註 61〕〔元〕王實甫：《西廂記》《中國十大古典喜劇集》（濟南：齊魯書社，2006 年）頁 145。

〔註 62〕〔宋〕李昉編：《太平御覽・時序部・人日條》引《雜五行書》《景印文淵閣四庫全書・子部一九九》（台灣：商務印書館，1983 年）頁 893～388。

知壽昌當爲壽陽。壽陽公主臥寶榻梅花落額之典，乃形容女子修飾之美，作者以此典形容秦可卿的美妝儀。「嫩寒鎖夢因春冷，芳氣襲人是酒香」脂評云：「艷極、淫極，已入夢境矣。」〔註 63〕鏡子、金盤、床榻、裝飾著珍珠的帳子、薄紗被子、枕頭，這些有錢人家臥室裡的尋常物件對一個正處於性意識成長期的男孩來說，難以抑止其無邊的遐想，又加上蘊含歷史文化積澱之武則天的鏡子，趙飛燕的金盤，壽昌公主的床榻，同昌公主的帳子，西施的被子，紅娘牽合婚事的枕頭及使楊玉環與安祿山有曖昧關係的木瓜，都會情不自禁的引發懷春少年的意蕩神迷。可卿臥室之描寫是爲了寫可卿「擅風情」的人生命運，作者也從嗅覺、視覺、聽覺、觸覺多方面刺激寶玉，喚起他性萌動，有其性啓蒙的作用，其實可卿房中無非畫、聯、鏡、盤、瓜、床、帳、被、枕而已，然而由諸意象之烘托，這香閨繡閣頓時香噴火辣，淫靡奢侈，華麗濃艷。〔註 64〕作者塑造可卿此形象也揭露了當時封建社會的淫亂生活。秦可卿房中飾物意象有淫逸、奢靡、風流、美艷諸多意涵，也呈顯了作者對之有褒有貶、有贊美有譏刺更有痛惜的複雜情愫，這也是作者在「披閱十載，增刪五次」後對可卿之敘述仍留下諸多矛盾之因。〔註 65〕

小結

可卿是一個飄忽隱約的意象，一開始作者就把她安置在一個詩化意象密集的環境中，種種的意象無一不是情欲的暗示與象徵。她與周圍之意象融爲一體，也成了情欲的承載體。她臥室諸意象只是些象徵意象，以物象中潛含的淫靡、奢侈、香艷、亂倫的歷史意涵多層次多角度的對秦可卿的性格作強有力的映射與烘托。〈紅樓夢曲．好事終〉云：

> 畫樑春盡落香塵。擅風情，秉月貌，便是敗家的根本。箕裘頹墮皆從敬，家事消亡首罪寧，宿孽總因情。〔註 66〕

賈珍不顧倫理，亂淫兒媳秦可卿，導致秦可卿的自殺，和賈敬一心想成仙，終日燒丹煉汞，疏於兒孫的管教有不可脫離的關係。且賈珍、賈蓉父子只知

〔註 63〕陳慶浩編：《新編石頭記脂硯齋評語輯校第五回》（台北：聯經出版社，1986 年）頁 118。

〔註 64〕陳益源：《古典小說與情色文學》（台北：里仁書局，2001 年）頁 219。

〔註 65〕丁維忠：〈《紅樓夢》中的五個秦可卿〉《河南教育學院學報》2005 年第 6 期第 24 卷。

〔註 66〕曹雪芹、高鶚原著，其庸等校注：《紅樓夢校注》（台北：里仁書局，1986 年）第 5 回，頁 93。

享樂，也沒人敢管，至子孫不肖，後繼無人。作者通過秦可卿淫喪天香樓之事把寧國府賈珍、賈蓉、賈敬等人提出加以批判。〈紅樓夢曲・好事終〉諷刺著秦可卿與賈珍亂倫的醜事，秦可卿之亡也影射著賈府的敗亡。

秦可卿是曹雪芹創造的一個意象化人物，有關她的出身、婚姻、生病死亡及和賈珍、寶玉、王熙鳳等人的關係，均存在著諸多的謎。她集兼美和淫喪於一身，似人似仙似鬼，也引發歷來紅迷、學者探討的興趣。秦可卿在第五回才首次亮相，第十三回即匆匆謝幕。她在《紅樓夢》中扮演著不同的角色。

首先在神的世界，即放春山遣香洞的太虛幻境，秦氏於此乳名兼美，表字可卿，爲太虛幻境主人警幻仙姑的妹子。第五回寶玉夢至幻境薄命司看〈金陵十二釵正冊〉、〈別冊〉、〈又別冊〉後再至「幽微靈秀地」仙府欣賞〈新製《紅樓夢》十二支〉演出，因「痴兒竟尚未悟」就由警幻仙子之妹可卿授以「雲雨」之事。秦可卿存在的另一場景是人間的寧國府，在此空間中她是賈珍之媳，賈蓉之妻，對上孝敬又能體恤下人，甚得全家人的好感，她在人世的住房：入房正面有唐伯虎畫的〈海棠春睡圖〉，兩邊有宋學士秦太虛的一副對聯「嫩寒鎖夢因春冷，芳氣籠人是酒香」，案上有武則天鏡室的寶鏡，趙飛燕立舞的金盤，安祿山傷太眞乳的木瓜及壽昌公主於含章殿下臥的寶榻、同昌公主製的聯珠帳，聚合了代表古今美女艷婦之意象，將秦可卿之形象雕塑得可愛又可惡。第十三回鳳姐於睡夢中依稀聽了秦可卿的建言，唸了一句詩：「三春去後諸芳盡，各自須尋各自門」之後，秦可卿即飄然魂斷。她死後，其公公賈珍「哭得像淚人兒一般」，引起讀者諸多揣測。人間的秦可卿是寶玉及作者心目中兼寶釵與黛玉優點的可人兒，是美與情的代表，是個詩化的人物。可卿這個「複合人」幻影出現於寶玉夢中，成爲他的夢淫對象，不僅有其生理原因和心理根據，符合夢的心理機制和夢的「化裝作用」，同時，作爲一個寓意性形象，其寓意又超越了夢幻和夢淫本身，實際上是現實生活中寶玉一生與釵、黛微妙的感情糾葛之總體性的暗示或象徵。〔註 67〕秦可卿存在的再一場景是鬼魂的世界。她在第十三回即匆匆謝幕，秦可卿的死揭露了賈珍之流荒淫亂倫的無恥，表現了曹雪芹對黑暗腐朽封建社會的批判。秦可卿臨死的當日曾面見王熙鳳，建議多置田莊於祖墳附近以供祭祀及家塾用度，

〔註 67〕李慶信：〈一個主觀化的「複合人」幻影——可卿爲釵黛「合影」說新解〉《紅樓夢學刊》1992 年第一輯，頁 42。

表現了她善良的心地及憂患意識。第一百零一回〈大觀園月夜感幽魂〉中再度顯靈，提醒熙鳳不可忘「立萬年永遠之基。」一再向鳳姐建言要預留後路免得一敗塗地。然而，可卿最重要的存在空間應是作者心目中理想女性。善良、體恤、溫婉、卻又浪漫多慾，可是這多慾的豔婦畢竟不宜居住於人間，所以作者縮短了他在俗世的性命。曹雪芹把她塑造成不能有更好命運的早亡人，通過這個藝術典型的塑造，即在向人們揭示整個封建制度已瀕臨末世，徹底崩潰的時日也即將到來。作者也以秦可卿烟花般美麗而短暫的生命，警示世人：人生短暫，情色誤人，富貴匆匆的道理。也渲染出大家族後繼無人的窘況及日趨衰敗的前景。

作者塑造了一個完美的秦可卿作爲「情」的化身，卻不得不將它否定掉，毀滅掉，誠如魯迅所言：「悲劇就是將人生的有價值的東西毀滅給人看。」第一百一十一回讓她導引鴛鴦上吊，這些符號隱喻著她自縊身亡。續作者如此寫法可見他也相信可卿是縊死的。秦氏之引誘鴛鴦，如世俗所傳的縊鬼找替身〔註 68〕，比種筆法和前八十回相比是大相逕庭的。秦可卿在人世間所經歷的是情與色的世界，在情的世界表現爲被作者高度理想化的秦氏，在色的世界她表現的是淫喪的悲劇。在神的空間裡，警幻仙姑居住的「空」界，一切的時空是凝固停止的，警幻仙子的青春永駐反襯出人間色界與情界的人生苦短，也寄託了人類古老又共同的夢想——「超越時空，長生不老」。在「空」的世界，她的「兼美」是對「色」與「情」的超越、反諷，集神秘、矛盾與荒誕於一體。作者把秦可卿置於文本「空」、「色」、「情」的立體構思中，呈顯了「因空見色，由色生情，傳情入色，自色悟空」的總綱。秦可卿的形象是一種象徵，是賈府走向自我毀滅的象徵，她穿插在夢幻仙境與現實人間，遊走於太虛幻境與大觀園兩個世界，如眞似幻飄渺幽微。秦可卿在短期內結束她短暫的一生，象徵著賈府、大觀園及十二正釵悲劇宿命也將頃刻間煙消雲散，她的死控訴了賈府這黑暗封建家庭對女性的摧殘和迫害。

〔註 68〕俞平伯：《俞平伯說紅樓夢》（上海：上海古籍出版社，1998 年），頁 117～118。

第七章　王熙鳳與巧姐

鳳姐出身侯門，爲賈璉之妻，寶玉之堂嫂又是姑表姐，她美麗伶俐，精明幹練，雖一時風光卻只能如立於冰山之鳳，當冰山融解，一切也無從依靠，最後是一從二令三人木，哭向金陵事更哀了。巧姐爲鳳姐之女，不若母親的鋒芒畢露，爲狠舅奸兄所害，幸得劉姥姥相救，最後嫁到鄉間，以紡織務農爲生，遠離了沒落貴族的憂慮隱痛。她和其母在文本中呈顯了因果關係，故合爲一篇加以探討。

第一節　王熙鳳

一、鳳姐意象相關資料

鳳姐出身於金陵王家，爲王夫人的內侄女。金陵王家爲四大家族之一。有關鳳姐的家世背景，文本中曾從黛玉的角度言之：

> 黛玉雖不識，也曾聽見母親說過，大舅賈赦之子賈璉，娶的就是二舅母王氏之內侄女，自幼假充男兒教養的，學名王熙鳳。〔註1〕

鳳姐個性豪爽、潑辣，賈母稱她叫「鳳辣子」。王家因掌管各地商人及進貢使節，所以擁有各種寶物。第四回「東海缺乏白玉床，龍王來請金陵王。」渲染了王家的富有。鳳姐在此優渥的環境成長，造就了鳳姐自信與跋扈的個性。賈珍希望鳳姐出來料理可卿喪事時，即言：「從小兒大妹妹頑笑著就有殺伐決斷，如今出了閣，又在那府裡辦事，越發歷練老成了。」第十六回提及當年

〔註1〕曹雪芹、高鶚原著，其庸等校注：《紅樓夢校注》（台北：里仁書局，1986年）第3回，頁47。

太祖皇帝巡行之事，趙嬤嬤道：

> 「咱們賈府正在姑蘇揚州一帶監造海舫，修理海塘，只預備接駕一次，把銀子都花的淌海水似的！說起來……」鳳姐忙接道：「我們王府也預備過一次。那時我爺爺單管各國進貢朝賀的事，凡有的外國人來，都是我們家養活。粵、閩、滇、浙所有的洋船貨物都是我們家的。」趙嬤嬤道：「那是誰不知道的？如今還有個口號兒呢，說『東海少了白玉床，龍王來請江南王』，這說的就是奶奶府上了。」〔註2〕

這說明了王家非但在金陵，且在江南亦是富甲天下。她的叔叔王子騰由「京營節度使」又升了「九省統制，奉旨出都查邊」，第五十三回提及又升了「九省都檢點」。王子騰由掌管京城軍事進而掌管九省軍事，軍權在握，是個炙手可熱的人物，鳳姐出身於財、勢皆優的世家，養成了她擅權、武斷的人格特質。文本中有關鳳姐之描寫，第二回由冷子興之敘述側面寫鳳姐形貌。第三回鳳姐初見黛玉，對黛玉讚美有加，且由黛玉視角寫鳳姐形貌。第五回判詞：「凡鳥偏從末世來，都知愛慕此生才」及，〈紅樓夢曲・聰明誤〉屬之。第六回寫鳳姐居處及形貌。第七回寫送宮花賈璉戲熙鳳，且鳳姐擺平冷子興案。第十一至十五回正寫鳳姐。第十一回寫鳳姐欣賞大觀園景致。第十二回鳳姐毒設相思局整治賈瑞。第十三回鳳姐協理寧國府，第十五回鳳姐弄權鐵檻寺，策畫張金哥案。第三十九回鳳姐拿丫頭奴僕之錢放高利貸。第四十三回寫鳳姐生日。第四十四回鳳姐潑醋，第四十五回鳳姐資助詩社，第四十九回鳳姐和一群脂粉香娃割腥啖膻，鳳姐憐惜邢岫烟。第五十回鳳姐和眾人至暖香塢觀畫。第五十三回王子騰升官九省都檢點。第五十四回王熙鳳效戲彩斑衣，第五十五回寫鳳姐生病，氣血不足。第六十一回平兒勸鳳姐得放手時須放手。第六十五回賈璉偷娶尤二娘，第六十七回賈璉在外藏嬌，鳳姐操縱都察院案。第六十八回苦尤娘賺進大觀園，第六十九回鳳姐借秋桐計害尤二姐。第七十一回鳳姐受邢夫人氣，心灰意冷，第七十二回鳳姐恃強羞說病。第七十四回抄檢大觀園，鳳姐同情入畫及晴雯，第九十六回鳳姐瞞消息設奇謀，致使黛玉魂斷。第十百六回鳳姐致禍抱羞慚，第一百一十回，鳳姐力詘失人心，第一百十三回鳳姐懺宿冤託村嫗，第一百十四回鳳姐歷幻返金陵。有關鳳姐之判詞云：

〔註 2〕曹雪芹、高鶚原著，其庸等校注：《紅樓夢校注》（台北：里仁書局，1986 年）第 16 回，頁 243。

畫：一片冰山，上面有一隻雌鳳

詞：凡鳥偏從末世來，都知愛慕此生才

一從二令三人木，哭向金陵事更哀。〔註3〕

此爲有關王熙鳳之圖讖。冰山在此隱喻鳳姐所依靠之賈府及四大家族集團。凡鳥二字合爲鳳字。「一片冰山，上有一隻雌鳳」有兩種涵義：一是她高高在上的地位乃龐大的靠山造成；二是這大片的山乃是冰山，有朝一日，冰雪消融，她的地位也不復存在。至於冰山象徵著她娘家的財勢及賈母的寵信及賈璉的地位，爲鳳姐的榮辱勝敗之所依託。在時局變化中，這些勢力都會像冰山見了太陽一樣消融了。王熙鳳乃出身於「護官符」所言「龍王來請金陵王」的王家，嫁與賈璉爲妻。元妃省親時，鳳姐慨嘆：「可恨我小兒歲年紀，若早生二、三十年，如今這些老人家也不薄我沒見世面了。」可見王家鼎盛時期的富貴生活。王熙鳳掌榮府管家大權的時代已是這家族走下坡路的時期，所以說她「偏從末世來」。王熙鳳美麗伶俐，精明幹練，秦可卿出喪時，她協理寧國府，日理萬機，井井有條，但她有無止境的貪念，克扣月銀，放高利貸，收受巨額賄賂，計害人命，因此在賈家敗落時，她也悽滲地結束其短暫的一生。至於「一從二令三人木」此句讖言有頗多說法，歷來爲學者所樂於探索、闡釋。甲戌本、戚序本在「一從二令三人木」句下，脂評有小字批注曰：「拆字法」。但拆字法到底如何拆法，至今無解。周春《閱紅樓夢隨筆》云：「案詩中「一從二令三人木」句，蓋「二令」冷也，「人木」休也，「一從」月從也，「三」字借用成語而已，張新之妙復軒評本，在此句下注曰：「王熙鳳終局。『二令三人木』冷來也。」但冷來二字，無解。王夢阮、沈瓶庵《紅樓夢索隱》沿用此說法，且云「末世」是明之末世，「冷來」言北方苦寒之族來居中國也，又由北京來定江南也。」胡適《紅樓夢考證》中云：「鳳姐的結局道：『一從二令三人木，哭向金陵事更哀』，這個謎竟無人猜得出，許多批《紅樓夢》的人也都不敢下注解。」〔註4〕一九二九年北京《益世報》化蝶〈金陵十二釵冊〉一文中認爲「一從」是一個從字，「二令」二字是一個「冷」，「三人木」三個字是「來」字，合之爲「從冷來」，但此三字之意則無解。徐高阮在〈讀《紅樓夢》雜記二則〉中提及爲三從四德的從，「一從」指熙鳳閨中和初

〔註3〕曹雪芹、高鶚原著，其庸等校注：《紅樓夢校注》（台北：里仁書局，1986 年）第 5 回，頁 88。

〔註4〕胡適：《胡適紅樓夢研究論述全編》（上海：上海古籍出版社，1988 年），頁 117。

嫁守其婦道的時代。令是發號施令的令，「二令」指王熙鳳執掌家政操縱一切的盛日。「人木」就是休棄的休，「三人木」是指鳳姐時非事敗至被休的末路。趙常恂寫信給吳恩裕，趙信中認爲「一從」是口，口內加一令字是囹字。「三人木」是中內加人字木字，爲囚字困字，疑鳳姐結果或被罪困囚於囹圄，方與「哭向金陵事更哀」之意合。吳恩裕在《有關曹雪芹八種》一書中則認爲鳳姐對賈璉最初是言聽計「從」，繼則對賈璉可以發號施「令」，最後事敗終不免於「休」之，故曰：「哭向金陵事更哀」。林語堂〈平心論高鶚〉中云：「第三句猜謎，至今無人猜出，是一微憾。但不是高鶚作僞之什麼大證據（或曰二令爲冷，人木爲休，寓冷休意，頗近，但又漏「一從」及「三」字）。這條只算懸案。至於『哭向金陵事更哀』，確是鳳姐臨死時情景。」〔註5〕嚴明〈鳳姐的結局——一從二冷三人木〉則云，二令是冷字，三人木既不是來字，也不是一個休字，而是夫休。一從的從，抽出五個人字，剩下「卜」字，如與「一」字拼起，就成爲下字或上字，五個人應稱成「众人」，因而由拆字法猜謎，應是「上下众人冷，夫休」，眾叛親離即鳳姐臨死前之情景。周策縱〈論關於鳳姐的一從二令三人木〉有不同的看法，他認爲由第六十八回及六十九回中發現曹雪芹很明確的暗示所謂一從二冷三人木是指鳳姐害死尤二姐的事。如尤二姐云：「奴家年輕，一從到這裡」（六十八回）二冷是鳳姐下的兩道命令，一令旺兒暗中唆使張華去都察院控制賈璉，二令王信用錢去疏通都察院反坐張華以誣告罪。「三休」呢！周氏從第六十八至六十九回的鳳姐言談中，找到三個「休」字。由上之分析可知除周氏認爲此七字是指鳳姐跟尤二姐之事外，其他都認爲是鳳姐的結局。〔註6〕邢治平認爲一從是說她剛入賈府，尚能遵守婦道，聽從賈母、賈璉之意願，「二令」是後來總攬賈府大權，威重令行，上下懾服。「三人木」是鳳姐最後被休，哭返老家金陵，悲劇收場。〔註7〕「一從二令三人木」至今無解。然徐高阮及吳恩裕及邢治平之解說頗值得參考，筆者認爲鳳姐剛入賈府，尚能遵守婦道，尊重賈母及賈璉之意願，但後來總攬大權就肆無忌憚，淫佚善妒，貪財好貨，計害人命，最後是時非事敗遭遣歸老家金陵，悲劇收場。文學作品之妙在其多義性，因具備了多義性，讓讀者有更多的想像空間。文本空白的詮釋能激發讀者再創造的能力，在讀者豐富的想像下產生其多

〔註5〕林語堂：《平心論高鶚》（台北，傳記文學出版社，1969年），頁104。
〔註6〕周策縱：《紅樓夢案——周策縱論紅樓夢》（文化藝術出版社，2005年），頁362。
〔註7〕邢治平：《紅樓夢十講》（台北：木鐸出版社，1987年），頁106。

義性。此多義性亦爲古今中外學者樂於探索的主題。

多義性（Ambiquity）即有含混、晦澀、曖昧性之意，英國新批評文論家威廉・燕卜蓀（William Empson, 1906～1984）曾在其名著《朦朧的七種類型》〔註 8〕中認爲：「任何語義上的差別，不論如何細微一句話有可能引起不同的反應。」因此一次陳述有多種意義。〔註 9〕雅各布遜（Romon Jakobson, 1896～1982）在〈隱喻（the metaphorical）和換喻（the metonymic）的兩極〉中，以索緒爾的二軸說，把屬於隱喻的選擇軸配合屬於換喻（轉喻）的組合軸，由隱喻的類似性作用配合組合軸的毗連性作用，使詩歌具有了整體性、象徵性、多義性。〔註 10〕

有關多義性此一理念，吳新發譯《文學理論導讀》中亦有精闢的見解，〔註 11〕至於英伽登（Roman Ingarden, 1893～1970）則認爲每一部不論何種

〔註 8〕《朦朧的七種類型》是受教師瑞恰茲（Ivor Armstrong Richards, 1893～1980）給他批改的一份作業啓發寫成，以大量實例旁證，將他定義爲可使同一句話引起不同反應的語義差別的朦朧亦即含混，分成七種類型：一、一物與另一物相似；二、上下文引起多義並存；三、同一詞具有兩個似乎並不相關的意義即雙關；四、一句話的兩個以上的不同意義，合並反應作者的複雜心態；五、一種修辭手段介於要表達的兩種思想之間；六、矛盾難解的表達迫使讀者自己去尋找本身同樣是相互衝突的多種解釋；七、一個詞的兩個意義正是它們的反義所在。
見朱立元、李鈞主編：《二十世紀西方文論選・上卷》（高等教育出版社，2003 年）頁 241。

〔註 9〕瑞士語言學家索緒爾（Ferdinand de Saussure, 1857～1913）認爲所謂文本（Text）就是由兩條軸線組成的，一條是選擇軸（Symtagmatic Axis），即文本引起你的聯想。一條是組合軸（Associative Axis），指語法結構的次序而言。組合軸如爲橫向進行的語言結構次序，選擇軸則爲縱向下來的。
見趙毅衡：《新批評》（中國社會科學出版社，1986 年）頁 161。

〔註 10〕〔美〕羅曼・雅各布遜著，張祖建譯：〈隱喻和換喻的兩極〉。
見朱立元、李鈞主編：《二十世紀西方文論選・上卷》（高等教育出版社，2003 年）頁 192。

〔註 11〕Terry Eagleton 著，吳新發譯：《文學理論導讀》「在隱喻中某一符號被另一符號替代，因爲兩者有點類似：『熱情』變成『火焰』。在轉喻中，某一符號與另一符號聯結：『翅膀』與『飛行器』聯結，因爲前者是後者的一部份。……說話和書寫時，我們由可能的類語（equivalences）範圍挑選一些符號，構成一個句子。然而詩的情況則是在組合文字的過程和挑選文字時，我們同樣注意『類語』，我們將語意上、節奏上、語音上，或在其他方面屬於同類的文字連串起來，這就是雅各布遜所云：『詩的功能在於將同類原則由選擇基軸投射到組合基軸。』詩歌的功能在於把對等原理從選擇的層面投射到結合的層面上去。」（台北：書林出版有限公司，1993 年）頁 126。

類型的藝術作品都有獨特的性質……。在明確性方面，它在自身之內包含有顯示特性的空白，即各種不確定的領域……並非所有它的決定因素、成份或性質都處於實現的狀態，而是其中有些只是潛在的。因爲這樣，一個藝術作品就必須要一個存在它本身以外的動因，那就是一位觀賞者。爲了使作品具體化（具象化），觀賞者通過他在鑑賞時的合作的創造活動，促使自己去「解釋」作品，去「重建」作品，這是作品的完成以及潛在要素的實現。〔註 12〕

姚斯（Hans Robert Jause, 1920～　）強調文學研究要以讀者爲中心，認爲作品的意義與價值不是給定的，對它的建立來說，讀者也是一種能動因素，文學作品的歷史性不能離開接受者的能動參與。〔註 13〕伊瑟爾（Wolfgang. Iser, 1926～　），爲接受美學代表人物之一，也認爲文學文本並非是固定的、完全的。對於讀者來說，它只提供出一個“圖式化”的框架，這個框中有“空白”，即文本未寫出但又暗示著的東西。這個空白的框架對讀者具有召喚性，激發讀者參與完成文本。〔註 14〕當然，讀者反應與接受理論並不是說讀者能任性的割裂作品，或對作品意義自由生產，反之，作品意義必須定位於讀者與作品或多或少共享的脈絡裡。〔註 15〕伊瑟爾的「空白」和布洛（Edward Bullough, 1880～1934）及朱光潛所謂的「距離」可相呼應。誠如樂章中之休止符，繪畫中亦有留白。有空白的時空能激發欣賞者想像的思維，在這空白之中，詩人像深山寶藏一樣，將自己的情思感受隱藏在詩的朦朧氛圍中，也爲讀者提供了「再創造」的時空，不同讀者，不同的接受，因而呈現了文本

〔註 12〕〔波蘭〕英伽登著，朱立元譯：〈藝術的和審美的價值〉。見朱立元、李鈞主編：《二十世紀西方文論選・上卷》（高等教育出版社，2003 年）頁 388。

〔註 13〕朱立元、李鈞主編：《二十世紀西方文論選・下卷》（高等教育出版社，2003 年）頁 333。

〔註 14〕朱立元、李鈞主編：《二十世紀西方文論選・上卷》（高等教育出版社，2003 年）頁 349。

〔註 15〕瑞士心理學家布洛（Edward Bullough, 1880～1934），在《作爲藝術因素與審美原則》的心理距離說」中云：「距離這一概念能夠引起人們的一系列饒有興味或很富於思辨意義的思想活動。」朱光潛在《文藝心理學》中亦云：「創造和欣賞的成功與否，就看能否把『距離的矛盾』（The Antinomy of Distance）安排妥當，距離太遠了，結果是不可了解，距離太近了，結果又不免讓實用的動機壓倒美感，『不即不離』是藝術的最好的理想」。朱光潛：《文藝心理學》（台北：台灣開明書店，1996 年）頁 21。

的多義性。朦朧、多義性亦是中國詩歌的審美境界。劉勰《文心雕龍》論及〈隱秀〉云：

> 隱者也，文外之重旨者也……隱之爲體，義生文外，秘響旁通，伏采潛發……始正而末奇，內明而外潤，使玩之者無窮，味之者不厭。〔註 16〕

這文外之重旨者即多義性。朦朧迷離的意境能吸引讀者，讓讀者馳騁想像，蘊孕豐富生動的內涵，而產生了多義性。有關多義性，古代詩話不乏相關之闡述。〔註 17〕王夫之亦有詩歌審美意象的多義性之理念。在《唐詩評選》中關於楊巨源《長安春遊》中云：「只平敘去，可以廣通諸情。故曰：詩無達志。」「詩無達志」即點出了詩之意涵有寬泛性及不確定性，即詩歌審美意象的多義性。《薑齋詩話・卷一》云：

> 作者用一致之思，讀者各以其情而自得……人情之遊也無涯，而各以其情遇，斯所貴於有詩。〔註 18〕

作者呈現之文本，讀者各以其不同的生活背景與領悟而有不同的詮釋，此段話提出了詩歌欣賞中美感的差異性，亦即詩歌審美意象之多義性。抽象派與象徵派的畫作藉著光影線條呈顯了畫作主旨，召引不同的觀眾作多層面的思考，不同的社會、文化背景的觀眾自然有其不同的領悟，眾聲喧嘩中畫作呈現了多樣性的意涵，文學作品亦然。鳳姐判詞之多義性，讀者可從不同的觀

〔註 16〕〔梁〕劉勰《文心雕龍》《景印文淵閣四庫全書・集部四一七》（台北：商務印書館，1983 年）頁 1478～163。

〔註 17〕司空圖《二十四詩品》中亦言「不著一字，盡得風流。」〔清〕何文煥輯：《歷代詩話》（台北：漢京出版社，1983 年）頁 40。明代謝榛《四溟詩話・卷一》云：「詩有可解，不可解，不必解。若水月鏡花，勿泥其迹可也。」丁福保輯：《歷代詩話續篇》（台北：木鐸出版社，1983 年）頁 1137。水月鏡花乃指意在言外的虛境，無確定之意義，只可意會，不能言傳。嚴羽《滄浪詩話・詩辨》云：「詩者，吟咏情性也，盛唐諸人惟在興趣，羚羊挂角，無迹可求，故其妙處透徹玲瓏，不可湊泊，如空中之意、相中之色、水中之月、鏡中之象，言有盡而意無窮。」〔清〕何文煥輯：《歷代詩話二》（台北：漢京文化事業出版社，1983 年）頁 688。那「象外之意」、「味外之旨」即是讓李商隱詩歌產生無窮的魅力，激發讀者再創造之能源。
葉燮在《原詩》中亦云：「詩之至處，妙在含蓄無垠，思致微渺，其寄託在可言不可言之間，其指歸在可解不可解之會：言在此而意在彼，泯端倪而離形象，絕議論而窮思維，引人於冥漠恍惚之境，所以爲至也。」丁福保編：《清詩話・下》（台北：藝文印書館，1977 年）頁 723。那模糊不明確的語言，即語言之多義性。

〔註 18〕王夫之：《薑齋詩話》《清詩話》（台北：西南書局，1979 年）頁 1。

點加以詮釋，此即文學作品的審美特質。〔註 19〕

（一）鳳姐形貌

《紅樓夢》將王熙鳳塑造成一位容貌艷麗、身材窈窕、貂裘錦帽、彩繡輝煌恍若神妃的少婦形象。她標緻的風采，文本中藉冷子興之敘述作側面的書寫：

> 模樣又極標緻，言談又爽利，心機又極深細，竟是個男人萬不及一的。〔註 20〕

王熙鳳首次出場是黛玉初至賈府，正與賈母和眾人相見，「只見一群媳婦、丫鬟圍擁著一個人，從後房門進來。」

> 這個人打扮與眾姊妹不同，彩繡輝煌，恍若神妃仙子：頭上戴著金絲八寶攢珠髻，綰著朝陽五鳳掛珠釵；項上戴著赤金盤螭瓔珞圈；裙邊繫著豆綠宮絛，雙衡比目玫瑰佩；身上穿著縷金百蝶穿花大紅洋緞窄褃襖，外罩五彩刻絲石青銀鼠褂；下著翡翠撒花洋縐裙。一雙丹鳳三角眼，兩彎柳葉吊梢眉；身量苗條，體格風騷；粉面含春威不露，丹唇未啓笑先聞。〔註 21〕

丹鳳眼與柳葉眉呈現出獨特的神韻與美麗，三角眼則是狡猾、奸詐特質的外顯，三角眼與丹鳳眼並存顯露她美麗中含有狡詐。八寶乃指在金銀飾物鑲嵌八種吉祥佩飾，以金絲穿綴，故稱金絲八寶，點綴髮髻可增添富貴之氣。朝陽五鳳乃以金絲和珍珠製作成五隻鳳凰展翅朝陽的姿態。至於盤螭瓔珞圈則是以盤螭和瓔珞點綴的項飾。鳳凰是傳說中的瑞鳥，雄爲鳳，雌爲凰，螭爲雌龍與她名字的鳳相呼應。作者從飾物描寫呈顯了她堪稱「脂粉隊的英雄」的男兒特質。

在黛玉的眼中，鳳姊是彩繡輝煌，頭飾與頸佩是金銀珠寶，裙繫的是豆綠宮絛，有玫瑰佩玉。緊腰身的襖是大紅洋緞裁成，外面罩的是石青鼠褂。襖裡子是銀鼠皮的色彩，下身穿的是翡翠撒花洋縐裙，加上滿頭珠圍翠繞，俏麗風騷，是何等彩綉輝煌！鳳姐艷麗非常，傲視群芳的氣度，更襯托了她

〔註 19〕王秋香：〈由「典故借喻與氛圍營造」探李商隱的無題詩〉《遠東學報》第二十六卷第二期，頁 303。

〔註 20〕曹雪芹、高鶚原著，其庸等校注：《紅樓夢校注》（台北：里仁書局，1986 年）第 2 回，頁 34。

〔註 21〕曹雪芹、高鶚原著，其庸等校注：《紅樓夢校注》（台北：里仁書局，1986 年）第 3 回，頁 47。

與眾不同的個性和身份地位。這內明外暗，上下協調，既顯示當家人之老練，亦不掩少婦之青春氣息。也體現了作者以色彩塑造人物之美學意涵。王熙鳳華貴的穿戴中色彩紛呈，而最突出的是「金」、「紅」二色。「金」色暗寓著少奶奶的富貴貪婪，「紅」色則呈現著她熾熱的眞情及潑辣的淫情。鳳姐開朗歷練性格的刻劃，藉由華麗的衣飾雕塑是功不可沒的。她在第三回出場迎接黛玉時費心的裝扮方不失當家的地位和體面。而且她除了重視自身的服飾裝扮之外，連房間的裝飾也都極其講究。

只見門外鏨銅鉤上懸著大紅撒花軟簾，南窗下是炕，炕上大紅毡條，靠東邊板壁立著一個鎖子錦靠背與一個引枕，鋪著金心綠閃緞大坐褥，旁邊有漆痰盒〔註22〕

鳳姐一出場的裝扮，豐富的色彩炫麗奪目。太紅與翡翠綠是最強烈的對比，明度和飽和度皆強的紅、綠二色突顯了鳳姐傲視群芳的容貌氣度。《紅樓夢》的服飾描寫是成功的，呈現出「濃裝淡抹總相宜」的藝術魅力。這金銀簇擁的世界也正是賈府鮮花著錦，烈火烹油的全盛期。後來劉姥姥造訪時，她則是一身家常打扮：

那鳳姐兒家常帶著秋板貂鼠昭君套，圍著攢珠勒子，穿著桃紅撒花襖，石青刻絲灰鼠披風，大紅洋縐銀鼠皮裙，粉光脂艷，端端正正坐在那裡，手內拿著小銅火箸兒撥手爐內的灰，慢慢的問道：「怎麼還不請進來？」〔註23〕

王府本夾批云：「『還不請進來』五字，寫盡天下富貴人待窮親戚的態度。」甲戌本脂評云：「一段阿鳳房屋起居器皿，家常正傳，奢侈珍貴好奇貨。」且身爲榮府的當家二奶奶，華麗的佩飾加上屋裡的大紅氈條，大紅撒花軟簾，鎖子錦靠背，金心綠閃緞大坐褥，形成了整體美，也洋溢著富貴的氣息。清代婦女的外套，吉服用天青，素服用元青，裙子大都用大紅、湖色、雪青等色彩。王熙鳳襖是桃紅，裙是大紅色，配上紫貂皮毛罩及石青色披風，服飾之搭配是如此富貴嬌艷，背景又有大紅柔簾、大紅條氈及金線鎖鏈圖案錦緞，裝飾品還有銀色唾盒，整個環境金光耀眼。文本中亦曾藉靈秀的風光景致，襯托鳳姐的風流韻致。有日，鳳姐帶著婆子、丫頭們繞進園子的便門，但見

〔註22〕曹雪芹、高鶚原著，其庸等校注：《紅樓夢校注》（台北：里仁書局，1986年）第6回，頁116。

〔註23〕曹雪芹、高鶚原著，其庸等校注：《紅樓夢校注》（台北：里仁書局，1986年）第6回，頁116。

黄花滿地，白柳横坡。小橋通若耶之溪，曲徑接天台之路。石中清流激湍，籬落飄香；樹頭紅葉翩翩，疏林如畫。西風乍緊，初罷鶯啼；暖日當暄，又添蛩語。遙望東南，建幾處依山之榭；縱觀西北，結三面臨水之軒。笙簧盈耳，別有幽情；羅綺穿林，倍添韻致。〔註24〕

鳳姐正自看園中的景致，猛然後假山石後走出一個人來，原來是賈瑞，眼睛還不時的覷著鳳姐！鳳姐在這秀美的景致中留連忘返，這是文本書寫鳳姐時少有的詩意氛圍。賈母因見窗上紗的顏色舊了，吩咐換上新的窗紗，劉姥姥感歎那麼好的布料做窗紗豈不可惜，賈母倒是認爲做衣裳不好看

鳳姐忙把自己身上穿的一件大紅綿紗襖子襟兒拉了出來，向賈母、薛姨媽道：「看我的這襖兒。」賈母、薛姨媽都說：「這也是上好的了，這是如今的上用內造的，竟比不上這個。」〔註25〕

鳳姐一向喜亮麗之色，和其開朗的性格正相契合。當一群脂粉香娃割腥啖膻之時

一時只見鳳姐也披了斗篷走來，笑道:「吃這樣好東西，也不告訴我。」〔註26〕

斗篷由蓑衣演變而來，以棕麻編成，以禦風雪，後來亦有以絲織物製作，且不限於雨雪天使用。清代男女皆喜著斗篷，因穿著者多，故製作日趨精巧，多綉有花紋之鮮艷綢緞，更有以皮毛爲裡襯的。第五十回眾人到惜春住處暖香塢觀畫時，「忽見鳳姐兒披著紫羯褂，笑孜孜地來了。」〔註27〕紫羯掛乃指紫色羊絨毛的褂子，乃名貴之衣飾。此色爲冷色調，從傳統文化來說，衣紫乃象徵高貴，鳳姐穿上紫色衣服配上她艷若桃李的容貌，自有其冷艷效果，眞個是「粉面含春威不露，丹唇未啓笑先聞。」至於鳳姐在通身縞素去見賈璉在外偷娶的尤二姐時，平日素穿的大紅、石青等對比鮮艷色彩都不見了，刻意的以穿戴服飾凸顯環境氛圍。她善於運用服飾的寓意以表達意圖。冷暖的交錯使用，凸顯了王熙鳳容貌艷若桃李，心腸則冷若冰霜的鮮明形象。她

〔註24〕曹雪芹、高鶚原著，其庸等校注：《紅樓夢校注》（台北：里仁書局，1986年）第11回，頁182。

〔註25〕曹雪芹、高鶚原著，其庸等校注：《紅樓夢校注》（台北：里仁書局，1986年）第40回，頁615。

〔註26〕曹雪芹、高鶚原著，其庸等校注：《紅樓夢校注》（台北：里仁書局，1986年）第49回，頁755。

〔註27〕曹雪芹、高鶚原著，其庸等校注：《紅樓夢校注》（台北：里仁書局，1986年）第50回，頁772。

除了自己渾身縞素之外，也吩咐眾男人素衣素蓋，更見其居心。

> 只見頭上皆是素白銀器，身上月白緞襖，青緞披風，白綾素裙。眉彎柳葉，高吊兩梢，目橫丹鳳，神凝三角。〔註28〕

冷色中包含著陰險，這身素色搭配在渲染氣氛和刻劃性格上都發揮了獨到的作用。白色雖有時給人純潔、善良的感覺，也象徵著無情、殘酷。在傳統色彩中白色乃大忌之色，一般用於喪服，鳳姐運用此色彩以製造陰森肅殺、凌氣逼人的氛圍，是給尤二姐下馬威，也預告尤二姐之下場。

詩人泰戈爾曾說：「美麗的東西都是有色彩的。」服飾色彩語言是色彩視覺通過形象思維產生的心理作用。《紅樓夢》中作者「隨美賦彩」以鮮明的視覺效果及深蘊的文化內涵，表現了其間人物鮮明的個性特點，也反映了當時的服飾文化。曹雪芹對服飾色彩之描繪，在表達主題、塑造人物形象及體現作者美學原理方面都有其輝煌的效果，他用飽滿鮮明的色彩描繪這齣淒涼的夢。在眾多色彩中，《紅樓夢》以紅色和綠色作爲全書的色彩基調，以桃紅柳綠、穿紅著綠裝點這千紅一窟（哭），萬艷同杯（悲）的紅樓世界。曹雪芹服飾色彩的描寫顯示出作者揮舞彩筆，以因情設色，以色寫情的描述手法，讓服飾和色彩作爲象徵符號，使其負責顯現不同人物的個性情感，及情節的推進功能，有其「淡妝濃抹總相宜」的魅力，鳳姐的美艷由其服飾加以襯托，《紅樓夢》用多彩的形象塑造了一個活生生的王熙鳳，讓人留下難以磨滅的深刻印象，也表現了典型人物與情境的統一。

文本中作爲一個藝術形象，曹雪芹把鳳姐寫活了，她「嘴甜心苦」、「兩面三刀」，作者刻劃了她的淫威、貪婪、凶殘，但也展現了她精明、才智，成爲一個正邪兩賦豐富性、複雜性的藝術形象。關於人物，佛斯特在《小說面面觀》中曾有精闢的論述。〔註29〕脂批亦云：「所謂人各有當也。此方是至理

〔註28〕曹雪芹、高鶚原著，其庸等校注：《紅樓夢校注》（台北：里仁書局，1986年）第68回，頁1061。

〔註29〕我們可以將人物分成扁平的和圓形的兩種。扁平人物（flat character）在十七世紀叫「性格」（humorous）人物，現在有時被稱爲類型（types）或漫畫人物（caricatures）。在最純粹的形式中，他們依循著一個單純的理念或性質而被創造出來；假使超過一種因素，我們的弧線即趨向圓形。……要檢驗一個圓形人物，只要看看他是否能以令人信服的方式給人以新奇之感。如果他無法給人新奇感，他就是扁平人物；如果他無法令人信服，他只是扁平人物僞裝的圓形人物。圓形人物的生命深不可測——他活在書本的字裡行間。藉著單獨使用圓形人物，或者更常見的，藉著將他與扁平人物結合在一起，小說家

至情。最恨近之野史中，惡則無往不惡，美則無一不美，何不近情理之如是也。」〔註 30〕曹雪芹將鳳姐由善與惡的交相描繪，鳳姐此一形象也呈現得更加活躍、眞切，以善的方面言之：

有娘家「金陵王」的背景，及賈母寵幸爲靠山，尚有邢王二夫人矛盾的牽制，再加上她本人的才幹欲望，這種種因素把鳳姐推上了掌管偌大賈府家政的顯要地位。鳳姐形象「有一萬個心眼子」是個「水晶心肝玻璃人」，有關鳳姐的描寫不止讓人看到她的言語和行動，亦了解了她內心的奧秘，有高度的審美價値。太平閒人在第三回鳳姐初見黛玉對黛玉讚美有加云：「是書寫鳳姐兒無一懈筆，無一滯筆，作者極賣弄精神而以振聾起瞶者，看他劈頭一段，忽喜忽悲，忽啼忽笑。一身小解數已令人眼花繚亂，如聞其聲，如見其人。」第六回劉姥姥一進榮國府時，鳳姐與她談不上至親，卻賞她二十兩銀子，可看出鳳姐善良的一面。第十三、十四回協理寧國府，把秦可卿的喪事處理得妥善周全，不畏辛勞，令人佩服。第十三回鳳姐治喪，有家僕來遲，鳳姐重罰之，太平閒人評：「自應設一人一事寫他殺伐決斷，信賞必罰，所謂『都知愛慕此生才』。」第十三回末護花主人亦評：「鳳姐兒辦理喪事，既見其才，又見其權。」第十四回寧府奴僕聽說鳳姐來料喪，都說「那是個有名的烈貨，臉酸心硬。」甲戌本第十四回〈王熙鳳協理寧國府〉回前評云：「寫鳳姐之珍貴，寫鳳姐之英氣，寫鳳姐之聲勢，寫鳳姐之心機，寫鳳姐之驕大。」庚辰本第十四回回末總評亦云：「寫秦死之盛，賈珍之奢，實是寫得一個鳳姐。」第二十回李嬤嬤在寶玉面前放肆地排擠襲人，後來更肆無忌憚，拉住黛、釵二人「嘮嘮叨叨的說個不清。」待鳳姐一到才把老婆子扶走，排解了紛擾。當賈環輸錢耍賴時，趙姨娘趁勢指桑罵槐，發洩不滿，也是鳳姐發言彈壓，趙姨娘才不敢再發聲。第廿五回黛玉對鳳姐也是相當的親和。她能當著面啐

得以完成他的調和工作，使人物與作品的其他面水乳交融，成爲一和諧的整體。只有生命深不可測的圓形人物才能短期或長期地作悲劇性的表現，其中所有屬於「三度空間」的圓形人物都可以隨時延伸，不爲書本的篇幅內容以及單一的觀念標幟所限，可以活躍於小說的每一頁，而不受限制的延伸或隱藏，他們能以令人信服的方式給人以新奇之感，因而顯得自然逼眞又深不可測。

佛斯特（E.M. Forster,1879～1970）著，李文彬譯：《小說面面觀》（台北：志文出版社，2000 年）頁 92、104。

〔註 30〕陳慶浩編：《新編石頭記脂硯齋評語輯校・第六回》（台北：聯經出版社，1986 年）頁 614。

鳳姐：「什麼詼諧，不過是貧嘴賤舌，討人厭惡罷了！」此種不見外之口氣正如與寶玉、寶釵、湘雲之間的言談一般。鳳姐有時也能接受下人的越禮。藕香榭螃蟹宴上，鴛鴦、平兒、琥珀互相打趣取鬧，平兒掰了滿黃的螃蟹要照著琥珀臉上抹來，不想被琥珀閃開，「恰恰的抹在鳳姐兒腮上。」落得「眾人撐不住的都哈哈的大笑起來」此時鳳姐並不耍主子的威風，而是「禁不住笑罵」起來，匯進了眾人的嬉笑流中。而且螃蟹宴本是湘雲作東，可是鳳姐硬把湘雲趕至客位，說：「你不慣張羅，你吃你的去，我先替你張羅，等散了我再吃。」當時一批奴僕都在座，鴛鴦居然向鳳姐笑著說：「二奶奶在這裡伺候，我們可吃去了。」鳳姐竟也回答說：「你們只管去，都交給我就是了。」從鳳姐的體恤下人，可知她有其善良的一面。第三十九回李紈曾戲稱平兒是王熙鳳的「一把總鑰匙」、「兩支膀子」，可看出鳳姐對平兒的以善以仁以及信賴倚重，第四十四回即使「鳳姐潑醋」打了平兒，但事後卻「愧悔昨日酒吃多了，不念素日之情浮躁起來，爲聽了旁人的話無故給平兒沒臉。」還當著眾人給平兒賠不是，一個主子能對下人屈尊俯首，豈又非善！鳳姐雖不能斷文識字，更談不上吟詩作賦，但在第四十五回中探春、李紈等要她做「監社御史」，她賣了個關子之後即爽快答應：「明兒一早就到任，下馬釋了印，先放下五十兩銀子給你們做會社東道。」表現了她與大觀園中眾姊妹的親和力。李紈還強壓著要鳳姐與平兒主僕易位，爲平兒撐腰打氣，面對這無理要求，慣於頤指氣使的鳳姐居然能陪著笑臉，溫婉地求李紈：「好嫂子，賞我一點空兒。你是最疼我的，怎麼今兒爲平兒就不疼我了？往常你還對我說：「事情雖多，也該得養身體，檢點著偷空兒歇歇……」鳳姐在姐妹群中展現的是她柔順的一面。黛玉背地裡與寶釵私談時，即眞心贊賞鳳姐對自己「沒得話說。」第四十九回她憐惜邢岫烟「家貧命苦，比別的姊妹們多疼他些。」撇開高鶚的一百二十回續書不談，鳳姐對寶黛關係的態度也是支持的。第廿五回鳳姐當著眾人對黛玉說：「妳既吃了我們家的茶，怎麼還不給我們家做媳婦？」還特地指向寶玉說：「你瞧瞧，人物兒、門第配不上，根基配不上？家私配不上？那一點還玷辱了誰呢？」後來第五十五回中鳳姐在與平兒論及府中人事時，即言：「我也慮到這裡，倒也夠了，寶玉和林妹妹他兩個一娶一嫁，可以使不著官中的錢，老太太自有梯己拿出來。」當鳳姐小產不能主事時，對素來就鄙視的趙姨娘，其兄趙國基去世，鳳姐一改昔日的苛薄作風吩咐掌事的李紈、探春應改舊例，爲趙姨娘多添些銀兩。第六十一回俏平兒爲鳳姐判冤決獄相勸：「得放手時須放手。」時，鳳姐也說著：「隨你們罷！沒得慪氣。」第七十一回鳳姐受邢夫人的氣後「不覺得一陣心灰，落下淚來。」這些表現都反映了她性格的轉變。第七十四回抄檢大觀園，王熙鳳雖爲執行者，但基本上卻與王善保家的是對立的，對探春的抗抄、入畫的哭訴及晴雯的憤激鳳姐都抱著同情的態度。

然而鳳姐也有她冷峻無情的一面，《紅樓夢》五大冤案〔註 31〕中鳳姐涉及的就有三案，第一件是第七回的冷子興案。做古董生意的冷子興因酒誤事和別人爲了賣古董的事爭執起來，別人就造謠中傷，說冷子興「來歷不明，告到衙門裡，要遞解還鄉」，冷子興的妻子就到榮國府，找她母親周瑞家的請賈府的人代爲說情，周瑞家的聽說女婿冷子興被判了罪，照理說應是驚慌失措，然而她卻一點也不在乎的說：

> 這有什麼大不了的事！你且家去等我，我給林姑娘送了花兒去就回家去。此時太太（王夫人）、二奶奶（王熙鳳）都不得閒兒，你回去等我。這有什麼，忙得如此。〔註 32〕

周瑞家的是王夫人的陪房，賈府、王家和官府交情之深總會互相利用，周瑞家的看多了，根本不當一回事，文本中寫著：

> 周瑞家的仗著主子的勢力，把這些事也不放在心上，晚間只求求鳳姐兒便完了。〔註 33〕

這尊嚴無比的大清律法及順天府的判決，別說鳳姐，連她的僕人周瑞家的也沒當一回事，在官府的徇私枉法下，冷子興案就這麼被鳳姐擺平了。此回中鳳姐亦指使懲治撒潑耍賴的焦大。她也曾在第十一、十二回中「毒設相思局」治死那「癩蛤蟆想吃天鵝肉」的賈瑞。第十二回〈王熙鳳毒設相思局〉整治賈瑞表現了鳳姐的殘忍，護花主人評道：「賈瑞固屬淫邪，然使鳳姐兒初時一聞邪言即正言呵斥，亦何至心神迷惑至於殞命？乃鳳姐兒不但不正言拒斥，反以情話挑引，且兩次誆約，毒施凌辱，竟是誘人犯法，置之死而後已，極

〔註 31〕《紅樓夢》五大冤案：第二回甄英蓮慘遭變賣案，第七回鳳姐擺平冷子興案，第十五回鳳姐策劃張金哥案，第四十八回，平兒評述石呆子案，第六十七回鳳姐操縱都察院案。

〔註 32〕曹雪芹、高鶚原著，其庸等校注：《紅樓夢校注》（台北，里仁書局，1986 年）第 7 回，頁 127。

〔註 33〕曹雪芹、高鶚原著，其庸等校注：《紅樓夢校注》（台北，里仁書局，1986 年）第 7 回，頁 128。

寫鳳姐之刁險。」後來又有水月庵老尼姑淨虛託鳳姐，鳳姐弄權鐵檻寺之事，李衙內看上長安縣大財主的女兒張金哥。水月庵老尼請求鳳姐動用關說，助長安府府太爺的小舅子李衙內強取張金哥，然而金哥已受了原任長安守備公子的聘禮，孰知李衙內執意要娶金哥。金哥家因此受守備家的辱罵，爲此兩處爲難，只得著人上京來尋門路。老尼姑淨虛熟悉賈府狀況，說長安節度使雲老爺與賈府最好，請雲節度使「和那守備說一聲，不怕那守備不依。」張家給了鳳姐三千兩銀子，鳳姐說到：

> 你是素日知道我的，從來不信什麼是陰司地獄報應的，憑是什麼事，我說要行就行。你叫他拿三千銀子來，我就替他出這口氣。」老尼聽說，喜不自禁，忙說：「有，有！這個不難。」鳳姐又道：「我比不得他們扯蓬拉牽的圖銀子。這三千銀子，不過是給打發說去的小廝做盤纏，使他們賺幾個辛苦錢，我一個錢也不要他的。」〔註 34〕

鳳姐就以賈璉的名義給長安節度使雲光寫了一封信，雲光對此「小事」，豈有不允之理。於是張家退還聘禮，守備也忍氣吞聲的接受安排。不想張金哥是多情女子，爲此事上吊自盡了，守備之子亦是有情義的，聽說金哥死了，也投河自殺。在水月庵老尼與鳳姐一唱一和之下，一對有情義的男女生命就這麼消失了，充分顯現了老尼虛僞阿諛的醜陋面目及鳳姐的貪婪弄權。鳳姐本性多欲除了顯現在金錢與權勢追逐外，還表現在不正常的感情生活：

> 賈璉道：「你不用怕他，等我性子上來，把這醋罐打個稀爛，他才認得我呢！他防我像防賊的，只許他同男人說話，不許我和女人說話；我和女人略近些，他就疑惑，他不論小叔子侄兒，大的小的，說說笑笑，就不怕我吃醋了。以後我也不許他見人！」〔註 35〕

鳳姐與賈府年輕輩的子侄頻繁的接觸引起賈璉的不悅。尤其與賈蓉之間欲語又止的曖昧關係對感情生活的縱欲是引發她日後被休的因素之一。鳳姐更以她當家掌權之便拿丫頭奴僕的月錢放高利貸：

> 平兒悄悄告訴他道：「這個月的月錢，我們奶奶早已支了，放給人使呢。等別處的利錢收了來，湊齊了才放呢。因爲是你，我才告訴你，你可不許告訴一個人去。」襲人道：「難道他還短錢使，還沒個足厭？

〔註 34〕曹雪芹、高鶚原著，其庸等校注：《紅樓夢校注》（台北，里仁書局，1986 年）第 15 回，頁 230。

〔註 35〕曹雪芹、高鶚原著，其庸等校注：《紅樓夢校注》（台北，里仁書局，1986 年）第 21 回，頁 333。

何苦還操這心？」平兒笑道：「何曾不是呢。這幾年拿著這一項銀子，翻出有幾百來了。他的公費月例又使不著，十兩八兩零碎攢了放出去，只他這梯己利錢，一年不到，上千的銀子呢。」〔註 36〕

鳳姐所得的利錢並未拿來改善賈府的財政問題，只是飽中私囊，足見其自私與貪心，也引發了婢僕們的不滿。她不但對大筆銀子有興趣，連細碎銀子亦不輕易放過。她的精打細算表現在對李紈經濟的計較：

尤氏笑道：「我有些信不及，倒要當面點一點。」說著果然按數一點，只沒有李紈的一分。尤氏笑道：「我說你肏鬼呢，怎麼你大嫂子的沒有？」鳳姐兒笑道：「那麼些還不夠使？短一分兒也罷了，等不夠了我再給你。」尤氏道：「昨兒你在人跟前作人，今兒又來和我賴，這個斷不依你。我只和老太太要去。」〔註 37〕

探春籌劃詩社，請鳳姐當監社御史，總是要輪流作東道，鳳姐對李紈云：

你一個月十兩銀子的月錢，比我們多兩倍銀子。老太太、太太還說你寡婦失業的，可憐，不夠用，又有個小子，足的又添了十兩，和老太太、太太平等。又給你園子地，各人取租子。年終分年例，你又是上上分兒。你娘兒們，主子奴才共總沒十個人，吃的穿的仍舊是官中的，一年通共算起來，也有四五百銀子，這會子你就每年拿出一二百兩銀子來陪他們頑頑，能幾年的限？〔註 38〕

鳳姐對李紈這寡婦人家還是這麼斤斤計較，也暴露了她貪財好利的本性。第四十四回「鳳姐潑醋」打了平兒，死了鮑二媳婦，鳳姐的狠更表現在操縱都察院案。鳳姐聽說賈璉在外偷娶了尤二姐，自是咬牙切齒，一方面虛情假意將苦尤娘賺入大觀園以便就近控制，另方面派人讓張華以「國孝家孝之中，背旨瞞親，仗財依勢，強逼退親，停妻再娶」的罪名把賈璉告到朝廷的都察院：

鳳姐又差了慶兒暗中打聽，告了起來，便忙將王信喚來，告訴他此事，命他托察院只虛張聲勢警唬而已，又拿了三百銀子與他去打點。

〔註 36〕曹雪芹、高鶚原著，其庸等校注：《紅樓夢校注》（台北，里仁書局，1986 年）第 39 回，頁 601。

〔註 37〕曹雪芹、高鶚原著，其庸等校注：《紅樓夢校注》（台北，里仁書局，1986 年）第 43 回，頁 665。

〔註 38〕曹雪芹、高鶚原著，其庸等校注：《紅樓夢校注》（台北，里仁書局，1986 年）第 45 回，頁 688。

是夜王信到了察院私第，安了根子。那察院深知原委，收了贓銀。次日回堂，只說張華無賴，因拖欠了賈府銀兩，枉捏虛詞，誣賴良人。都察院又素與王子騰相好，王信也只到家說了一聲，況是賈府之人，巴不得了事，便也不提此事。〔註39〕

鳳姐更對旺兒說，讓他告訴張華：「便告我們家謀反也沒事的，不過是借他一鬧，大家沒臉，若告大了，我這裡自然能夠平息的。」鳳姐簡直把都察院玩弄於掌上，而這國家最高監察機關都察院真的是聽她的，這也反應封建制度統治者的腐敗。第十五回〈王熙鳳弄權鐵檻寺〉寫鳳姐插手張、李案，護花主人評云：「鳳姐一生舞弊作孽，不可勝言，若逐事細說冗雜瑣煩，若一概不敘，又似虛妄，故就鐵檻寺弄權及後文尤二姐最惡最險者，細寫原委以包括諸惡孽。」第六十七回鳳姐制賈璉在外藏嬌，太平閒人評云：「下半回寫鳳姐兒，生龍活虎，通身解數，令人笑、令人恐、令人喜、令心惜。將一幅凶惡面孔描寫入神，丹青不及。」第六十八回當鳳姐用巧語把尤二姐賺入大觀園，以便設計陷害之，護花主人更評云：「鳳姐兒既暗害二姐，又欲暗害張華，刻毒陰險，令人可怕。」第六十九回她利用秋桐攻擊尤二姐，最後尤二姐吞生金自殺身亡。第六十九回回前總批王府本云：「寫鳳姐寫不盡，卻從上下左右寫。寫秋桐極淫也，正寫鳳姐極淫邪。寫平兒極義氣，正寫鳳姐極不義氣。寫使女欺壓二姐，正寫鳳姐欺壓二姐。寫下人感戴二姐，正寫下人不感戴鳳姐，史公用意，非念死書子之所知。」〔註40〕黑格爾（Hegel, 1770～1831）曾云：「『個性化』藝術形象的創造，在於人物性格的複雜化與單純化的結合發展中，包含著主體性與豐滿性的統一，這就是使人物性格得到多方面的甚至表面上複雜矛盾的表現，使得『豐富性顯得凝聚於一個主體。』」〔註41〕鳳姐以一圓形人物活躍於文本中，是作者筆下一個生命充沛的人物，是脂粉隊裡的英雄，她精明能幹、潑辣狠毒、有善有惡，有風光、有潦倒、鮮明的形象是令人難以磨滅的。作者對她的刻劃是傑出生動的，然而當查抄賈府之時，也是這縱橫一世的女英雄心血耗盡威力垮光之時。

〔註39〕曹雪芹、高鶚原著，其庸等校注：《紅樓夢校注》（台北，里仁書局，1986年）第68回，頁1066。

〔註40〕陳慶浩編：《新編石頭記脂硯齋評語輯校・第六回》（台北：聯經出版社，1986年）頁680。

〔註41〕黑格爾（Hegel）著，朱光潛譯：《美學・第一卷》（北京：商務印書館，2009年）頁303。

（二）鳳姐居處

鳳姐是賈府掌權者，故其住所當然位於重要地點，且設備是極其奢華的：

王夫人忙攜黛玉從後房門由後廊往西，出了角門，是一條南北寬夾道。南邊是倒座三間小小的抱廈廳，北邊立著一粉油大影壁，後有一半大門，小小一所房室。王夫人笑指向黛玉道：「這是妳鳳姐姐的屋子，回來你好往這裡找他來，少什麼東西，你只管和他說就是了。」〔註42〕

鳳姐的住所位於賈政院子的正後方，賈政夫婦與賈璉夫婦皆住於賈府核心區域，可知他們在賈府中的重要性。至於鳳姐房內的擺設，當劉姥姥一進榮國府拜見鳳姐：

> 才入堂屋，只聞一陣香撲了臉來，竟不辨是何氣味，身子如在雲端裡一般。滿屋中之物都耀眼爭光的，使人頭懸目眩。劉姥姥此時惟點頭咂嘴念佛而已。於是來至東邊這間屋內，乃是賈璉的女兒大姐兒睡覺之所。……忽見堂屋中柱子上掛著一個匣子，底下又墜著一個秤砣般一物，卻不住的亂愰。劉姥姥心中想著：「這是什麼愛物兒？有甚用呢？」正呆時，只聽得當的一聲，又若金鐘銅磬一般，不防倒唬的一展眼。接著又是一連八九下。方欲問時，只見小丫頭子們齊亂跑，說：「奶奶下來了。」……只見門外鏨銅鈎上懸著大紅撒花軟簾，南窗下是炕，炕上大紅毡條，靠東邊板壁立著一個鎖子錦靠背與一個引枕，鋪著金心綠閃緞大坐褥，旁邊有雕漆痰盒。〔註43〕

鳳姐出身於「東海缺少白玉牀，龍王請來金陵王」的金陵王家，王家素以多奇珍異寶聞名，由鳳姐起居器皿的珍奇貴重，可見其生活之奢華。且屋內物品甚多爲大紅色，可看出鳳姐地位之尊貴與個性之好強。鳳姐房間除了奢華的擺設之外，文本中透過住處的描寫，也透露了鳳姐的私生活。第七回當周瑞家的一路送花：

> 走至堂屋，只見小丫頭豐兒坐在鳳姐房中門檻上，見周瑞家的來了，連忙擺手兒叫他往東屋裡去。周瑞家的會意，忙躡手躡足往東邊房裡來，只見奶子正拍著大姐兒睡覺呢。……正說著，只聽那邊一陣笑聲，卻有賈璉的聲音。接著房門響處，平兒拿著大銅盆出來，叫

〔註42〕曹雪芹、高鶚原著，其庸等校注：《紅樓夢校注》（台北：里仁書局，1986年）第3回，頁51。

〔註43〕曹雪芹、高鶚原著，其庸等校注：《紅樓夢校注》（台北：里仁書局，1986年）第6回，頁115。

豐兒舀水進去。〔註44〕

脂批云：「阿鳳之爲人豈有不著意於風月二字之理哉。若直以明筆寫之，不但唐突阿鳳聲價，亦且無妙之可賞。」〔註 45〕作者以春秋筆法寫出鳳姐閨房生活的淫蕩！且透過劉姥姥所見，顯示了鳳姐生活之奢華與個性之好強。

二、鳳姐意象——冰山之鳳

意象是以隱喻、象徵、神話爲思維方式來承載或破譯文化密碼，以獲得信息之增値及增加審美意涵的藝術符號。《紅樓夢》被稱爲詩化小說，正是其詩化意象的大量運用。單純的意象能營造濃郁的如詩的情調意境，展示詩化的人生，複雜的意象則能表現豐富多彩的人生面相。有關鳳姐意象爲冰山之鳳

華夏民族崇拜龍、鳳、麟、龜，此即四靈，而鳳居其一，可知牠受崇拜之盛。《說文》云：「鳳，神鳥也，天老曰：『鳳之象也，鴻前、麟後、蛇頸、魚尾、鸛顙、鴛腮、龍紋、虎背、燕頷、雞喙，五色備舉，出於東方君子之國，翺翔四海之外。』」《爾雅・釋鳥》亦云：「鳳，其雌皇。」郭璞注：「鳳，瑞應鳥，雞頭、蛇頸、燕頷、龜背，五彩色，其高六尺許。」不少古書亦有關於鳳之記載，如《尚書・益稷》云：「簫韶九成，鳳凰來儀。」《尚書・大傳》云：「八鳳回回，鳳凰喈喈。」《詩經・大雅・卷阿》云：「鳳凰鳴矣，于彼高岡。」《左傳・莊公二十二年》：「鳳凰于飛，和鳴鏘鏘。」可知鳳應是善於鳴叫的。《山海經：南山經》云：「丹穴之山有鳥焉，其狀如雞，五彩而文，名曰鳳凰。」《說文》亦云：「其五色備舉」，故鳳應是羽毛多彩之鳥。《詩經・大雅・卷阿》又云：「鳳凰于飛，翽翽其羽，亦傅于天。」眾鳥慕鳳凰而來與之群飛，故鳳凰乃善於飛翔之鳥。又《山海經・南山經・大荒西經》云：「有鳥焉，其形如鶴……名曰鳳凰。是鳥也，自飲自食，自歌自舞，見則天下安寧。」可知鳳凰是一種善鳴、善舞，有美麗色彩之鳥，鳳也成爲中華民族幾千年積澱的文化符號，爲祥瑞的象徵，受到人們的崇拜。第五回鳳姐的判詞中，畫的是一片冰山，上面站著一隻雌鳳。從不同側面刻劃此人物性格的複雜性，王熙鳳乃一男性名字，雄者曰鳳，雌者曰凰，鳳凰乃傳說中百鳥之王。熙字通禧，有吉祥光明之意。王熙鳳又稱鳳姐、鳳辣子，小名鳳哥兒。文本

〔註44〕曹雪芹、高鶚原著，其庸等校注：《紅樓夢校注》（台北：里仁書局，1986 年）第 7 回，頁 127。

〔註45〕陳慶浩編：《新編石頭記脂硯齋評語輯校・第六回》（台北：聯經出版社，1986 年）頁 167。

中每個人物的名字不僅是一個人的標記，且都包含作者對人物品格的評價，牽引著讀者去探索人物的容貌、性格及命運，王熙鳳的名字是紅樓十二正釵中最光彩照人的。然而冰山雖高大雄偉，但見太陽即溶化，冰山一詞之運用出於《資治通鑑》所載〔唐〕天寶十一年有關楊國忠的故事：「或勸陜郡進士張彖謁國忠，曰：『見之富貴立可圖』彖曰：『君輩倚楊右相如泰山，吾以爲冰山耳。若皎日既出，君輩得無失所恃乎？』」文本中冰山所指爲何？四大家族及賈府的勢力都是冰山，當冰山消融於烈日之下以後，雌鳳失依也不可避免的遭到覆滅。

至於第十一回寧府宴席上鳳姐所點的戲目鏈亦值得一提。《紅樓夢》中寧、榮二府常擺宴演戲，作者對演戲看戲客觀生活之描寫除了其生活享樂之實用功能外還有符號功能。賈府演戲常以點戲方式雜取各種戲目，此其實爲作者在依其表意須求所進行之選擇和組配。當幾個組配或要素有序排列成事物之動態過程，也體現出一個表意系統，此有序符號之集合以符號學來說即形成了符號鏈，作者通過此符號編碼，使之攜帶信息，賦予意義。寧府宴席上鳳姐點的戲爲《雙官誥》——〈還魂〉——〈彈詞〉。〔註46〕

《雙官誥》乃清代陳二白所作之崑曲，又有一稱爲《三娘教子》，取材於明人《斷機記》傳奇，及楊善之《雙官誥》傳奇。故事敘述薛廣有妻張氏，妾劉氏、王春娥。劉生子名倚哥，薛廣外出，託友捎銀子回家，友私吞銀子並造假棺材僞稱薛死。後張、劉先後改嫁，獨王春娥（三娘）以織布爲生撫養倚哥，後倚哥中狀元，薛廣也立了軍功返家，三娘因夫貴子顯受雙分誥封，故稱《雙官誥》，此戲暗示賈府也是「雙官」，有寧、榮二公之世職奉祿，盛極一時。〈還魂〉乃明代湯顯祖《牡丹亭》傳奇，又稱《還魂記》。寫杜麗娘和柳夢梅的愛情故事。杜麗娘爲情而死又爲情而復生，第三十五齣即寫其還魂之事，作者借「還魂」名目表達「回光返照」之義，影射賈府在衰落過程中，忽有元春晉封爲鳳藻宮尚書加封賢德妃之喜事，爲賈府帶來了「烈火烹油，鮮花著錦」之盛，然而瞬息的繁華到頭來仍是「盛筵必散」。〈彈詞〉爲清初洪昇所作《長生殿》傳奇的第卅八齣，寫安史之亂後，長安失陷，玄宗西逃，宮廷樂工李龜年流落江南賣唱糊口之事。彈詞中云：「唱不盡興亡夢幻，彈不盡悲傷感嘆，淒涼滿眼對江山，傳幽怨，寫愁煩，把天寶當年遺事傳。」

〔註46〕曹雪芹、高鶚原著，其庸等校注：《紅樓夢校注》（台北：里仁書局，1986年）第11回，頁183。

李龜年親歷這種興衰變化，他所彈唱的正是大唐開元天寶的輓歌，而曹雪芹以彈詞暗示這結局也將落到賈府頭上。由《雙官誥》、〈還魂〉、〈彈詞〉組成一有序之符號鏈，這組動態的符號表意系統，便暗示了一個家庭或一個社會的興衰過程。當冰山瓦解，鳳也將失去其施展的舞台，恰若鳳姐一生的歷程。

小結

痴迷的，枉送了性命。鳳姐，她氣派幹練，文本中是個血肉豐滿的女性形象。她弄權、貪利又縱欲。作者以賈璉戲熙鳳及劉姥姥眼中所見她和姪兒賈蓉的曖昧關係，呈顯了鳳姐縱欲的私生活。她的幹練表現於協理寧國府，她的貪污由弄權鐵檻寺有充分的描繪，至於毒設相思局則批判了鳳姐的殘忍，她拈酸、毒辣之餘也得到了一從二令三人木，哭向金陵事更哀的果報。作者對鳳姐批判之餘也表達了對男性社會的失望和責難。

鳳姐是善惡集其一身，構成對立又統一的特質。我們看到了她諂媚、虛偽、陰險，也看到了她善良、眞摯的一面，眞個如王昆侖所云：「恨鳳姐、罵鳳姐，不見鳳姐想鳳姐。」鳳姐擁有圓形人物的特質，光彩照人、眞實鮮活的藝術形象將永遠活在讀者的心目中。〈紅樓夢曲・聰明累〉云：

> 機關算盡太聰明，反算了卿卿性命。生前心已碎，死後性空靈。家富人寧，終有個家亡人散各奔騰。枉費了，意懸懸半世心；好一似，蕩悠悠三更夢。忽喇喇似大廈傾，昏慘慘似燈將盡。呀！一場歡喜忽悲辛。嘆人世，終難定。〔註 47〕

鳳姐乃榮府內第一號當權人物，也是作者極力刻劃、塑造的典型。誠如判詞所云：「凡鳥偏從末世來，都知愛慕此生才。」曹雪芹對這位脂粉英雄有贊嘆的一面，然而她卻是封建階級中最有才幹也最貪得無饜的例子。她不僅有美麗的外貌和蛇蝎的心腸，更是個充滿活力的形象，不僅使人覺得可憎可懼，也是個可親可近痛快淋漓的人物。鳳姐識字與否後四十回和前八十回不能接合，如鳳姐會吟詩，有「一夜北風緊」之句，〔註 48〕鳳姐……每每看帖看帳，也頗識得幾個字了。」後來看了潘又安底信，念給婆子們聽。〔註 49〕然而到

〔註 47〕曹雪芹、高鶚原著，其庸等校注：《紅樓夢校注》（台北，里仁書局，1986 年）第 5 回，頁 92。

〔註 48〕曹雪芹、高鶚原著，其庸等校注：《紅樓夢校注》（台北：里仁書局，1986 年）第 50 回，頁 761。

〔註 49〕曹雪芹、高鶚原著，其庸等校注：《紅樓夢校注》（台北：里仁書局，1986 年）第 74 回，頁 1164。

了第九十二回，寶玉讚美巧姐時卻向賈母云：

> 我瞧大妞妞這個小模樣兒，只有這個聰明兒，只怕將來比鳳姐還強呢，又比他認的字。〔註 50〕

此時之鳳姐又變得不認字了！這也是原書與高鶚續書之前後矛盾處，〔註 51〕鳳姐聰明機巧，口齒尖快，心狠手辣，她出身貴族，卻沒有什麼文化修養。賈家命運的困境，把她推上了主持家政發號施令的位置，也滿足了她聚斂財富的貪欲及掌控權力的野心。後四十回王熙鳳失去了原來性格的多樣和豐滿。她喜歡攬權和聚財，但她畢竟是榮國府的孫媳婦，有家長們的寵信她也才能發號施令。一旦這條件消失了，她管家也管不成了。加上她結怨甚多，上下左右多有不滿，使得她獨攬家務的威風日漸消失。然而後四十回一刀砍斷了這個線索，賈母對鳳姐的信任回復到當初，第一百回她一攬探春遠嫁之事，賈府被抄，她的借券給賈府帶來麻煩之後，賈母仍不動搖對她的信任。其實脂批透露她在賈家執帚掃雪〔註 52〕獲罪坐牢，可能還被賈璉所棄，歷盡苦難死去。鳳姐在前四十回的形象是鮮活的，她得寵、能幹、專權，協理寧國府，弄權鐵檻寺，施恩並取笑劉姥姥，展現了她的活力與智慧。中間四十回她已陷入矛盾之中，如第四十四回鳳姐潑醋雖然取勝，但已得罪賈璉，逼死鮑二家的。第五十五回健康出了狀況，改由探春理家第六十一回玫瑰露、茯苓霜事件，鳳姐欲逼供丫頭們，卻被平兒否定。到第六十八回尤二姐事件，已是她的英雄末路，前八十回結束，王熙鳳走下坡路的趨勢已十分明顯，而最核心的是第一百一十回〈王鳳姐力詘失人心〉，賈母死後，鳳姐辦喪時她已失勢、失權，也失去了自己的健康了。在一個沒落的家族中得勢、施威，最終只是悲劇。〔註 53〕後四十回中有些敘述是嚴重歪曲賈母和鳳姐的性格的。最突出的是「掉包計」，對此，連襲人都看得清楚：「只怕不但不能沖喜，竟是催命了。」這是後四十回的一大敗筆。鳳姐得「衣錦還鄉」之籤，後來竟胡言亂語的病死了，臨死的時候，只嚷到金陵去。至於「衣錦」二字，更無

〔註 50〕曹雪芹、高鶚原著，其庸等校注：《紅樓夢校注》（台北：里仁書局，1986 年）第 92 回，頁 1436。

〔註 51〕林語堂：《平心論高鶚》（台北：傳記文學出版社，1969 年），頁 128。

〔註 52〕第二十三回庚辰本脂評：「妙。這便是鳳姐掃雪拾玉之處， 一絲不亂。」陳慶浩編：《新編石頭記脂硯齋評語輯校．第六回》（台北：聯經出版社，1986 年）頁 453。

〔註 53〕王蒙：〈話說《紅樓夢》後四十回〉《紅樓二十講》（北京：華夏出版社，2009 年），頁 351。

照應。〔註54〕石昌渝在〈論《紅樓夢》人物形象在後四十回的變異〉云：「王熙鳳在曹雪芹筆下是那麼的神采奕奕，栩栩欲生，可是進入後四十回之後便暗淡失色了。」《紅樓夢》人物形象在後四十回裡的變異與續作者之思想及審美理想有密切的關係。續作者不認同寶玉、黛玉的叛逆精神，因而寶玉和黛玉的性格特徵被扭曲了。曹雪芹批評薛寶釵，但續作者卻贊揚她。曹雪芹揭露王熙鳳，但並不把罪惡委之於她，續作者卻把她當成賈家的禍水。

「酸鳳姐」「鳳辣子」，王熙鳳在文本中是個血肉豐滿的女性形象，王昆崙在《紅樓夢人物論》云：「讀者恨鳳姐、罵鳳姐、不見鳳姐、想鳳姐。」她拈酸、毒辣，卻也必須咀嚼自己釀成的苦果。張金哥和長安守備的兒子、賈瑞、鮑二家的、尤二姐都先後死於其手，因而在賈家敗落後，難逃命運的懲處，最後悽慘而死。王熙鳳所呈顯的不僅是她個人的命運，也代表了一個階級，一個「忽喇喇似大廈傾，昏慘慘似燈將盡」垂死的封建階級的寫照。《紅樓夢》塑造人物時有其典型性與立體性，沒有絕對的善人，也沒有絕對的惡人，正如作者在第二回所云書中幾個人物都是「正邪兩賦」之人。鳳姐是具有特異性的審美形態，她有「粉面含春威不露」的犀利之美，然而當如四大家族勢力的冰山瓦解、沒落之後，這隻立於冰山之鳳也頓失依靠，卻落了個「機關算盡太聰明，反算了卿卿性命」的慘淡下場，反應了封建貴族必然毀滅的歷史趨勢，從而引起人們悲涼的審美藝術思維。

第二節　巧姐

一、巧姐意象相關資料——巧姐形貌與年紀探討

巧姐乃賈璉和鳳姐唯一的女兒，第五回判詞「勢敗休云貴」一首和〈紅樓夢曲・留餘慶〉屬巧姐。文本中有關巧姐之敘述始見於第六回。第四十一回與板兒換柚子、搶佛手。第四十二回巧姐進園子沖撞了花神，發熱不止。鳳姐經劉姥姥提醒，燒紙錢為其「送祟」，「果見大姐兒安穩睡了」欣喜之餘請劉姥姥代為取名。第九十二回與寶玉大談《女孝經》和《列女傳》，第一百十三回被鳳姐託付給劉姥姥，然而在第一百十八回卻被賈環等人私聘給了外藩，第一百十九回中幸虧被劉姥姥救出並許配給鄉中經濟頗殷實

〔註54〕俞平伯：〈後四十回底批評〉《紅樓夢藝術論》（台北：里仁書局，1984年），頁501。

的周氏，第一百二十回賈政、賈璉答應了周家的親事。然此續書結局，與曹雪芹本意是不合的。洪秋蕃《紅樓夢抉隱》云：「《紅樓夢》妙處，又莫如命名之切，他書姓名皆隨筆雜湊，間有一二有意義者，非失之淺率，即不能周詳。豈若《紅樓夢》一姓一名皆具精意，惟囫圇讀之，則不覺耳。」以巧姐之名言之，他在《紅樓夢抉隱》即云：「巧姐，巧於遇著也，遇劉極巧，故曰巧姐。」胡邦煒於《紅樓夢懸案解讀》亦云：「《紅樓夢》中給人物取名，往往含有深意在焉，如賈氏四姐妹的名字：元、迎、探、惜，其諧意就是『原應嘆息』，巧姐與板兒，似乎也有對應的意思。」身為「白玉為堂金作馬」的賈府子孫，自幼養尊處優自不待言，然而巧姐生逢末世，為賈府即將衰敗之際，因此對自己的命運是很難掌握的。巧姐原叫大姐兒，第二十七回同時出現巧姐、大姐，其實都指大姐。巧姐兒乃第四十二回鳳姐託劉姥姥給取的名字：

> 劉姥姥聽說，便想了一想笑道：「不知她幾時生的？」鳳姐兒道：「正是生日的日子不好呢，可巧是七月初七日」，劉姥姥忙笑道：「這個正好，就叫她是巧哥兒。這叫做「以毒攻毒，以火攻火」的法子。姑奶奶定要依我這名字，她必長命百歲。日後大了，各人成家立業，或一時有不遂心的事，必然是遇難成祥，逢凶化吉，都從這「巧」字上來。〔註55〕

民間傳說女子生於七夕，將會嫁給牛郎那樣的莊稼人或貧苦人家，這對世代簪纓鐘鳴鼎食翰墨詩書的賈家實為敗落之兆。巧姐的命運在第五回“判詞”和〈紅樓夢曲・留餘慶〉已露出端倪。其判詞云：

> 畫：後面又是一座荒村野店，有一美人在那裡紡績，
>
> 詞：勢敗休云貴，家亡莫論親。偶因濟劉氏，巧得遇恩人。〔註56〕

畫面中一座荒村野店，一美人在那兒紡織，暗示了巧姐最後的結局乃一勤苦度日做飯紡織的農婦。第六回〈劉姥姥一進榮國府〉脂批：「此回借劉嫗，卻是寫阿鳳正傳，並非泛文，且伏二進三進及巧姐的歸著。」〔註 57〕其眉批亦

〔註55〕曹雪芹、高鶚原著，其庸等校注：《紅樓夢校注》（台北，里仁書局，1986 年）第 42 回，頁 646。

〔註56〕曹雪芹、高鶚原著，其庸等校注：《紅樓夢校注》（台北：里仁書局，1986 年）第 5 回，頁 88。

〔註57〕陳慶浩編：《新編石頭記脂硯齋評語輯校・第六回》（台北：聯經出版社，1986 年）頁 138。

云：「老嫗有忍恥之心，故後有招大姐之事，作者並非泛寫。」〔註 58〕至於甄士隱〈好了歌解注〉云：「擇膏粱，誰承望流落在烟花巷」可推測巧姐被賣到妓院為娼之際，被劉姥姥救出，乃與其外孫板兒結為夫妻。高鶚續書寫賈環、賈芸、王仁等設計將巧姐賣予一外藩郡王為妾，劉姥姥偷接巧姐至鄉下，且由她作媒嫁予一地主的兒子，與曹雪芹原意是不符的。「勢敗休云貴，家亡莫論親」是對世態炎涼的慨嘆，畫中情景預告巧姐兒將來下嫁到鄉野村莊，成為一個自食其力的紡織女。而劉姥姥受人滴水之恩，思湧泉以報，令人感受到社會溫馨的一面。判詞的那畫"一座荒村野店，有一美人在那裡紡績"，第十五回秦可卿送殯隊伍經過農莊時，寶玉也看到了一村姑在紡績，這情景就是巧姐未來的影子，也暗襯巧姐的結局。以下探討巧姐形貌與年紀：

巧姐在前八十回都是處於孩提時期。周瑞家送宮花到鳳姐處

> 走至堂屋，只見小丫頭豐兒坐在鳳姐房中門檻上，見周瑞家的來了，連忙擺手兒叫他往東屋裡去。周瑞家的會意，忙躡手躡足往東邊房裡來，只見奶子正拍著大姐兒睡覺呢。〔註 59〕

巧姐自幼多病，正請大夫來診脈

> 大夫便說：「替夫人道喜，姐兒發熱是見喜了，並非別病。」王夫人鳳姐聽了，忙遣人問：「可好不好？」醫生回道：「病雖險，卻順，倒還不妨，預備桑蟲豬尾要緊。」鳳姐聽了，登時忙將起來，一面打掃房屋供奉痘疹娘娘，一面傳與家人忌煎炒等物，一面命平兒打點鋪蓋衣服與賈璉隔房。〔註 60〕

之後還款留兩個醫生輪流診脈下藥，十二日不放家去，由鳳姐之忙於打點可知其對巧姐之呵護備至。至於巧姐年紀忽大忽小也是學界常探討的問題。鳳姐本來有巧姐兒、大姐兒兩個女兒

> 且說寶釵、迎春、探春、惜春、李紈、鳳姐等並巧姐、大姐、香菱與眾丫鬟們在園內玩耍。〔註 61〕

〔註 58〕陳慶浩編：《新編石頭記脂硯齋評語輯校・第六回》（台北：聯經出版社，1986 年）頁 152。

〔註 59〕曹雪芹、高鶚原著，其庸等校注：《紅樓夢校注》（台北：里仁書局，1986 年）第 7 回，頁 127。

〔註 60〕曹雪芹、高鶚原著，其庸等校注：《紅樓夢校注》（台北：里仁書局，1986 年）第 21 回，頁 330。

〔註 61〕曹雪芹、高鶚原著，其庸等校注：《紅樓夢校注》（台北：里仁書局，1986 年）第 27 回，頁 420。

當鳳姐說起初一日在清虛觀打醮的事，遂約寶釵、黛玉等看戲去

跟了鳳姐兒去的是金釧、彩雲、奶子抱著大姐兒帶著巧姐兒別在一車，還有兩個丫頭。〔註62〕

然而到八十回後，只剩巧姐，且年齡忽大忽小。寶玉生日時，一群丫頭也笑著抱著巧姐兒進來祝賀

原來是翠墨、小螺、翠縷、入畫、邢岫烟的丫頭篆兒，並奶子抱巧姐兒，彩鸞、綉鸞八九個人，都抱著紅氈笑著走來。〔註63〕

後來巧姐生病，賈母和邢王二夫人進房看

只見奶子抱著，用桃紅綾子小綿被兒裹著，臉皮趣青，眉梢鼻翅微有動意。〔註64〕

至此，巧姐皆尙爲襁褓中的小孩。此時之巧姐，至多不過兩三歲光景。

那巧姐兒在鳳姐身邊學舌，見了賈芸，便啞的一聲哭了。〔註65〕

學舌及見生便哭的反應，總不過三歲左右，及至第九十二回寶玉爲巧姐講解《女孝經》、《列女傳》又向賈母笑道：

我瞧大妞妞這個小模樣兒，又有這個聰明兒，只怕將來比鳳姐姐還強呢，又比他認的字。〔註66〕

巧姐跟著李媽認了幾年字，已有三千多字，且念了一本女《孝經》，又上了《列女傳》。寶玉對她講說，引了許多古人，如文王后妃、姜后、無鹽、曹大家、班婕妤、蔡文姬……等，共二十二人。巧姐說：這些也有念過的，也有沒念過的，現在我更知道了好些。後來她又說，跟著劉媽學做針線，已會扎花兒，拉鎖子了。〔註67〕

此時的巧姐已能認字、做針黹及談論孝烈女子了。至一百一回，巧姐夜哭，

〔註62〕曹雪芹、高鶚原著，其庸等校注：《紅樓夢校注》（台北：里仁書局，1986年）第29回，頁454。

〔註63〕曹雪芹、高鶚原著，其庸等校注：《紅樓夢校注》（台北：里仁書局，1986年）第62回，頁955。

〔註64〕曹雪芹、高鶚原著，其庸等校注：《紅樓夢校注》（台北：里仁書局，1986年）第84回，頁1336。

〔註65〕曹雪芹、高鶚原著，其庸等校注：《紅樓夢校注》（台北：里仁書局，1986年）第88回，頁1392。

〔註66〕曹雪芹、高鶚原著，其庸等校注：《紅樓夢校注》（台北：里仁書局，1986年）第92回，頁1436。

〔註67〕曹雪芹、高鶚原著，其庸等校注：《紅樓夢校注》（台北：里仁書局，1986年）第92回，頁1436。

平兒要李媽拍著他些，李媽一面嘮叨

一面咬牙便向那孩子身上擰了一把。那孩子哇的一聲大哭起來了。

鳳姐聽見了，說「了不得！你聽聽，他該挫磨孩子了。」〔註68〕

巧姐此時卻又變小了，她在文本中忽大忽小的，第一百十七回，鳳姐去世後，賈璉得外出辦事，欲託王仁照應，巧姐到底不願意；聽見外頭託了芸薔二人，心裡更不受用，嘴裡卻說不出來，送了她父親後，只得謹謹慎慎的隨著平兒過日子。一日王仁、賈環、賈芸酒酣之餘，一起數落鳳姐，尤其賈芸想著鳳姐待他不好，又想起巧姐兒見他就哭，更是信口胡說，兩個陪酒的道

這位姑娘多大年紀了？長得怎麼樣？」賈薔道：「模樣兒是好的很的。年紀也有十三四歲了。」〔註69〕

於是一夥人乃設計將巧姐賣給外藩作偏房。巧姐的形貌正如其母，是標緻綽約，模樣兒極好的，然而在後四十回中年紀卻忽大忽小，應是續書者疏忽了。

巧姐年紀之暴漲暴縮，俞平伯云：

慕賢良一回專爲巧姐作傳，拿來配齊十二釵之數，所以勉強拼湊些事情，總要寫得漂亮一點，方可以遮蓋門面，他卻忘了四回以前所寫的巧姐是什麼光景的。於是她就暴長了一下。後來鳳姐病深，高氏要寫巧姐年幼，孤露可憐，以形鳳姐結局底悲慘。於是她就暴縮一下。到書末巧姐要出嫁，卻不能不說她是十三四歲，因爲這已是最小的年齡。於是她又暴長了。〔註70〕

張愛玲則認爲續書並不是根據早期脂本，寫鳳姐有兩個女兒，

續書寫巧姐暴長暴縮，無可推諉。不過原著將鳳姐兩個女兒併爲一個，巧姐的年齡本有矛盾，長得太慢，續書人也就因循下去，將她仍舊當作嬰兒，有時候也仍舊沿用大姐兒名字。〔註71〕

趙剛則說：「由二十七、二十九回知鳳姐本應有兩個女兒，後來作者把鳳姐的女兒與劉姥姥拉上關係，所以改成只有一個女兒，原來名叫大姐，後來按劉姥姥的意思命名爲巧姐兒，取其『以毒攻毒』之意。這是四十二回的事，當

〔註68〕曹雪芹、高鶚原著，其庸等校注：《紅樓夢校注》（台北：里仁書局，1986年）第101回，頁1551。

〔註69〕曹雪芹、高鶚原著，其庸等校注：《紅樓夢校注》（台北：里仁書局，1986年）第117回，頁1752。

〔註70〕俞平伯：《紅樓夢研究》（台北：里仁書局，1999年），頁68。

〔註71〕張愛玲：《紅樓夢魘》（台北：皇冠雜誌社，1980年），頁30。

時雪芹忘記照應前面而有所失誤。後四十回原稿依曹雪芹最早寫法也有兩個女兒，到高鶚手中，以四十二回明說『大姐兒』已改名爲『巧姐兒』，他便擅自將後四十回原稿中的『大姐兒』字樣完全改爲『巧姐兒』，因此巧姐的年齡本無問題，是後來書寫者把兩個人的名字給改成了一個人。」「那就是說這位續書者，如果不是據曹雪芹較原始的稿本所續，就一定是曹家本家的人，他深知鳳姐實際上是有兩個女兒。〔註 72〕」筆者認爲依早期文本鳳姐應有兩個女兒，然以文本流傳甚廣，傳抄之間難免筆誤，續書者又不根據早期脂本寫，而將鳳姐兩個女兒併而爲一，內容又未加以統一的情況下，巧姐的年紀因而呈現暴長暴縮的矛盾現象。至於巧姐住處劉姥姥一進榮國府拜會鳳姐兒時曾有提及：

> 才入堂屋，只聞一陣香撲了臉來，竟不辨是何氣味，身子如在雲端裡一般。滿屋中之物都耀眼爭光的，使人頭懸目眩。劉姥姥此時惟點頭咂嘴念佛而已。於是來至東邊這間屋內，乃是賈璉的女兒大姐兒睡覺之所。〔註 73〕

巧姐兒自幼生於鐘鳴鼎食之家，屋處之華麗，養尊處優自不待言，然而家道中落後，爲狠舅奸兄所騙，最後以自己的雙手織布營生，過著恬淡的田園生活。

二、巧姐意象——佛手柑與柚子之緣

小說意象有豐富的審美內涵，與文本的故事敘述和悲劇氛圍往往有深度的契合。意象的選擇首先要有鮮明、特異的特徵，既是聯結情節線索的紐帶，是事件序列的重要組成部份，且能以其豐富的內涵提升情節至更深的層面，有關巧姐之意象，佛手柑與柚子意謂著她與板兒之緣。

佛手柑賞心悅目，可藥可食，原名枸櫞，又稱蜜羅柑、福壽柑、五指柑，爲藝香科植物，柑橘屬常綠小喬木，樹高達三四米，南方各省均有栽培。佛手柑亦爲名貴中藥，性溫味辛，苦而酸，可理氣止嘔，健脾進食，化痰止咳。其果實頂端開裂如手指狀，屈伸不一，長短參差如佛像之手，故名佛手。果實金黃，象徵吉祥，有果中仙品，世間奇卉之美譽。〔註 74〕巧姐和板兒交換

〔註 72〕 趙岡：《紅樓夢研究新編》（台北：聯經出版社，1975 年），頁 301、340。

〔註 73〕 曹雪芹、高鶚原著，其庸等校注：《紅樓夢校注》（台北：里仁書局，1986 年）第 6 回，頁 115。

〔註 74〕 佛手爲香櫞之變種，有求佛保佑之意。味酸苦，有藥用價值。李時珍《本草

柚子和佛手的情節，預示了他們未來的姻緣。劉姥姥遊大觀園時，至探春之秋爽齋，見：

> 左邊紫檀架上放著一個大觀窰的大盤，盤內盛著數十個嬌黃玲瓏大佛手。右邊洋漆架上懸著一個白玉比目磬，旁邊掛著小錘。那板兒略熟了些，便要摘那錘子要擊，丫鬟們忙攔住他。他又要佛手吃，探春揀了一個與他說：「頑罷，吃不得的。」東邊便設著臥榻，拔步床上懸著蔥綠雙繡花卉草虫的紗帳。〔註 75〕

這是有關板兒的描寫，再看另段有關巧姐之描寫：

> 忽見奶子抱了大姐兒來，大家哄他頑了一會，那大姐兒因抱著一個大柚子玩的，忽見板兒抱著一個佛手，便也要佛手。丫鬟哄他取去，大姐兒等不得，便哭了。眾人忙把柚子與了板兒，將板兒的佛手哄過來與他才罷，那板兒因頑了半日佛手，此刻又兩手抓著些果子吃，又忽見這柚子又香又圓，更覺好頑，且當球踢著玩去，也就不要佛手了。〔註 76〕

兩個場景中有數個標示性符號，預兆著未來巧姐兒將嫁給板兒。第七十二回提及有種古玩叫「臘油凍的佛手」，臘油凍是種名貴的石料。第五回元春判詞提及香櫞此意象，香櫞與佛手有近緣關係。佛手柑之佛手乃可指點迷津，意謂當家敗人散之時，巧兒在危難中被劉姥姥救出，後又與板兒成親。至於白玉比目磬，乃比目魚形之掛磬。《爾雅・釋地》：「東方有比目魚焉，不比不行，其名謂之鰈。」後人以喻男女情感加膠似漆，夫妻形影不離。第四十一回提及「那大姐兒因抱著一個大柚子玩的，忽見板兒抱著一個佛手，便也要佛手了。

文本中所提的柚子，爲芸香科，常綠喬木，高三公尺餘，初夏開小白花，五瓣，果實爲漿果，形扁圓，色黃，皮粗而厚。柚子除了是果之美味之外尚可入藥。《本草綱目》云：「氣味酸寒，無毒，主治消食解酒毒，治飲酒人口氣，去腸胃中惡氣，療妊婦不思食，口淡。柚皮主治下氣，消食膚膈，散憒

綱目》云：「佛手柑，氣味辛酸，無毒，主下氣，除心頭痰水，煮酒飲，治痰氣欬嗽，煎湯，治心下氣痛。」
李時珍：《本草綱目》《醫學彙刊》（台北：鼎文書局，1973 年）頁 1027。

〔註 75〕曹雪芹、高鶚原著，其庸等校注：《紅樓夢校注》（台北，里仁書局，1986 年）第 40 回，頁 619。

〔註 76〕曹雪芹、高鶚原著，其庸等校注：《紅樓夢校注》（台北，里仁書局，1986 年）第 41 回，頁 635。

濍之氣，化痰。葉子主治頭風痛。」古人亦喜借柚抒懷。南朝〔宋〕謝惠連〈隴西行〉：「……厥包者柚，忘憂者萱。何爲有用，自乖中原。實摘柯摧，葉殞條煩……。」南朝〔梁〕張率〈相逢行〉：「……橘柚分華實，朱火燎金枝。兄弟兩三人，冠珮分陸離……」有兄弟分離之歎。〔唐〕顧況〈遊子吟〉：「……客從洞庭來，婉孌瀟湘深。橘柚在南國，鴻雁遺秋音。……」呈顯的是漂泊遊子的感嘆。張九齡〈別鄉人南還〉：「橘柚南中暖，桑榆北地陰。何言榮落異，因見別離心。……」王昌齡〈送魏二〉：「醉別江樓橘柚香，江風引雨入舟涼。憶君遙在瀟湘月，愁聽清猿夢裡長。」李白〈秋登宣城謝眺北樓〉：「……人煙寒橘柏，秋色老梧桐。誰念北樓上，臨風懷謝公。」柳宗元〈南中榮橘柚〉：「橘柚懷貞質，受命此炎方。密林耀朱綠，晚歲有餘芳。殊風限清漢，飛雪滯故鄉。攀條何所歎，北望熊與湘。」孫光憲〈浣溪沙〉：「蓼岸風多橘柚香，江邊一望楚天長。片帆煙際閃孤光，目送征鴻飛杳杳。思隨流水去茫茫，蘭紅波碧憶瀟湘。」借柚訴說離愁別緒。至宋朝文人雅士亦皆喜藉柚書寫其懷鄉之離愁，〔宋〕梅堯臣〈贈黃庭筠舉進士〉：「橘柚生南國，幽林日蒽蒨，……根本當自持，無爲風土變。」蘇軾〈次韻僧潛見贈〉：「……秋風吹夢過淮水，想見橘柚垂空庭。故人各在天一角，想望落落如晨星……」〔宋〕袁去華〈水調歌頭〉：「……蘋末西風起，橘柚洞庭秋。記當年，攜長劍，覓封侯。而今憔悴長安，客裡歎淹留。……」「柚子」乃圓形，復轉換爲「緣」，有「姻緣」之意味。巧姐與板兒爭搶香柚子及佛手柑，庚辰本批云：「小兒常情遂成千里伏線。」脂批更云：

> 「柚子即今香團之屬也，應與緣通。佛手者，正指迷津者也。以小兒之戲，暗透前後通部脈絡，隱隱約約，毫無一絲漏洩，豈獨爲劉姥姥之俚言博笑而有此一大回文字哉？」〔註 77〕

以柚子交換佛手柑，此二意象關係著巧姐與板兒，預兆必有結果之意。至於東床邊便設著臥榻，令人聯想「東床快婿」〔註 78〕之典故，且在四十回中薛姨媽對牙牌令，引句爲「織女牛郎會七夕」。巧姐生於七月初七，是乞巧日，

〔註 77〕陳慶浩編：《新編石頭記脂硯齋評語輯校・第六回》（台北：聯經出版社，1986年）頁 603。

〔註 78〕郗太傅在京口遣門生與王丞相書，求女婿。丞相語郗：「君往東廂，任意選之。」門生歸白郗曰：「王家諸郎亦皆可嘉，聞來覓婿，咸自矜持，唯有一郎，在床上胆腹臥，如不聞。」郗公云：「正此好！」訪之，乃是逸少。
〔南朝宋〕劉義慶撰：《世說新語・雅量第六》（台北：藝文印書館，1974年）頁 230。

又稱巧夕、七巧節，故稱巧姐，相傳此日爲天上牽牛、織女二星由喜鵲搭橋相會的日子。更有一巧，小說第四十一回寫巧姐用「柚子」換板兒手中的「佛手」，柚子、佛手不過是兩個小孩在玩時交換的東西，但作者選用這兩意象卻有其象徵意義，「佛」能拔苦救難，故「佛手」有救贖之義。故板兒和巧姐的「佛手情緣」，除了代表命定的因緣之外，更有「救助」之意，在賈家落敗之後，板兒對巧姐伸出援手，更與巧姐結爲夫妻。賈家勢敗後，狠舅奸兄欲偷賣巧姐，得劉姥姥相救，並嫁了當年換佛手的板兒（曹雪芹原意）。脂批又云：「老嫗有認恥之心，故後有招大姐之事。」曹雪芹擅於運用「草蛇灰線，伏脈千里」之法，一個場景、一個擺設、一件物品、一首詩往往是個密碼，象徵了主人的性格及生活情趣，或貞或淫，或勤或閒，這些密碼和他們命運的發展有密切的關係。由東床、佛手、比目、柚子、巧姐兒、板兒諸意象，加此織女牛郎會七夕之語境，更可確定作者的用意在預示巧姐、板兒之婚約，作者在不起眼的細節處往往大費功夫的埋下伏筆，巧姐和板兒的互換柚子佛手即是。佛手柚子雖只是兩個小孩互換的玩物，但結合巧姐的判詞也說明了巧姐將來嫁給板兒的姻緣。

小結

有恩的，死裡逃生。巧姐少時即經歷了家業的衰敗，最後由侯門千金轉爲荒村野店紡織的勞動婦女，她用雙手織出百姓的平和恬淡。〈紅樓夢曲・留餘慶〉云：

> 留餘慶，留餘慶，忽遇恩人；幸娘親，幸娘親，積得陰功。勸人生，濟困扶窮，休似俺那愛銀錢忘骨肉的狠舅奸兄！正是乘除加減，上有蒼穹。〔註 79〕

鳳姐獲罪，自身難保，巧姐被奸舅王仁狠兄賈芸所騙，淪落烟花巷，眞個是「家亡人散各奔騰」，幸虧被劉姥姥救了出來。劉姥姥是賈府興衰的見證者。作者安排此一人物是胸有成竹的。脂批云：「略有些瓜葛，是數十回後之正脈也。眞千里伏線」〔註 80〕巧姐出身於公侯之門的千金，後來轉爲在荒村野店中紡織，正如秦可卿出殯途中寶玉所見的那個二丫頭。巧姐走上了自食其力

〔註 79〕曹雪芹、高鶚原著，其庸等校注：《紅樓夢校注》（台北：里仁書局，1986 年）第 5 回，頁 92。

〔註 80〕陳慶浩編：《新編石頭記脂硯齋評語輯校・第六回》（台北：聯經出版社，1986 年）頁 140。

的道路，和大觀園中諸釵的吟風弄月生活是截然不同的，劉姥姥為巧姐取名時所言「遇難成祥，逢凶化吉」也因此得到了證驗。

巧姐為鳳姐之女，她承襲了鳳姐的聰敏，但不同於母親的潑辣張揚，她讀詩書、慕賢良，是個穩重矜持的侯門千金。然而她和賈府諸釵的人生方向是不同的，四春她們丫鬟之名對小姐的性格與愛好構成補筆，元春、迎春、探春、惜春與抱琴、司棋、侍書、入畫構成整齊而有序的對應，琴、棋、書、畫這四種藝術修養不但是四春嗜好與專長，而且和她們的命運息息相關。元春擅於彈琴，應有高山流水的渴望，然而她所彈出的卻是高處不勝寒，知音難覓的惆悵。擅於下棋的迎春本應擅於運籌，然而生命中所呈現的卻是遇人不淑，滿盤皆輸的感傷。常伴詩書的探春應有不讓鬚眉，鴻途大展的英姿，然而其筆墨所揮灑的卻是生不逢時，懷才不遇的嗟歎。擅於丹青的惜春她的人生本應多采絢麗，然而她的畫屏所展現的卻是看破紅塵禪定入空的清冷。至於巧姐的特長則偏於針黹紡績。巧姐本為侯門公府的千金大小姐，家道中落後擇親再也不能講究門當戶對了。依續書寫，巧姐是被她的「狠舅奸兄」賣與外藩做妾，外藩不敢收留，後被劉姥姥救了去，住在村庄上，後來賈璉回家，將他許配與鄉中富翁周氏，這周氏是有良田千頃的財主之子，還中了秀才，這實在看不出怎麼可憐，怎麼薄命。巧姐到劉姥姥莊上，供養得極其周備，後來仍好好地回家父女團圓，如此之情節安排，無形中削弱了悲劇的感人力道。曹雪芹原意巧姐應被「狠舅奸兄」賣了，這時賈府也凋零了，鳳姐也被休了，所以他們要賣巧姐便沒阻礙力了。巧姐被賣到娼寮裡，很奇巧的被劉姥姥救了出來，沒有當眞墮落到烟花巷裡，這是寫巧姐僥倖遇恩人，是寫賈氏末路的光景。這赫赫揚揚百年鼎盛的大族，不能蔭庇一女，反借助於鄉村中的老嫗，這類文情是何等的感慨。〔註 81〕續書不願巧姐落得那樣的結局，讓她賣與外藩被救後嫁給家財萬貫、良田千頃的周姓大財主的兒子，和曹雪芹原意大異其趣。命運多舛的巧姐在家道中落的情況下不得不拋開風雅，專攻務實之用。與諸釵吟風弄月的寄生生活相反，她走上一條自食其力的道路。一個侯門千金轉為「荒村野店」的「紡績女」，從詩書簪纓走向躬耕布衣，脫離了沒落貴族的憂慮隱痛轉為耕織百姓的恬淡平和，巧姐以紡車織出了眞純安寧的心境。

〔註 81〕俞平伯：《俞平伯說紅樓夢》（上海：上海古籍出版社，1998 年），頁 115。

第八章　紅樓十二正釵意象統整

第一節　諸艷之比

《文心雕龍．比興》云：「詩人比興，觸物圓覽。物雖胡越，合則肝膽。擬容取心，斷辭必敢」容即象，心即意，辭即言。從生活素材中按主客觀邏輯組合，使其成爲巨大藝術感染力的整體意象。〔註 1〕一系列有機及內在聯繫的意象前後疊現，成爲意象群的組合，如把許多分散的意象統合便能使之呈顯某一特定主題，或依附於詩歌中的某一個中心意象。意象的組合方式是多樣的，而且複雜意象的構成作爲一種審美創造，是一個複雜的心理過程，用所謂並列、對比等結構形成，其深層的因素和邏輯值得我們探索。〔註 2〕紅樓十二正釵意象與意象之間及形象本體與意象之間亦存在著深層聯繫的「紐帶」，把個別意象組織成大意象系統，可凸出一篇之主旨或角色之風格，茲分述如下：

一、諸艷之殊性——映襯

《紅樓夢》中對比襯托之法是常運用的，茲將評本〔註 3〕中提及諸釵互相

〔註 1〕王長俊：《詩歌意象論》（安徽文藝出版社，2008 年），頁 217。

〔註 2〕陳慶章：《中國詩學》（台北：文史哲出版社，1994 年 12 月），頁 74。

〔註 3〕評點本簡稱：《脂本》：《脂硯齋評本》、《東本》：《東觀閣本》、《王、姚本》：《王希廉本》、《桐本》：《桐花鳳閣本，陳其泰評本》、《哈本》：《哈斯寶本》、《張本》：《張新之本、妙復軒評本》、《劉本》：《劉履芬本》、《黃本》：《黃小田本》、《隨本》：《讀紅樓夢隨筆》。

脂硯齋評本：《脂甲本》：《甲戌本》、《脂乙本》：《庚辰本》、《脂丙本》：《己卯本》、《脂丁本》：《靖藏本》、《脂戊本》：《甲辰本》、《脂己本》：《列寧本》、《脂庚本》：《蒙古王府本》、《正本》：《有正本、戚序本》。

映襯者整理如下：

形象本體	評　本	回　數	評本敘述	映襯者
林黛玉	《桐本》總評	8回	寫黛玉難而易，寫寶釵易而難。以黛玉聰明盡露，寶釵則機械渾含也。非寶釵則黛玉之精神不出，非金鎖則寶釵之逼拶猶鬆，生瑜生亮，實逼處此。 涂鐵綸曰：「或問寶釵與黛玉，孰爲優劣？曰：寶釵用柔，黛玉用剛；寶釵用曲，黛玉用直；寶釵徇情，黛玉任性；寶釵做面子，黛玉絕塵埃；寶釵收人心，黛玉信天命不知其他…。	寶釵
	《王姚本》總評	32回	寫黛玉戔戔小氣，必帶敘寶釵落落大方；寫寶釵事事寬厚，必帶敘黛玉處處猜忌，兩相形容。	寶釵
	王希廉	《繡像紅樓夢》	黛玉一味痴情心地褊窄，德固不美，……寶釵卻是有才有德。	寶釵
	俞平伯	〈《紅樓夢》中關於十二正釵之描寫〉	黛玉直而寶釵曲，黛玉剛而寶釵柔，黛玉熱而寶釵冷，黛玉尖銳而寶釵圓渾，黛玉眞而寶釵世故。	寶釵
	《張本》夾批	89回	又用一畫合上一聯，總結全書與神遊回一畫一聯相對待…青女霜神爲釵，素娥月主爲黛，其勢不能兩立也。	寶釵
	《哈本》	41回	早就寫出了一個性情怪癖的寶玉，已是怪癖之極。接著又寫出了一個性情怪癖的黛玉，更是怪癖之極…還寫出了一個性情絕怪的妙玉，這一玉的心情性情又與那兩玉不同。	寶玉 妙玉
	《隨本》總評	49回	此非寫黛玉不知人，正寫寶釵大奸大雄。	寶釵
	《黃本》夾批	58回	寶黛乃戲中生，旦也…寶釵乃黛玉陪筆，亦戲中小旦也。	寶釵
寶釵	《張本》	63回	上回用湘雲、香菱以合演釵玉之實…此回用芳官以單演寶黛之虛。	湘雲
探春	王伯沆	73回	以下寫探春之才，正是寫迎春之懦耳。	迎春
湘雲	《桐本》	20回	湘雲至此方入正敘，在文字只是借來陪襯寶釵耳。	寶釵

	《桐本》	20 回	湘雲老實，借之以形寶釵之奸。	寶釵
	《桐本》	22 回	處處以湘雲之老實襯寶釵之奸。	寶釵
	《桐本》總批	22 回	湘雲只是烘襯寶釵之人。	寶釵
	《桐本》總評	22 回	湘雲只是襯托寶釵之人，或借其老實處形寶釵之奸詐，或借其鹵莽處見寶釵之深沈。不可竟作湘雲文字讀也。	寶釵
	《桐本》總評	32 回	湘雲明與黛玉作對…是旁面襯托寶釵處，此書處處以湘雲之鹵莽襯寶釵之奸詐。	寶釵
	《黃本》夾批	49 回	湘雲之直與寶釵相反	寶釵
李紈	《東本》夾批	5 回	敘其婦德者，正反襯王熙鳳也。	鳳姐
	《王姚本》	40 回	此等處每次紈、鳳相形，其品地之優劣自見。	鳳姐

紅樓十二正釵互為映襯整合：

形象本體	映襯者
黛玉	寶釵、寶玉、妙玉
寶釵	黛玉、湘雲
探春	迎春
史湘雲	寶釵
李紈	鳳姐

寶釵同時為黛玉、探春、湘雲之映襯。與黛玉之映襯在個性，黛玉聰明盡露，寶釵則機械渾含，誠如俞平伯所云：「黛玉直而寶釵曲，黛玉剛而寶釵柔，黛玉熱而寶釵冷，黛玉尖銳而寶釵圓渾，黛玉眞而寶釵世故。」與湘雲之映襯則為品性差異，處處以湘雲之老實襯寶釵之奸，或借湘雲之鹵莽處見寶釵之深沈。至於與探春的關係則為才能之烘托。探春與迎春為有才與懦弱之對比，寫探春之才正是寫迎春之懦。至於李紈與鳳姐則為品行之映襯，每次紈、鳳相形，其品地之優劣自見，敘李紈婦德，正反襯鳳姐。紅樓諸釵藉彼此間的映襯，更深刻呈顯了形象本體的個性特質及深層內涵。論文中讓人物連袂出現，在互為映襯中使人物的個性更加鮮明突出。表現了審美觀照，也深刻了主題內涵。十二正釵「各具一心，各具一面」她們同列薄命司，在淒美的氛圍中彈奏出千紅一哭，萬艷同悲的悲劇旋律。

此外類比亦為其表現人物特色之法。把身份地位或各個氣質相似的人物放在一起，比較其相似中的差異，即所謂「特犯不犯」、「善犯不犯」之法。哈斯寶在《新譯紅樓夢．第十七回》云：「早就寫出了一個性情怪癖的寶玉，已經怪癖之極。接著又寫出了一個性情怪癖的黛玉，更是怪癖之極。這兩玉心情不同，性情不同，寫了一個性情怪癖的寶玉，又寫了一個性情怪癖的黛玉，已經是奇，卻又慢慢研墨蘸筆，還寫出了一個性情絕怪的妙玉，這一玉的心情、性情又與那兩玉不同。」寶玉、黛玉、妙玉，三人有著偏僻的共性，但性格又各異，構成了類比的關係，再以抄撿大觀園一事為例，賈家三位小姐對此事件的不同反應展現了三個身分近似卻有不同的性格特點。王希廉在第七十四回評云：「迎春一味懦弱，探春主意老辣，惜春孤介性癖，三人身分不同。」三人不僅存在著對比的關係，在類比中更呈顯了她們的個性特質。此外在第五十六回回目中用「敏」探春「時」寶釵及「辣」鳳姐「貞」李紈概括四人的才幹，《紅樓夢》十二正釵中除了鳳姐，只有李紈、探春和寶釵有治家的才能，此四人雖同具理家之才，然探春作風清明，無鳳姐之貪淫，寶釵深沈含心機，知所進退，然無探春之積極、朗闊，至於李紈個性貞定內歛，謀而後動，與鳳姐張揚、跋扈之作風恰成對比。至於妙玉、惜春、寶釵、迎春均讓人有冷寞寡情之感，妙玉孤潔的個性招致世難容，寶玉建議將茶杯送劉姥姥，妙玉卻說：「幸而那茶杯是我沒吃過的，若我使過，我就砸碎了也不能給她。」（第四十一回）。櫳翠庵品茗後，寶玉建議請僕人提水洗地，妙玉說：「抬了水只擱在山門外頭牆根下，別進門來。」（第四十一回）妙玉之冷有著出身仕宦階級的優越感。惜春孤介的個性讓她攆走了入畫，只求「自了漢」，甘作「狠心人」（第七十四回），她的冷乃因對環境的失望，庶出的身份更讓她得不到應有的關懷。迎春個性懦弱，纍金鳳被乳母偷去換錢賭博她也不聞不問（第七十三回），抄檢大觀園，司棋被搜出男物、情書，面臨重處，她也不為司棋主持公道，難怪司棋臨別前云：「姑娘好狠心，哄了我這兩日，如今怎麼連一句話也沒有！」司棋被逐，最後為婚事撞牆而死（第七十四回），迎春之冷乃逃避現實，以讀《太上感應經》逃避生活的困境。至於寶釵罕言寡語，人謂藏拙，但當金釧兒投井冤死，她卻不以為惜的說是「失了腳」掉下去的（第三十二回），柳湘蓮遁入空門，她卻不在意的說是「前生命定」的（第六十七回），寶釵的冷是自私，缺乏同情心，在映襯、類比之下，呈顯了形象本體彼此之間的殊性。通過類比映襯的聯繫，諸釵的共性殊性即呈顯出來。如果人物性格相似，在作品中的地位卻有主次之分，次要人物為了更有效地襯托主要人物的性格特點，通過性格的相似性加強讀者的類比聯想，將對主要人物的性格特質有更深刻的認識，「影子說」就是此襯托形象之法。

二、諸艷之共性——影子說

評點派盛行影子說，茲將評點派有關紅樓十二正釵之影子對應敘述整理如下：

形象本體	評本	回數	評本敘述	影子
林黛玉	《張本》夾批	19 回	寫出不曉事之晴雯乃黛玉影子。	晴雯
	《王姚本》夾批	20 回	晴姐…眞是林妹妹影子。	晴雯
	《桐本》	21 回	以上許多文字，只是叫出此句烘托黛玉耳，可知晴雯是黛玉影子。	晴雯
	《脂乙本》	24 回	又是個林…紅字切絳珠，玉字則直通矣。	小紅
	《張本》	24 回	在黛玉影身五：一晴雯、二湘雲、三即小紅、四四兒、五五兒。	晴雯、湘雲、小紅、四兒、五兒
	《王姚本》眉批	36 回	齡官舉動語言直是顰卿一個影子。	齡官
	《王姚本》總評	36 回	齡官一層…實是爲黛玉陪襯。	齡官
	《張本》夾批	63 回	而接帖必是四兒，乃黛一人三影。	四兒
	《桐本》	78 回	晴雯、黛玉，是一是二正不必深別也。	晴雯
	《王姚本》	89 回	素娥、青女，是寶釵、黛玉影身…兩人之結局已在圖中照出。	寶釵
	《張本》夾批	94 回	五兒爲黛玉第五影身。	五兒
	《哈本》夾批	101 回	黛影至此有五矣。	晴雯、湘雲、小紅、四兒、五兒
	《黃本》夾批	102 回	五兒又似晴雯，究竟誰安頓誰不安頓？	五兒、晴雯
	《王姚本》眉批	102 回	因黛玉而及晴雯，情之所同也。因晴雯而及五兒，形之所合也。	五兒、晴雯
	《桐本》	109 回	心如何肯移？要知晴雯本是黛玉影子也。	晴雯

	《張本》夾批	109 回	出五兒必陪以麝月，以五兒乃黛玉影身，故用一月鏡以照之也。	五兒
	《張本》夾批	109 回	晴雯前事即五兒今事，總一黛玉而已。	晴雯、五兒
	《張本》夾批	116 回	未見黛玉，先見晴雯，指明一形一影。	晴雯
寶釵	《張本》	28 回	襲人爲寶釵影身。	襲人
	《桐本》	34 回	書中從不敘寶釵規勸寶玉之語，可知襲人是寶釵影身，此處一點自醒。	襲人
	《張本》	36 回	梨香院釵之舊居，齡官，釵之影身。	齡官
	《桐本》總評	49 回	突然來一寶琴，是襯托寶釵文字。	寶琴
	《張本》總批	56 回	寫探實以寫鳳，寫鳳實以寫釵…而曰「賢寶釵」則與二十一回「賢襲人」之賢同。	探春、鳳姐
	《張本》夾批	59 回	鶯、燕一體，皆釵也…。	鶯兒
	《張本》夾批	93 回	花爲襲姓，「艷冠群芳」爲釵所得牡丹花籤，乃合釵襲爲一花魁。	襲人
	《張本》夾批	117 回	收拾玉釧爲寶釵第四影身也。	玉釧兒
釵黛合一	《脂甲本》夾批	5 回	按黛玉、寶釵二人，一如姣花，一如纖柳，又極其妙者。	寶釵、黛玉
	《桐本》	5 回	開卷先是晴雯、襲人，其爲黛玉、寶釵影子甚明。	寶釵、黛玉
	《脂乙本》總評	42 回	釵玉名雖兩個，人卻一身，此幻筆也。今書至三十八回時已過三分之一有餘，故寫是回，使二人合而爲一，請看（黛）〔代〕玉逝後寶釵之文字，便知余言不謬矣。	寶釵、黛玉
探春	《張本》總批	56 回	寫探實以寫鳳，寫鳳實以寫釵…而曰「賢寶釵」則與二十一回「賢襲人」之賢同。	鳳姐 寶釵
湘雲	《張本》夾批	13 回	突出湘雲亦在此回。湘雲亦夢中人主腦，寶黛釵三人共爲一影身者，故好作男子裝，又有陰陽一理之談。	寶玉、黛玉、寶釵
	《張本》夾批	19 回	補此筆見湘雲亦寶玉影子也。	寶玉
	《桐本》	20 回	湘雲是烘托寶釵之人。	寶釵
	《張本》夾批	22 回	湘雲是三人合一人。	寶玉、黛玉、寶釵

	《張本》夾批	29 回	赤金有寶釵，點翠則有黛玉，麒麟公子之象又寶玉也，一湘雲三影身。	寶玉、黛玉、寶釵
	《張本》	31 回	在湘雲既影黛、又影釵。	黛玉、寶釵
	《張本》夾批	32 回	雲亦黛之影。	黛玉
	《張本》	57 回	湘以一人三影。	寶玉、黛玉、寶釵
	《張本》夾批	62 回	岫煙生日用湘雲說出，煙雲一體也。	岫煙
	《張本》夾批	63 回	海棠，黛玉也，故必由黛擲。用湘掣，湘亦黛影也。	黛玉
	《張本》夾批	76 回	書主寶黛釵，此處以湘雲一人總合三影，歸結一夢，歸結一妙也	寶玉、黛玉、寶釵
	《張本》夾批	83 回	全書只演寶黛釵而已，湘雲一人三影，故金麒麟用特問。	寶玉、黛玉、寶釵
	《張本》夾批	99 回	金鎖金麟原同一氣…固合一人爲三影者。	寶玉、黛玉、寶釵
	《張本》夾批	108 回	書言寶黛釵，雖結而未結，不能驟止，故用一人三影之湘雲另起爐灶…但用虛筆一提，是雲有婿而無婿也，即此一筆，已歸結寶黛釵全局。	寶玉、黛玉、寶釵
	《張本》	108 回	寶玉以雲釵相提而論，釵即雲也。	寶釵
	《張本》夾批	110 回	此借湘雲合寶黛釵三影。	寶玉、黛玉、寶釵
妙玉	《隨本》總批	50 回	此非寫黛玉，實是寫妙玉。	黛玉
秦可卿	《王姚本》眉批	5 回	秦黛於仙姑一而二，二而一者也。	警幻仙子
	《黃本》夾批	7 回	並不寫香菱之美，亦並不寫秦氏之美，止此一語而兩美並見，以後晴雯、齡官之似黛玉，亦皆此意。	香菱
	《哈本》夾批	101 回	可卿正釵黛合影。	寶釵、黛玉

鳳姐	《張本》總批	56回	寫探實以寫鳳，寫鳳實以寫釵…而曰「賢寶釵」則與二十一回「賢襲人」之賢同。	寶釵、探春
巧姐	《劉本》眉批	15回	寫鄉村女子爲紡紗等事，直狀巧姐終身。	紡織女

紅樓十二正釵影子說整合：

形象本體	影　子
黛玉	晴雯、湘雲、小紅、四兒、五兒、齡官、寶釵、可卿
探春	鳳姐、寶釵
湘雲	寶玉、黛玉、寶釵、岫烟
妙玉	黛玉
寶釵	襲人、齡官、玉釧兒、黛玉、湘雲、麝月、可卿、鳳姐、探春
可卿	警幻仙子、香菱、寶釵、黛玉
鳳姐	寶釵、探春
巧姐	紡織女

晴雯、齡官個性、言語及舉動和黛玉相似，二者烘托黛玉，小紅之紅字切絳珠，與黛玉同名，故亦爲烘托黛玉者，第六十三回《張本》夾批云：「接帖必是四兒，乃黛一人三影。」洪秋蕃在第二十回評說：「晴雯爲黛玉小照，而似晴雯者，又有五兒。」五兒似晴雯，晴雯又似黛玉，故五兒亦爲黛玉影身，至於釵玉名雖兩個，人卻一身，此幻筆也，釵亦爲黛影。第六十三回《張本》夾批云：「海棠，黛玉也，故必由黛擲。用湘掣，湘亦黛影也。」妙玉孤標高潔之特質亦與黛玉互相烘托，故晴雯、齡官、小紅、四兒、五兒及湘雲、寶釵及可卿皆爲黛玉影子。至於寶釵，洪秋蕃在第二十回評云：「襲人爲寶釵小照，而似襲人者又有麝月，此影外影也。」陳其泰在第四十一回又評：「襲人討人喜歡處在此，寶釵正復爾爾，故寫襲人，即是寶釵影子。」且第三十六回《張本》評云：「梨香院釵之舊居，齡官，釵之影身。」第四十九回《桐本》云：「突然來一寶琴，是襯托寶釵文字。」第五十九回《張本》夾批云：「鶯、燕一體，皆釵也。」第一百一七回《張本》夾批又云：「收拾玉釧爲寶釵第四影身也。」故襲人、齡官、玉釧兒、黛玉、湘雲、麝月、可卿皆爲寶釵影身。而可卿正釵黛合影，且第五回《王姚本》眉批云：「秦黛於仙姑一而二，二而一者也。」第七回《黃本》夾批亦云：「並不寫香菱之美，亦並不寫秦氏之美，止此一語而兩美並見。」故可卿爲黛玉、寶釵、警幻仙子、香菱之影身。再以巧姐言之，第十五回〈劉本〉眉批云：「寫鄉村女子爲紡紗等事，

直狀巧姐終身。」巧姐之影身乃紡織女。形象本體與影身或外貌、或個性、或品德、或家世，皆互顯其共性特質。黛玉同時爲湘雲、妙玉、寶釵、可卿之影子，寶釵則同時爲黛玉、湘雲及可卿的影子，這也呈顯了兩位主角在文本中的重要性。

至於探春，第五十六回《張本》總批云:「寫探實以寫鳳，寫鳳實以寫釵。」鳳姐、寶釵、探春皆擅理家，互爲影子。湘雲好作男子裝，其打扮讓賈母分不出寶玉、湘雲，她有魏晉名士之風，第十三回《張本》夾批云:「寶黛釵三人共爲影身者，故好作男子裝，又有陰陽一理之談。」且第二十九回《張本》夾批云:「赤金有寶釵，點翠則有黛玉，麒麟公子之象又寶玉也，一湘雲三影身。」至於第六十二回《張本》夾批云:「岫煙生日用湘雲說出，煙雲一體也。」湘雲可爲寶玉、黛玉、寶釵及岫烟之影子。評點者爲形象本體找到了一連串的影子，形象本體在影子的比照下性格特質與形象也獲得更加清晰的展現。然與諸艷貫串之連繫者非寶玉莫屬。紅樓十二正釵和寶玉有著無可分割的紐帶而有機的連繫著。庚辰、己卯兩本第十七、十八回前總批云：

> 寶玉係諸艷之貫，故大觀園對額必得玉兄題跋，且暫題燈匾聯上，再請賜題，此千妥萬當之章法。〔註4〕

且庚辰本第四十六回批云：

> 通部情案，皆必從石兄掛號，然各有各稿，穿插神妙。〔註5〕

寶玉乃通部之樞紐關鍵，以情字來說，第一個掛號的爲黛玉。寶玉和黛玉的愛情故事來自神話，他們之間爲兩世情，神瑛侍者與絳珠草的木石前緣，使絳珠仙子隨神瑛侍者轉世，欲以其一生之淚償還前世爲其澆灌甘露之水的情，此即林黛玉。至於寶玉與寶釵的婚姻故事來自彼此的飾物：通靈寶玉與金鎖，即金玉良緣。曹雪芹於金鎖之外又加一金麒麟。寶玉和湘雲之間乃青梅竹馬的關係，兩小無猜，也給黛玉帶來了危機感。此外作者在瀟湘館之外又添了櫳翠庵，身爲緇衣修行的「檻外人」，對「檻內」知己寶玉，妙玉有無盡的嚮往，主要表現在對寶玉的暗戀上，眞個剪不斷，理還亂。通過品茶、贈梅與拜帖、對弈四段情節加以展現。元春是寶玉啓蒙識字的老師，寶玉對她的感情是亦師亦姊。迎春一向軟弱無能，寶玉對她除了骨肉親情之外還有

〔註 4〕陳慶浩編著：《新編石頭記脂硯齋評語輯校》（台北：聯經出版社，1986年），頁304。

〔註 5〕陳慶浩編著：《新編石頭記脂硯齋評語輯校》（台北：聯經出版社，1986年），頁627。

更多的憐憫，所以她對迎春出嫁分外的牽腸掛肚。寶玉與探春有共同的雅好，兄妹情深，同爲海棠詩社的中堅，兄妹還同塡過一闋詞，惜春爲寶玉之堂妹，李紈爲寶玉之親嫂子，雖然思想的不同使他們在評詩時有不同的意見，但並不影響他們和諧的關係。可卿爲寶玉的侄兒媳婦，有一次寶玉在她的臥室午睡時還神遊了太虛幻境，而且當她生病時，寶玉還隨鳳姐多次探望她，也同她弟弟秦鍾成了要好的朋友。鳳姐既是寶玉的堂嫂，又是姑表姐，姐弟倆親密無間，鳳姐對寶玉總是無微不至的關懷和愛護，寶玉亦激賞鳳姐的理家才幹。至於巧姐爲寶玉的侄女。總之紅樓十二正釵所有女子或在血緣、門第，或在情感上均與寶玉有千絲一縷的關係，她們一生的遭遇更是寶玉由色悟空之觸媒。而且她們都是才貌俱佳的女性，但命運多舛同歸入薄命司，此紅樓中十二位女子的命運在封建禮教的束縛和摧殘下均一同走向千紅一哭，萬艷同悲的悲劇結局。

第二節 諸艷意象統整

意象於小說中是敘事的核心元素，也具備了詩化的功能。意象敘述蘊含著傳統的文化積澱，也推進了文本的深度。十二正釵的意象群中，如落花、流水、月、雪…往往是傳統詩歌中常見的意象，在傳統文化積澱中呈顯了深刻的寓意，在敘事與詩意交互輝映中構成了文本深邃的詩意與氛圍。十二正釵意象中大多有衰颯悲涼的色彩，文本中有關紅樓十二正釵的詩化意象渲染著小說使文本中的形象本體具有迷人的詩意美與震撼力量。眾多的意象經審美經驗的淘洗、篩選以符合審美理想和審美趣味。意象群烘托著每一形象本體，讓每一形象本體呈顯各自的風貌，而且藉著映襯與影子的作用，表現了諸釵間的共性與殊性，也深刻了文本的內涵。以上各章分析了紅樓十二正釵之意象，今再就諸意象與十二正釵相關之意旨及映襯、影子的關系統整如下：

一、意象意旨與映襯者、影子之統整

形象本體	對應意象	意象意旨	映襯者	影　子
黛玉	絳珠草	血淚、愁思。	寶釵、寶玉、妙玉	晴雯、湘雲、小紅、四兒、五兒、
	瀟湘館	以娥皇、女英二妃比德、惟情世界，竹則表堅貞、孤直傲岸。懷念故土、隱逸氛圍。		

	淚水（流水、眼淚、雨水、靈河）	潔淨、相思、情愛、離愁。眼淚及雨，更有迷離、詩意及淒涼之意旨。		五兒、齡官、寶釵、可卿
	桃花	生命的激情、韶光易逝的悲情、紅顏薄命、隱逸。		
	芙蓉花	清新高潔、殘荷則有生命凋零、離愁、懷才不遇之意旨。木芙蓉之意旨則爲：堅貞、美麗、懷鄉、懷才不遇。		
	菊花	孤傲高潔、隱逸、鄉思、悲秋幽怨。		
	柳絮	漂泊、離愁、青春易逝、生命短暫、柔弱無法自主。		
	葬花	生命搖落的悲情。		
	帕	晾帕示淚多，擲帕顯妒情、贈帕爲情苦。		
薛寶釵	蘅蕪苑	寶釵人格之外現，香草表德行修養之期待，藤蔓表擅於攀緣，至於蘅蕪飄香本是夢。	湘雲 黛玉	襲人 齡官 玉釧兒 黛玉 鶯兒 寶琴 麝月 鳳姐 探春
	黃金鎖	世俗。		
	冷香丸	冷、香。		
	寶釵	分離。		
	紅麝串	攸關性事、引誘。		
	牡丹	富貴嬌艷。		
	黃鶯	巧舌，但終是空好音。		
	雪	高潔、清冷。		
賈元春	石榴花	多子。如火如荼，烈火烹油。別土流徙。		
賈迎春	紫菱洲	蓼花荇草表柔弱。	探春	
	算盤	委運任化，任命運擺佈。		
賈探春	秋爽齋	豪爽、朗闊。	迎春	鳳姐 寶釵
	風箏	漂泊。		
	杏花	美麗、幸運，也有離亂世局之感嘆。		
	玫瑰花	美麗、自我防衛。		

	蕉下客	世事虛幻，亦表探春個性之舒展大方，喜愛書法。		
賈惜春	蓼風軒	藕香榭、暖香塢：小而雅致，有藝術特質。		
	緇衣	佛門、修行。		
史湘雲	金麒麟	仁厚、長壽。麒麟緣表眷念與無奈。	寶釵	寶玉 黛玉 寶釵 岫烟
	芍藥	美麗、愛情、離草。		
	海棠	嬌麗、哀怨美、留戀生命、感傷身世。		
	寒塘鶴影	離別、鳳飄鸞泊、孤居形影。		
妙玉	櫳翠庵 白雪紅梅	熱情外射、堅貞、孤標傲世。		黛玉
	玉	神權、皇權、代表美之人事物、高潔。		
	茶	可靜心，刻劃人物性格。		
李紈	稻香村	噴火蒸霞的杏花喻潛意識中不安定的心。	鳳姐	
	老梅	孤芳、高潔。		
	蘭	高潔、美、友情、懷才不遇		
可卿	唐伯虎海棠春睡圖、武則天鏡室中的寶鏡、趙飛燕舞過的金盤、安祿山擲太眞乳的木瓜、西子浣過的紗衾	香艷淫逸。情欲的暗示與象徵		警幻仙子 香菱 寶釵 黛玉
	同昌公主製的聯珠帳	奢靡。		
	紅娘抱過的鴛枕	風流		
	壽昌公主臥於含章殿的寶榻	美艷		
王熙鳳	冰山之鳳	冰山：賈府及四大家族。 鳳：祥瑞、傑出。		探春 寶釵
巧姐	柚子與佛手柑之緣	柚子：柚圓，圓諧音緣，指與板兒之緣。離愁。 佛手柑之佛手：保佑、吉祥、指點迷津。		紡織女

蘇珊・朗格於《藝術問題》中云：「在一個藝術整體中，整體意象與個體意象是不可分割的。」雖然我們可以把其中每一個成分在整體中的貢獻和作用分析出來，但離開了整體就無法單獨賦予每個成分以意味。〔註6〕個體意象只有被有機組合才有藝術意義，誠如郭熙于〈林泉高致〉云：「山以水爲血脈，以草木爲毛髮，以烟雲爲神彩，故山得水則活，得草木而華，得雲而秀媚。」小意象組成大意象而呈顯藝術意義。

文本中紅樓十二正釵諸形象本體即爲大意象，至於諸釵各自對應的意象群即小意象，正如紅樓十二正釵中林黛玉由瀟湘館、竹、絳珠草、水、桃花、芙蓉花、菊花、柳絮、落花、帕、諸小意象及晴雯、湘雲、小紅、四兒、五兒、齡官、寶釵諸影子的烘托及寶釵、寶玉、妙玉的映襯下，呈顯了如此風露清愁的大意象——林黛玉，且在寶玉、妙玉的類比下，其高潔脫俗的性格特質也更加的突出。薛寶釵由蘅蕪苑、冷香丸、黃金鎖、寶釵、紅麝串、牡丹、黃鶯、雪諸意象及襲人、齡官、玉釧兒、麝月、黛玉、寶琴、鶯兒諸影子的烘托下呈顯的是如此艷蓋群芳，且在黛玉、湘雲的映襯下，其深沉冷艷的性格特質也更加凸顯。賈元春的石榴花意象呈顯著她爲賈家帶來烈火烹油的豪奢氣象。賈迎春的紫菱洲、算盤諸意象及探春的映襯下呈顯柔弱委運任化的性格特質。賈探春由秋爽齋、風箏、杏花、蕉下客、玫瑰花諸意象及影子鳳姐的烘托下，呈顯她豪爽朗闊的人格特質，且在迎春之映襯下更表現她精明積極的人生態度。賈惜春在蓼風軒、緇衣諸意象的烘托下，呈顯了孤介超俗的人格特質。史湘雲在芍藥、海棠、寒塘鶴影、金麒麟諸意象及寶玉、黛玉、寶釵、岫烟諸影子的烘托下，呈顯了她隨遇而安，豁達樂觀的人格特質，且在寶釵的映襯下更顯得她的憨厚老實。妙玉在櫳翠庵白雪紅梅、玉、茶諸意象及黛玉這影子的烘托下呈顯出她高潔自恃，芳情難遣的人格特質。李紈在稻香村、老梅、蘭諸意象的烘托下，呈顯了她對高潔品德的期待，且在鳳姐的映襯下更凸顯了她堅貞的人格特質。秦可卿由唐伯虎海棠春睡圖、武則天鏡室中的寶鏡、趙飛燕舞過的金盤、安祿山擲太眞乳的木瓜、西子浣過的紗、同昌公主製的聯珠帳、紅娘抱過的鴛枕、壽昌公主臥於含章殿的寶榻諸意象及警幻仙子、香菱、寶釵、黛玉諸影子把秦可卿性格烘托得如此香艷淫逸，也呈顯了警幻功能。

〔註6〕蘇珊・朗格（Susanne K Langer）：《藝術問題》（中國社會科學出版社，1982年），頁130。

王熙鳳的冰山、鳳諸意象及探春這影子把她烘托得如此美麗伶俐，精明幹練。然而她卻是機關算盡，反誤了卿卿性命。巧姐柚子、佛手柑諸意象及影子：紡織女烘托下呈顯出受其母陰德庇祐，遠離沒落貴族的憂慮隱痛，所以能以紡車織出了恬淡平和、眞純安寧的生活。紅樓十二正釵由諸釵的小意象呈顯烘托出諸釵這大意象的個人特質。〔註 7〕更由諸釵之互相映襯與影子烘托使形象本體的性格特質及生命內涵表現得更加深刻。

二、形象本體與意象之對應

情感的藝術表現須通過意象，意象與情感拿格式塔心理學言之是一種「異質同構」的關係，因而具有深刻的表現力。這種表現力，意味著審美對象的深邃內涵與創造主體的情感體驗互相遇合、印證，意象耀亮了情感世界，情感世界頓然生輝，並達到最大的強度。〔註 8〕王長俊在《詩歌意象學》中亦提及中國古典詩歌的意象，雖然可以直接拼接，意象之間，似乎沒有關聯，其實在深層上互相勾連著，只是那些起連接作用的紐帶隱蔽著，並不顯露出來，這就是前人所謂的「峰斷雲連」「辭斷意屬」。這「峰斷雲連」「辭斷意屬」即指意象與意象間有著隱蔽的「紐帶」，此即意象間的深層連繫。劉熙載於其《藝概、詞曲概》更云：「詞以煉章法爲隱，煉字句爲秀，秀而不隱，是猶百琲明珠，而無一線穿也。」意象的疊加，就是在一個意象之上投影著另一個意象，兩個意象滲透交融成一體，這個新的意象同具兩個意象的功能和特徵，並產生更強的表現力。

如前所言，形象本體之間可互爲映襯、類比，或互爲影子。形象本體和意象之間亦有多種對應關係，因此意象之間總存在著紐帶，互相滲透交融成深刻的意涵。一般狀況下，人物與意象的對應方式是一個人物對應一個意象，但亦有兩種情形也時有發生，第一是具有相同個性或命運的多個人物共用一個意象。第二是一個人物有多個對應意象。以第一種狀況言之，（一）芙蓉：芙蓉之意旨爲：清新高潔、殘荷則有生命凋零、離愁、懷才不遇之意旨。木芙蓉之意旨則爲：堅貞、美麗、懷鄉、懷才不遇。芙蓉亦有其多重對應，如第六十三回黛玉抽得一籤，只見上面畫著一枝芙蓉，題著「風露清愁」四字。上面是句舊詩，道是：「莫怨東風當自嗟。」芙蓉爲黛玉形象及命運之對應意

〔註 7〕許興寶：《人物意象研究》（中國社會科學出版社，2007 年 12 月），頁 90。
〔註 8〕吳曉：《詩歌與人生——意象符號與情感空間》（台北：書林出版有限公司，1995 年），頁 90。

象。第七十八回寶玉聽了一個小丫頭言晴雯死時說她去專管芙蓉的花司去了，心中去悲而生喜，乃指芙蓉花道：「此花也須得這樣一個人去司掌。」而有〈芙蓉誄〉之作，脂評：「雖誄晴雯，而又實誄黛玉也。」故芙蓉亦爲晴雯之對應意象。第七十九回迎春將出嫁，寶玉天天到迎春住處紫菱洲徘徊瞻顧，見池中芙蓉，搖搖落落，詠道：「池塘一夜秋風冷，吹散芰荷紅玉影。」脂評：「先爲對境悼顰兒作引。」此時芙蓉又爲迎春之對應意象。芙蓉把個性特質及命運相近的人物連繫起來，增強了作品的整體性。芙蓉意象之對應形象本體有黛玉、晴雯及迎春。要言之，三者皆有清新高潔堅貞、美麗之特質，然黛玉又加上以懷鄉、離愁、嬌弱之特質，迎春則有柔弱，凋零之特質，至於晴雯其率眞的個性特質也引發了志不得伸的乖舛命運。再如（二）霽月：有純潔思念之意旨，「霽月」此意象亦有其多重對應，晴雯判詞云：「霽月難逢，彩雲易散。」故霽月爲晴雯風格之對應意象。〈紅樓夢曲・樂中悲〉亦云：「好一似霽月光風耀玉堂。」因此霽月亦爲湘雲姿度之對應意象。至於月有心性清明之意旨，湘雲好似霽月光風耀玉堂，瀟灑磊落有魏晉之風，而晴雯正直、率直、不加矯飾的個性特質誠亦如霽月之清明皎潔，然在賈家身爲奴僕縱然坦蕩率眞亦難受所有主上之認同，眞個是霽月難逢，彩雲易散，豈若湘雲之史家雖已敗落，但在賈府史太君之護持下，終不失其霽月光風之瀟灑特質。

（三）又如蘭花此意象，蘭花之意旨爲潔淨高尚，〈紅樓夢曲、世難容〉云：「氣質美如蘭，才華阜比仙。」蘭花爲妙玉氣質的對應意象，然李紈判詞中畫一盆茂蘭，旁有一位鳳冠霞帔的美人。判詞云：「到頭誰似一盆蘭。」故蘭花亦爲李紈身世之對應意象。蘭花潔淨高尚，同爲妙玉，李紈之對應意象也是二者對人格修養之期許，然以妙玉言之，乃指其有如蘭的特質，至於李紈判詞中之茂蘭則又與其子賈蘭有關，亦爲其對賈蘭之期待。（四）又以桃花言之，桃花之意旨有生命的激情、韶光易逝的悲情、紅顏薄命、隱逸。第三十四回云黛玉豔若桃花之美：「只見腮上通紅，眞合壓倒桃花。」她所作〈桃花行〉是悲嘆其身世之代表作，故桃花爲其對應意象。然以襲人來說，第六十三回〈壽怡紅群芳開夜宴〉襲人所抽之花名籤即爲桃花，題著「武陵別景」四字，尙有一句詩「桃紅又是一年春」，文本中第一百二十回「千古艱難惟一死，傷心豈獨息夫人。」即以桃花比喻襲人。襲人在賈府被抄後嫁予蔣玉函，正合她花名籤所題「武陵別景」所言另覓歸宿的結局。對襲人之複雜性格，作者以桃花輕薄之意旨，暴露其爲人處世的污點，故桃花亦爲襲人風格之對應意象。第六十六回尤三姐對情的失望後拔劍自刎，如「揉碎桃花紅滿地」之淒美，故桃花亦為尤三姐的對應意象。桃花之美自《詩經・周南、桃夭》即有言之：「桃之夭夭，灼灼其華，之子于歸，宜其室家。」桃花同時為黛玉、襲人及尤三姐之對應意象，皆言其美也。然以黛玉言之，亦有紅顏薄命，韶光易逝之悲情意旨。一個意象（桃花）對應多個形象本體（黛玉、襲人及尤三姐）皆有美麗之意旨，但黛玉美而柔弱，尤三姐美而剛烈，襲人則美而輕薄，互相烘托也呈顯桃花之美學意涵。

（五）再以海棠言之，海棠之意旨為嬌麗、哀怨美、留戀生命、感傷身世，第六十三回湘雲所抽之花名籤即為海棠，籤上題字「香夢沈酣」，籤上詩句為「只恐夜深花睡去」，此詩句與第六十二回〈憨湘雲醉眠芍藥裀〉之場面相照應，海棠之嬌美恰若湘雲之熱情，故海棠也成了她的對應意象。至於文本中亦提及海棠與晴雯的關係。第七十七回寶玉提及晴雯將死之預兆云：「這階下好好的一株海棠花，竟無故死了半邊，我就知有異事，果然應在她身上。」「凡天下之物皆是有情有理的，也和人一樣，得了知己，便極有靈驗的，……所以這海棠亦應其人欲亡，故先就死了半邊。」第九十四回〈宴海棠賈母賞花妖〉提及枯萎一年的海棠忽然在不合時節的十一月開出漂亮的花兒來，海棠意象和晴雯有密切的對應關係。湘雲與晴雯之海棠意象皆有嬌美之意旨，湘雲之花名籤即為海棠，正喻其如海棠之嬌艷，至於晴雯欲亡之時，海棠先死了半邊，在不合時節的十一月又開出花來，海棠意象與晴雯命運有緊密的對應關係。（六）更以梅花言之，第六十三回李紈抽中的花名籤為老梅，籤上題字「霜曉寒姿」，籤上詩句為「竹籬茅舍自甘心」，梅花在歲末寒冬越冷越開花，預示李紈晚年將母以子貴，梅也成了李紈的對應意象。至於第四十九回所述櫳翠庵十數株紅梅如胭脂一般映著雪色，這紅梅映雪的鮮艷正是妙玉內在熱情的外射，梅也成了妙玉的對應意象。梅花有孤芳、高潔之意旨，也是李紈和妙玉共同的追求及對應意象。（七）再以玉言之，紅樓有三玉：寶玉、黛玉、妙玉。玉之意旨有神權、皇權、高潔及美之人事物。對寶玉而言其一生乃由石——玉——石，啓蒙、歷劫而回歸之過程，故玉又有「欲」之詮釋意義。至於黛玉、妙玉之玉則有高潔、美之意旨，因此玉為紅樓三玉之對應意象自不待言。寶玉、黛玉及妙玉人品皆高潔，且寶玉之意氣軒昂，黛玉之美如西子，妙玉之清雅飄逸皆合乎審美特質。然黛玉之高潔、堅貞、柔中帶剛之美與妙玉之高潔自恃，目下無人之特質又有所不同。茲將意象與形象本體之多重對應茲表列如下：

意象	對應形象本體
芙蓉	黛玉、晴雯、迎春
霽月	湘雲、晴雯
蘭	李紈、妙玉
桃花	黛玉、襲人、尤三姐
海棠	湘雲、晴雯
梅花	李紈、妙玉
玉	寶玉、黛玉、妙玉

人物與意象對應的第二種方式是一個人物有多個對應意象。誠如本章第二節所云紅樓十二正釵每釵大部分都有多個對應意象。文本中意象與意象之間的紐帶功能把個別意象加以組織成大意象系統，這些個別意象串聯成整體意象也凸顯了文本的主旨及紅樓十二正釵之風格。〔註 9〕作者虛構了小說各個人物，表達了當時社會的生活面相，這些人物往往也是作者身邊人物之投影，作者藉這些人物詮釋了他的生命理念，曹雪芹對往事前塵有著眷戀，也有無比的感慨。以往章回小說塑造之人物大部份以男性爲主，如四大奇書之《西遊記》、《水滸傳》、《三國演義》。而曹雪芹踵接《金瓶梅》轉而以女性角色爲主要書寫以表現社會面相及其人生理念，化陽剛爲陰柔之書寫特質，典雅之風貌更爲金瓶梅所不及。曹雪芹可謂有清一代之奇才，紅樓十二正釵更隨此奇書而名傳千古。

第三節　文本色空不二之探索

文本第一回跛足道人所唱的〈好了歌〉揭示了世人「我執」的妄念，亦爲「色即是空」思想之闡發：

> 世人都曉神仙好，惟有功名忘不了。
> 古今將相在何方，荒塚一堆草沒了。
> 世人都曉神仙好，只有金銀忘不了。
> 終朝只恨聚無多，及到多時眼閉了。

〔註 9〕陳滿銘：《意象學廣論》（台北：萬卷樓圖書股份有限公司，2006 年），頁 149。

世人都曉神仙好，只有嬌妻忘不了。

君生日日說恩情，君死又隨人去了。

世人都曉神仙好，只有兒孫忘不了。

痴心父母古來多，孝順兒孫誰見了。〔註 10〕

跛足道人認爲功名、富貴、妻、兒到後來都是夢幻泡影，不值得執著。《紅樓夢》如以禪宗法眼觀之，頗能領悟其中無窮妙意。

一、色與空之超越

《心經》有云：「照見五蘊皆空」，「色不異空，空不異色，色即是空，空即是色。」五蘊皆空旨在破除我執與法執，「色」乃指世上有形的萬物，「空」則指世上萬物的「空性」，關於《心經》的色、空觀念印順法師曾云：

> 一切果法都是從因緣生，從因緣生，果法體性即不可得，不可得即是空，故佛說一切法畢竟空，反之，果法從因緣有，果法的作用型態又不即是因緣。可從因緣條件有，雖有而非實有，故佛說一切法緣起有，可知色與空，是一事的不同說明，所以色即是空，空即是色。〔註 11〕

色與空是絕對的等同，因此「色不異空，空不異色，色即是空，空即是色」之觀念乃在消融人們由執著而產生的二元對立，達到眞正的超越以臻湼槃之境。中觀學派龍樹（約 AD150~250）主張應離去「空觀」和「實有」兩邊，合乎中道，把握事物的實相，此即中觀。《中論・觀因緣品》八不偈云：

> 不生亦不滅，不常亦不斷，不一亦不異，不來亦不去。〔註 12〕

八不中道說明宇宙萬法皆因緣聚散，而有生滅、常斷、一異、來去之現象發生，實際上是無生滅、無常斷、無一異、無來去。禪宗主張單刀直入，直徹心源，以般若智慧覺知本心眞性，徹見本源，以彰顯本來面目。超越有無、淨穢、生滅、去來等相對觀念，以「不二法門」泯滅對立雙方的矛盾，不住兩邊而執中道，使之歸於圓融平等。六祖慧能於《六祖壇經・定慧品》中云：

〔註 10〕曹雪芹、高鶚原著，其庸等校注：《紅樓夢校注》（台北：里仁書局，1986 年）第 1 回，頁 12。

〔註 11〕印順法師：《般若經講記》（作者自印本，1971 年），頁 171。

〔註 12〕大正藏編修委員會主編：《中論・觀因緣品》《大正新修大藏經・冊三十》（台北：新文豐出版社，1983 年），頁 1。

先立無念爲宗，無相爲體，無住爲本。無相者，於相而離相。無念者，於念而無念，無住者，人之本性。〔註13〕

誠如六祖慧能所云：「菩提本非樹，明鏡亦非台，本來無一物，何事惹塵埃。」要重獲澄明的本心，不能爲外物而迷惑，甚或執著於外境。不取不捨，不離不染，隨緣任運，「應無所住，而生其心」自可見本來面目，此解脫之道。黛玉爲寶玉「你證我證」一偈所加之「無立足境，是方乾淨。」（第二十二回）達到了終極的「空」，方是解脫。因此，在情與不情間，體認情之本來面目，才能進入無執無繫的自由境界。

二、情與色空

《紅樓夢》所描述者乃賈寶玉前世今生的人生歷程，這歷程可以「空→色→情→色→空」之圓形循環及「情不情」、「情僧」三個理念加以概括。〔註14〕空空道人在第一回中云：

因空見色，由色生情，傳情入色，自色悟空，遂易名爲情僧，改《石頭記》爲《情僧錄》〔註15〕

這段「空→色→情→色→空」的循環由空始，最後歸於空，也最能體現禪宗「不即不離」「色空不二」的理念。曹雪芹把人生歸結爲「落了片白茫茫大地眞乾淨」萬境皆空，與第一回的〈好了歌〉及〈好了歌注〉皆爲色空觀念的體現，尤其於色空之間嵌入「情」字一向爲學者們所樂於闡論。明清兩代在八股文取士的制度下，程朱理學轉爲束縛人性，成了社會發展的桎梏，因而有李贄、湯顯祖、馮夢龍等人出而反對禮教，追求自由愛情及重視男女平等的思想，對後代哲學、文學有極大的影響。湯顯祖《牡丹亭》即提出對情的觀念：

情不知所起，一往而深，生者可以死，死可以生，生而不可與死，死而不可復生者，皆非情之至也。〔註16〕

〔註13〕〔唐〕釋法海撰，〔民國〕丁福保註：《六祖壇經箋註・定慧品》（台北：文津出版社，1993年），頁144。

〔註14〕黃懷萱：《紅樓夢佛家思想的運用研究》（國立中山大學中文研究所碩士論文）2003年。

〔註15〕曹雪芹、高鶚原著，其庸等校注：《紅樓夢校注》（台北：里仁書局，1986年）第1回，頁5。

〔註16〕〔明〕湯顯祖著，〔民國〕徐朔方、楊笑梅校注：《牡丹亭》（台北：里仁書局，1988年），頁1。

脂評亦云：「作者是欲天下人共來哭此『情』字」，文本中曹雪芹描寫黛玉聽〈遊園〉、〈驚夢〉時藉黛玉之口，以湯顯祖知己自詡：「原來戲上也有好文章，可惜世人只知看戲，未必能領略其中趣味。」（第二十三回），周汝昌更進一步指出「雪芹的書，是中華『情文化』的代表作」〔註 17〕，徐又良更將湯顯祖與曹雪芹加以聯繫云：「《紅樓夢》正是以湯顯祖關於情的哲學爲理論支點像湯顯祖一樣以寫情爲自己作品的中心主旨。」〔註 18〕孫遜更云：

> 曹雪芹在傳統的佛教「色空」觀念中間，引進了「情」作爲中介，或者說在「色」之中分離出「情」作爲一個獨立的哲學概念，使原先比較簡單的「色<——>空」雙向對流關係，便成爲較複雜的「空→色→情→色→空」多環連鎖關係。「情」的觀念在此是如此重要，它不僅是連結「色」「空」兩頭的不可或缺的中介，而且這一中介比起兩頭來顯然要大得多，長得多。……而「情」才是生命過程中的全部內涵。……曹雪芹的《紅樓夢》可以說是在「色」與「空」之間書寫了一個大寫的「情」字。〔註 19〕

《紅樓夢》十二支新曲中的〈紅樓夢引子〉其詞亦云：

> 開闢鴻蒙，誰爲情種？都只爲風月情濃……〔註 20〕

情，充滿宇宙中，且無窮無盡具有永恆性，在文本中有重要的份量。「空→色→情→色→空」此一圓形的生命循環，所表現的是空始空終的超越境界，後面的「空」字更代表徹見「本來面目」，亦是青原惟信禪師「依前見山只是山」之悟境。〔註 21〕六祖慧能提出：「無情無佛種」〔註 22〕，認爲「佛種」可涵融「情種」，悟得「情種」亦可證得菩提，脂評在第三十二回回末總批亦云：「世

〔註 17〕周汝昌：〈《紅樓夢》與情文化〉《紅樓夢學刊》1993 年 2 月，頁 77。

〔註 18〕徐又良：〈試論湯顯祖對曹雪芹的影響〉《紅樓夢學刊》1982 年 2 月，頁 174。

〔註 19〕孫遜：〈關於《紅樓夢》的「色」、「情」、「空」觀念〉《紅樓夢探究》（台北：大安出版社，1991 年），頁 58。

〔註 20〕曹雪芹、高鶚原著，其庸等校注：《紅樓夢校注》（台北：里仁書局，1986 年）第 5 回，頁 90。

〔註 21〕老僧三十年前未參禪時，見山是山，見水是水。及至後來，親見知識，有個入處，見山不是山，見水不是水。而今得個休歇處，依前見山只是山，見水只是水。

〔宋〕普濟：《五燈會元、青原惟信禪師，冊下》（台北：文津出版社，1986 年），頁 1135。

〔註 22〕〔唐〕釋法海撰，〔民國〕丁福保註：《六祖壇經箋註．定慧品》（台北：文津出版社，1993 年），頁 250。

上無情空大地，人間少愛景何窮，其中世界其中了，含笑同歸造化功。」賈寶玉本是空濛飄渺青埂峰上的一塊頑石，一僧一道將其攜至「昌明隆盛之邦，詩禮簪纓之族，花柳繁華之地，溫柔富貴之鄉。」石頭幻形爲賈寶玉，他面對世俗社會包羅萬象的事物「因空見色」，然而他對兒女之情特感興趣「由色生情」，最後他通過情的毀滅悟出了「色」的本質是「空」，而回歸大荒山青埂峰下，此過程即「傳情入色」、「自色悟空」。〔註 23〕脂評云：「通部情案，皆必從石兄掛號，然各有各稿，穿插神妙。」提示了寶玉於「諸艷」中的樞紐地位，寶玉「愛博而心勞」，其痴情與諸艷組成一至色、至情的理想世界，而且與諸艷的掛號方式各不相同。以釵黛爲代表的諸艷，分別扮演著賈寶玉新娘、情人、姊妹乃至母親的角色，在寶玉看來都是美的極致，靈魂的伴侶，也是他理想世界終極追求的所在。諸艷也從客體走向本體，從形下走向形上，具有了與現實惡濁社會形成鮮明對比的理想世界與終極追求的象徵。〔註 24〕至於紅樓十二正釵對諸法無常、人生是苦等佛理雖有不同程度的體悟，但都未臻涅槃解脫之境，黛玉沈迷於情感，她是寶玉滯留世間最重要的精神依託。寶釵由第二十二回之談禪，說六祖悟道偈子可知她對佛學是有研究的，精通禪門公案，然而她眞正的興趣卻是世間法。妙玉本也是想突破世俗的命運，然而她孤高，無法超越美與醜、高與下、雅與俗，缺乏平等心，且無法擺脫對寶玉之情，最後無路可走，終陷泥淖中。惜春向佛，是因討厭污濁的世界，希望脫離世俗，然而她秉性孤介，心冷口冷，只是「自了漢」的根器。妙玉對劉姥姥的不屑及惜春驅逐入畫，顯現她們二人的「孤僻古怪」，缺乏修行人應有的慈悲心。至於迎春，她念念《太上感應經》只是無奈的消遣，因此紅樓諸艷對信仰的探索，除妙玉、惜春之外，僅屬於士大夫式的禪悅，這也是紅樓諸艷參禪學佛最大的局限性。

小結

紅樓十二正釵以其行事作風，分弱勢與強勢兩大族群，在性格上有其殊性，然卻也表現著共性，概言之即由美好→美的消亡，呈顯出悲劇特質。茲表列如下：

〔註 23〕白小易：〈佛教思想：隱藏於夢幻中的「紅樓大廈」基座——兼論曹雪芹創作《紅樓夢》的主觀命意〉《紅樓夢學刊》1997 年 2 月，頁 89。

〔註 24〕梅新林：《紅樓夢哲學精神》(上海：華東師範大學出版社，2007 年)，頁 215。

	紅樓十二正釵	命運內在層次之推進	結　局
弱勢者	林黛玉	閬苑仙葩→空枉凝眉	悲劇
	賈迎春	侯門千金→枉入狼口	
	賈惜春	繡戶紅妝→緇衣修行	
	史湘雲	廝配才郎→水逝雲飛	
	妙玉	宦門玉質→玉落淖泥	
	李紈	如冰水好→夢裏功名	
	秦可卿	月貌風情→春盡香殞	
	巧姐	紅樓嬌女→鄉居織績	
強勢者	薛寶釵	好風借力→金簪雪埋	
	元春	榮華正好→芳魂消耗	
	探春	才精志高→鄉關夢遙	
	王熙鳳	機關算盡→金陵事哀	

意象敘事是增進小說詩化的重要方法，意象的詩性特質可將讀者帶入一極高的審美境界，體現文本的詩意特質。文本中有關十二正釵之意象之間亦存在著共性與殊性的關係。鳳姐居室的堆紅砌金、富麗堂皇；秦可卿臥室的香艷風流、華麗多情；探春秋爽齋的疏朗恬淡、高雅樸實；黛玉瀟湘館的「竹影參差。苔痕濃淡」、「鳳尾森森，龍吟細細」；寶釵蘅蕪苑雪洞般玩器全無的房子，及房子周圍盡是香草及纏繞的藤蔓；賈迎春佈滿柔弱蓼花荇草的紫菱洲；惜春小而雅致，具有藝術特質的蓼風軒，及諸釵對應的意象皆呈顯著人與景、事、物的協調，但文本中對應的意象亦有呈現不協調狀態的，如妙玉櫳翠庵的白雪紅梅代表著妙玉內心對美的追求及對塵世愛情的渴望；李紈稻香村稻莖掩護的黃泥矮牆邊那噴火蒸霞般數百株杏花，則呈顯了李紈幽微潛意識中一顆潛躍不安定的心，文本中形象本體間存在著映襯殊性與影子對應之共性、類比關係，且形象本體與對應之意象亦有一形象本體對應多個意象群，及一意象對應多個形象本體之關係，文本中形象本體之間及形象本體與意象群之間有著深層的紐帶互相聯繫著，使紅樓十二正釵呈顯其豐富性及深刻性，且藉意象群意旨之烘托，將紅樓十二正釵渲染得更具詩性。意象群深層中有隱藏紐帶互相勾連著在力的作用下表現著衰颯悲涼的審美意識，恰如薄命司聯語所云：「春恨秋悲皆自惹，花容月貌爲誰妍？」諸釵不管尊卑、美醜、智愚，都離不了悲劇的命運，呈顯了作者想要表達的紅顏命薄之意旨。

黛玉是寶玉最深的「執」，直到黛玉香消玉殞之時，寶玉才從「執」走向「悟」，黛玉死後，寶玉發覺寶釵的世間智慧無法給自己帶來安慰，加上諸艷的凋零、家道的衰微，讓他毅然決然出家了，寶玉出家是「因空見色，由色生情，傳情入色，自色悟空」的故事情節的關鍵性一環，也闡釋了佛法「色空不二」的主題。寶玉的出家，有著對人世無望的痛苦，及無可奈何出世中對生命最高本體的追求。《紅樓夢》選擇佛道宗教作爲解脫之路，是作者無可奈何的選擇，他展示了寶玉由紅塵迷途而歸於生命本眞的具體歷程之餘，也深切的抒發對紅塵的無限眷戀及對於生命毀滅的悲慟之情。文本以宗教至善的高度俯視紅塵中的芸芸眾生，對人類悲劇命運進行冷靜的省察與思索，也使文本由形而下的人生感嘆，向形而上的生命哲理昇華。〔註 25〕意象之研究可提昇紅樓十二正釵諸形象之審美意趣，當提昇至本體形而上之探索時，諸釵悲劇人生旅程亦是諸艷之冠賈寶玉啓蒙、歷劫、回歸，由色悟空悟道歷程不可輕忽之因素，且若能更以色空不二之禪理加以超越，將不致沈溺於世俗情慾，也不會遁於空門而無法自拔。紅樓十二正釵以其不同的人生悲劇共同匯入《紅樓夢》所展現的社會大悲劇中，也博得廣大讀者的同情與惋惜。文本中運用大量的意象，這些意象序列賦予小說獨特的詩化審美內涵，也呈顯了文本深厚的傳統文化積澱。

〔註 25〕梅新林：《紅樓夢哲學精神》（上海：華東師範大學出版社，2007 年），頁 238。

第九章　結　論

《紅樓夢》是一部情案，暴露豪門士族的腐化浪費，揭露官場黑暗，且爲閨閣昭傳的一本書。〔註 1〕曹雪芹描寫一群青春美麗女子的美好而虛幻的夢，是對青春少女的頌詩和輓歌。作者在築造美麗動人的大觀園時又解構了它，寫了夢的虛幻和破滅，使作品始終貫穿著悲劇〔註 2〕的氛圍。作者以悲劇形式敘述了封建制度戕害人性、貴族家庭沒落、生命之美的凋零而呈顯了色空主題的一部小說。作者以十二正釵代表生命之美，又敘述了她們一個個一步步走向毀滅的必然命運，使文本中呈現了更大的張力，呼喚讀者更深層的省思。文本經五次增刪後，分出章回改題爲《金陵十二釵》，敘述著文本中諸多女子的美麗與哀愁，且曹雪芹自命齋名爲「悼紅軒」，也喻指群釵生命之美一一被毀滅的哀悼。

風露清愁的芙蓉花：瀟湘館以幽暗的綠色陪伴著她，竹意象寄託著引人

〔註 1〕《紅樓夢》爲何而作，單是命意，就因讀者的眼光而有種種：經學家看見《易》，道學家看見淫，才子看見纏綿，革命家看見排滿，流言家看見宮闈秘事……。魯迅：〈〈絳洞花主〉小引〉、《魯迅雜文補編（二）》（台北：風雲時代出版股份有限公司，1990 年）頁 21。

〔註 2〕叔本華之說，悲劇之中又有三種之別：第一種之悲劇，由極惡之人，極其所有之能力以交構之者。第二種，由於盲目之運命者。第三種之悲劇，由於劇中之人物之位置及關係，而不得不然者，非必有蛇蝎之性質，與意外之變故也；但由普通之人物，普通之境遇，逼之不得不如是，彼等明知其害，交施之而交受之，各加以力而各不任其咎……此可謂天下之至慘也。若《紅樓夢》則正第三種之悲劇也。……昔亞里斯多德於《詩論》中謂悲劇者，所以感發人之情緒而高尚之，殊如恐懼與悲憫之二者爲悲劇中固有之物，由此感發，而人之精神於焉洗滌。
王國維：《紅樓夢評論》《紅樓夢藝術論》（台北：里仁書局，1984 年）頁 14。

魂牽夢縈的相思情懷，她衣色以紅爲主體，愛紅、衣紅是她對美好願望的期待。綠與紅的搭配不正是絳珠仙草的眞容，絳珠草結合了血淚與香草的文化積澱，有愁思、高潔之意涵，隱喻著她高潔哀怨不妥協的與環境抗爭的意志。水隱喻著黛玉長於靈河又回歸於靈河的召喚、啓程、歷險、回歸的過程。雨意象則蘊涵著黛玉哀怨無極、天與同泣之意涵。黛玉此生爲還淚而來，淚盡而返。冷月意象有高潔、思念、淒清、落寞之特質。作者以桃花雖絢麗卻易凋零的特質隱喻黛玉紅顏卻命薄的一生。〈桃花行〉雖有黛玉對幸福的嚮往與追求，但所發出的哀音也暗示了黛玉不幸的未來。〈葬花吟〉是黛玉命運之讖語，也是曹雪芹爲「千紅一哭」「萬艷同悲」的哀吟。〈詠白海棠詩〉呈顯著黛玉「秋閨怨女拭啼淚」的孤寂。〈問菊〉有「孤標傲世」的寂寞慨嘆，〈五美吟〉更是對悲涼命運無奈的抒發。水芙蓉可遠觀而不可褻玩之高格風標及木芙蓉獨絕的晚芳特質，正是黛玉高潔、堅貞之寫照。菊花帶霜而發呈顯了孤介、高潔的特質，黛玉藉菊明志，她恰若清瘦傲霜之菊。柳絮蘊涵了黛玉漂泊離散的寫照，寄寓著她對自己身世不幸的深切哀愁。〈唐多令〉入骨的悲戚正是她內心痛苦的吶喊。落花隱喻著黛玉的命運，有她對美好的追求與失望後的悲淒，和寶玉有著木石前盟，然而莫怨東風當自嗟，一朝春盡紅顏老，花落人亡兩不知。在封建勢力的摧殘下，不得不淒切的撒手人寰。黛玉此生爲還淚而來，帕與她有密不可分的關係。她晾帕示淚多、擲帕顯妒情，而贈帕則爲情苦。月意象在文本中呈現著淒清、感傷的意境，而「冷月葬花魂」的淒清孤寂更渲染了黛玉性格的高潔和命運的不幸。讀者在爲美好事物的毀滅而痛苦之際，不能不追溯悲劇的根源。作者通過「千紅一窟（哭）」、「萬艷同杯（悲）」的悲劇性描寫，揭露了封建倫理道德的虛僞殘酷及封建制度扼殺眞善美的本質。黛玉乃《紅樓夢》悲劇中眞與美形象的化身，她以淚償灌的一生永遠令人掩卷深思，催人淚下。曹雪芹塑造了一個才貌兼備的封建社會的叛逆者，符合作品思想內涵核心的女性形象，展示了封建社會對女性的不公，也展現了強烈的批判力。黛玉具有魏晉名士風度，有自然率眞之美和反抗精神，她是詩性的象徵及古代佳人的典型。她的悲劇性和詩性，成爲與寶玉精神契合的基礎。如把《紅樓夢》看成是賈寶玉的一次生命歷練的話，那黛玉將是寶玉生命進程中最重要的一部份。她既脆弱又堅強，既痴迷又覺悟，既機智又悲哀，既熱情又冷漠，此對立的特質烘托出黛玉形象的矛盾性與豐富性。呈現了人與人、人與社會間的深刻隔閡，呈顯出自主人格與封建禮教的尖銳對立，黛玉以淚還報神瑛侍者灌溉之恩，更說明其精神特質——灌愁、離恨、密情、點出黛玉仙子身份，此仙子甚至是作者本身「情癡」、「抱恨」、「血淚化爲文字」、「淚盡而逝」的投影。〔註 3〕俞平伯即云：「曹雪芹自比林黛玉。」〔註 4〕黛玉的形象寄寓著作者的人生價值取向和女性自由解放的思考。她頑強地爲維護人格的尊嚴，實現自己的信念而奮鬥著，與黑暗的現實世界及痛苦的命運抗爭，最後卻悲極而逝！此美麗的形象是作者理想的詩意象徵，在她身上凝聚著作者的理想、歡樂與哀愁。她率眞坦蕩，執著追求高尚的愛情，異於封建社會的大家閨秀，而這些特質在當時的社會卻認爲是叛逆的，是不被禮教所容，而引起封建家長的不滿，註定了悲劇的命運。然而她執著於追求的頑強精神及叛逆性格引發的悲劇形象永遠激勵著後代的讀者。

艷冠群芳的牡丹花：牡丹富貴，恁是無情也動人，寶釵〈柳絮詞〉云：「好風頻借力，送我上青雲」，可見其積極攀緣的處世態度，〈螃蟹詠〉的「無經緯」、「空黑黃」具見其語鋒之犀利。蘅蕪苑屋外包圍的小石恰如禮教之層層束縛，蔓生的藤葛正如她善於周旋，而那滿院的蘼蕪有棄婦之意涵。雪白是寶釵的當行本色，冷香丸把她雕塑成冷、香、恁是無情也動人的藝術形象。黃金鎖無法鎖住寶玉的心，當世俗的金玉良緣戰勝自然淒惋的木石前盟，寶釵卻也只能作鎖自鎖，以失夫的悲劇收場。羞籠紅麝串是誘惑的手段，卻逃不出敲斷玉釵紅燭冷的淒清結局，縱有黃鶯巧囀，也是「隔葉黃鸝空好音」！她恰如更香，煎心日日復年年，焦首朝朝還暮暮。〈海棠〉：「淡極始知花更艷」表達了對自己容貌內涵的自信與矜持，然而此丰姿娉婷之女子只能「不語婷婷日又昏」，空對著山中高士晶瑩雪，縱然是齊眉舉案，到底意難平。日復一日守著孤寂的孀居生活，處處風波處處愁了。魯迅在《中國小說的歷史變遷》中云：「至於說到《紅樓夢》的價值，可是在中國底小說中實在不可多得的，其要點在於敢於如實描寫，並無諱飾，和以前的小說敘好人完全是好，壞人完全是壞的，大不相同。所以其中所敘的人物，都是眞的人物。」寶釵的性格是複雜的，她有善良的一面，卻也有圓滑虛僞，自私冷酷無清的一面。她是封建禮教的忠實信奉者，也是受害者，最後是薄命司中一個悲劇性人物，一個努力迎合時代的人，竟也不爲社會所容，這不只是個人的悲劇，也是社

〔註 3〕郭玉雯：《紅樓夢淵源論》（台北：台大出版中心，2006 年）頁 46。
〔註 4〕俞平伯：《俞平伯論紅樓夢》（上海：上海古籍出版社，1988 年）頁 717。

會的悲劇。寶釵德言工貌、樣樣俱全，罕言寡語，安分隨時，體現著封建時代貴族女子的風範。然而她雖極力爭取美滿幸福的生活，卻成了封建禮教的殉葬品，與紅樓諸釵同是悲劇人物，給傳統文化，特別是婦女觀，作出了一個形象性的批判。寶釵的悲劇是封建社會女性不幸命運的縮影，作者通過黛玉的愛情悲劇，揭示了叛逆性人格在現實社會的難以生存，也通過寶釵的婚姻悲劇揭示依附於傳統也難有出路。她眞實信奉封建禮教，卻被害而不自知，這正是寶釵形象的可悲性。寶釵以豐美、端莊、冷靜的優美形式呈顯了順世衛道的悲劇，在這一位“知書達理”的女性形象上，體現了幾千年來封建社會所要求於婦女的封建倫理及封建教養的精髓。她是封建社會封建道德的積極擁護者和宣揚者。〔註5〕是個維護舊事物、舊制度的封建貴族女子，其不幸的結局也引起人們悲憫的藝術審美形態。她在埋葬寶黛愛情之後，也埋葬了自己的韶華和幸福，最終落得空閨獨守，遺恨綿綿的淒涼。

榴花開處照宮闈：元春入宮爲妃，蒙受恩寵之際，使賈府也烈火烹油，鮮花著錦。然榴花雖艷，花期卻是短暫的。榴花之開落恰如元春的命運，她的榮華富貴也正如「爆竹」，瞬息即逝，一聲震得人方恐，回首相看已成灰。眞個「喜榮華正好，恨無常又到。」曹雪芹以有力的筆觸提醒世人，在元春享受榮華富貴的背後，卻有著骨肉生離的慘狀，元春形象之所以打動人心，不是那位處深宮的榮華富貴，而是歸省這件大喜事所掩飾的一派悲涼之霧遍佈華林。元春的哭是對皇權的抨擊與控訴。她的死標誌著四大家族政治的失勢，而她也成了封建統治階級宮廷內互相傾軋的犧牲品。元春的悲劇是富貴短促，人生無常的悲劇，因爲她「奈壽不長」，使賈府失去倚靠與庇護，元春的命運關係者賈府的榮衰。

因何竟日亂紛紛：迎春在紫菱洲是寂寞的，紫菱洲的偏僻隱喻著她在賈府的不受重視。她雖也曾在螃蟹宴餘暇優閒的在花蔭下拿著花針穿茉莉花，然而她委運任化，任命運擺佈，如算盤之任人撥弄。最後是金閨花柳質，一載赴黃泉，嘆芳魂艷魄，一載蕩悠悠。作者藉她的不幸結局控訴了封建社會包辦婚姻的罪惡，迎春表面上是被「中山狼、無情獸」吃掉，實際上吞噬她的正是封建宗法制度。在大觀園中，這些美麗聰穎的青春女子，曹雪芹卻毫不留情的讓她們一一毀滅。紅樓十二正釵無一能逃脫花落春殘，紅消香斷的悲劇。賈氏四姊妹的悲涼結局，正是封建時代控制下女子之命運縮影。透過

〔註 5〕劉大杰：《紅樓夢的思想與人物》（香港：百靈，1956 年），頁 43。

迎春的悲劇，曹雪芹重重地扣擊我們的心扉，讓我們深思如何尊重弱勢的生命。

瑤池仙品的杏花：探春聰明靈秀，「日邊紅杏倚雲栽」，紅杏意象有幸運及遠離之意涵，她後來雖身爲貴妃，卻無法彌補「分骨肉」的悲傷。秋爽齋的朗闊是探春個性的寫照，她自稱「蕉下客」，除了工於書法之意涵之外，她積極進取，庶出雖是她永遠的痛，然而她勇於接受挑戰，趨嫡避庶，遠趙近王，遠環近玉，探春不是那被競爭的鹿，而是爭奪鹿之樵夫與路人。探春花名籤杏花，雖爲幸運之花，卻也有遠離之意涵，意味著她雖嫁得貴婿，卻須面臨著骨肉分離、遠嫁不歸之惆悵。玫瑰雖艷，卻是會刺戳手，探春精明幹練直言不爽的人格特質，恰似一朵美麗又多刺的玫瑰花。〈簪菊〉表達了她不隨流俗、才俊志高之風格。然而縱然她才能卓越，協理賈府經營得有聲有色，卻如〈白海棠〉云：「芳心一點嬌無力」更似〈風箏謎〉所云：「遊絲一斷渾無力」，遠嫁時孤帆此去，煙波浩渺，千里東風一夢遙，不知何時可歸鄉。〈殘菊〉：「萬里寒雲雁陣遲」是遠嫁的惆悵，暮靄沈沈楚天闊「從此分兩地，各自保平安。奴去也，莫牽連。」大觀園於富貴風流中卻透露著如此慘淡淒迷的氛圍。「末世英雄」賈探春之悲，非一人之悲，乃時運之悲，時勢之悲。作者藉由探春結社、理家、反抄檢三件事，呈顯她不讓鬚眉的豪氣。她是作者傾注筆力的形象，也體現了曹雪芹對女性才智的贊美和肯定。探春改革之舉如曇花一現，最後是含淚遠嫁，寄託了作者對封建沒落家族進行改革的期望，恰似作者試圖改變現狀卻苦於無力而不得實現，我們讚嘆了探春的智與俠的豪氣，也聽到了曹雪芹一聲聲悲苦的吟嘆！

不聽菱歌聽佛經：惜春藝術氣息濃厚，喜繪畫，住於狹小的蓼風軒，夏日於其間的藕香榭作畫，故詩號「藕榭」，然而她勘破三春景不長，不聽菱歌聽佛經，這綉戶侯門女，在青春韶華之時毫無眷戀卸下紅妝剪斷青絲，獨臥青燈古佛旁，從此過著緇衣修行的生活。雖涉世未深，卻看透三春凋零及家族的頹敗，她自幼孤僻，〈惑奸讒抄檢大觀園，矢孤介杜絕寧國府〉（第七十四回），趕走了人畫後，徹底的心冷了，悟透了，在她青春韶華之時，毫無眷戀的卸下紅妝，剪斷青絲，斬斷塵緣，從此過著緇衣修行的生活，讓人對賈府這巨室大族的炎涼興衰有著無比的感嘆惋惜。

香夢沈酣的海棠：居無定所的湘雲到處漂泊，養成她豁達樂觀的特質，〈詠白海棠詩其二〉：「也宜牆角也宜盆。」呈顯的是她雖居處不定，卻能隨遇而安。〈詠白海棠詩其一〉:「自是霜娥偏愛冷，非關倩女欲離魂」預言著湘雲與其夫將遠離形同孀居過著清冷孤寂的生活。她曾醉臥芍藥，芍藥雖美，終是離花，她身旁絢麗的芍藥暗示了她和寶玉間似有若無麒麟緣的眷戀與無奈。〈對菊〉與〈供菊〉呈顯了她豪放不拘，蔑視權貴的魏晉名士風度，然而〈菊影〉卻暗示她未來淒清的命運。「珍重暗香休踏碎，憑誰醉眼認朦朧」有著對未來歲月的茫然。〈柳絮詞〉:「空使鵑啼燕妒，且住，且住！莫放春光別去！」湘雲曾有段美滿卻短暫的婚姻生活，沒多久卻落了個「雲散高唐，水涸湘江」。判詞流露的是她對美好婚姻生活的眷戀，然而當短暫的婚姻生活結束後，她將如冷月下的寒塘鶴影，淒清的鳳飄鸞泊各西東了。她從小失去父母，又是一早寡的未亡人，這些厄運與身無所託的悲慘結局和她豪放不羈，開朗放達的個性恰成強烈對比，也加深了文本的悲劇色彩。湘雲的悲劇是純真美、豪情美被泯滅的悲劇。她雖超越了個人，但未能超越那時代，那樂觀中透著悲傷，放達裡藏著隱痛的命運逃不開「千紅一哭，萬艷同悲」的枷鎖。曹雪芹雕塑湘雲此瀟洒、豪爽、率眞的美好形象，從側面反映了這麼個與世無爭，以天性處世一任自然、無損於人的女子，上天給她安排的命運也不是公平的，最終也是與諸釵同列於薄命司中，這也是作者對無情社會的批判。

欲潔何曾潔，云空未必空：妙玉其美如玉，高潔自恃亦如玉，「卻不知好高人愈妒，過潔世同嫌」，依舊是風塵骯髒違心願，好一似無瑕白玉遭泥陷。她精通茶道，由她對茶道使用的鮮明階級劃分及對飲茶的細緻研究，作者從不同側面揭示了她孤僻的性格與高雅的特質。她是富有才情的，〈中秋夜大觀園即景聯句三十五韻〉中妙玉即續完所剩的十三韻，「芳情只自遣，雅趣向誰言。徹旦休云倦，烹茶更細論。」此四句茶詩呈顯了妙玉的孤寂及才情。曹雪芹以玉、梅、茶諸意象雕塑了這「性格絕怪」的妙玉，展現了她「冷艷」、「獨特」、「鮮明」的動人形象。妙玉的品茶、贈梅、聯詩及傳遞彩箋顯示了她的品味和文人雅士的高潔志趣。妙玉氣質美如蘭，才華阜比仙，但天生孤僻，雖標榜是出世的僧侶，但她在封建等級觀念和平等思想中存在著矛盾，她生於現實，熱衷現實，又死於現實，不知太高人愈妒，過潔世同嫌，最後欲潔何曾潔，云空未必空，可憐金玉質，終陷淖泥中。那櫳翠庵的白雪紅梅恰如在緇衣世界中妙玉一顆無法阻擋躍動的心。櫳翠庵的山門無法鎖住紅梅的春色，隱喻著妙玉云空未必空對紅塵的眷戀，藉此形象，作者也對佛法教規及毀滅人性的封建禮教作了深沈的批判。

霜曉寒姿的老梅：梅，風姿蒼勁，暗香浮動，有傲雪抗寒的堅貞性格，也是李紈對自己操守的期待，蘭之質清麗淡雅，幽香雅靜，也恰如李紈。然而稻香村稻莖掩護黃泥矮牆邊噴火蒸霞般數百株杏花撲面而來令人難以逼視的炫麗景致，洩露了她竹籬茅舍自甘心古井無波的矛盾。幽微潛意識中仍有一顆潛躍不安定的心，重重禮教並沒有滅絕她對春天的追尋。李紈形象在揭示封建禮法和人間眞情之間的矛盾。李紈由昔日的「槁木死灰」，一概不聞不問，惟知侍親養子，閑時陪侍小姑而已的生活轉爲富有文化素養活躍於大觀園之中的才女，大觀園中高層次的審美活動激活了李紈的創造力及對人生價值的追求，充分展現其豐富的性格特徵。曹雪芹塑造李紈這樣一位受封建禮教束縛，但又不得不對封建社會、貴族家庭有所依賴的貴族少婦形象，她集節婦、慈母、仁嫂於一身，其內心深層是複雜的，而此藝術形象是豐富而凸顯的。她孝敬公婆，專心教子，賈蘭後來作了官，她也得到了鳳冠霞帔的富貴榮耀，然而這榮華與清福都是短暫的，這一切只能「枉與他人作笑談」了！

三春去後諸芳盡，各自須尋各自門：可卿集兼美與淫喪於一身，似人似仙亦似鬼，其房中的飾物表「香艷淫逸」者有唐伯虎的海棠春睡圖、武則天當日鏡室中設的寶鏡，趙飛燕立著舞過的金盤、安祿山擲過太眞乳的木瓜及西子浣過的紗衾。表「奢靡」者有同昌公主製的連珠帳，表「美艷」者有壽昌公主於含章殿下臥的寶榻，表「風流」者有紅娘抱過的鴛枕，房中飾物意象有淫逸、奢靡、風流、美艷諸多意涵，她被置於文本「空」、「色」、「情」的立體構思中，呈顯了「因空見色；由色生情，傳情入色，自色悟空」的總綱。秦可卿形象是一種象徵，是賈府走向毀滅的象徵。作者覺悟到十全十美的人物在現實生活中是不存在的，因此他讓秦可卿此兼美形象年未二十即亡。文本中所寫的形形色色的愛情或風月故事，眞眞假假都逃不了幻滅的命運，秦可卿的一生即是表現這情幻主題的載體，秦可卿的結局不僅告訴讀者處於末世的賈家不僅一代不如一代，而且一個世代家族竟到長房絕嗣，秦可卿的青春早亡，正是此時代悲劇的縮影。秦可卿之死，引出了王熙鳳協理寧國府，緊接著鳳姐弄權鐵檻寺、毀掉兩個青年男女的性命，又誘害尤二姐。秦可卿的死，將小說中人物調動起來。作者塑造了一個個藝術典型來揭露封建貴族階級的腐朽性，揭示了整個封建制度已瀕臨末世，它的徹底崩潰時日也即將到來。秦可卿在生命中最美好的華年戛然而止，甚至她僅有的老父弱弟也隨之離世，在人間，乃至賈府匆匆走一遭的她，提示了文本的警幻功能，她短促的人生警示榮華富貴、顯赫威烈不過是過眼雲煙，終歸幻滅。曹雪芹在雕塑秦可卿這人物時，站在一個高度上，對「情」做了整體的詮釋。所謂「情天情海幻情身」，判詞中暗示了她作爲能夠體現作者「情」的理想人物，承載了「情」的化身的重任。也被作者賦予了崇高審美價值，寄寓了作者對「情」的理想，她的毀滅也更呈顯了悲劇主題。她的死成爲紅樓女兒命運悲劇的總預演，及對「情」態度的轉變，由「情可親」轉爲「情可輕」。她是紅樓十二正釵中最先警示幻滅主題的人物。秦可卿的死更呈顯了文本的色空主題。

凡鳥偏從末世來，哭向金陵事更哀：凡鳥二字合而爲鳳，她恰如棲於冰山之鳳。冰山喻四大家族與賈家勢力，當太陽一出就將消融。她雖美麗伶俐，精明幹練，但無止境的貪念剋扣月銀，放高利貸，收受巨額賄賂，計害人命，然而當如四大家族勢力的冰山瓦解、沒落之後，這隻立於冰山之鳳也頓失依靠，在賈家敗落時，她也淒慘地遭到覆滅，結束其短暫的一生，機關算盡，反誤了卿卿性命，終落得家亡人散各奔騰。鳳姐所呈顯的不僅是她個人的命運，也代表了一個「忽喇喇似大廈傾，昏慘慘似燈將盡」的封建階級垂死的寫照，也引發了人們悲涼的審美藝術思維。

荒村野店美女織：「勢敗休云貴，家亡莫論親」，巧姐下嫁到鄉野村莊爲自食其力的紡織女。巧姐和板兒爭搶香柚及佛手柑，庚辰本批云：「小兒常情遂成千里伏線。」脂批更云：「以小兒之戲，暗透前後通部脈絡，隱隱約約，毫無一絲漏洩。」互換柚子與佛手柑，以二意象關係著巧姐與板兒未來必有結果的婚事。她出身侯門千金，被奸舅狠兄所騙，幸被劉姥姥所救，走上了自食其力之路。偶因濟劉氏，巧得遇恩人，這百年鼎盛大族不能蔭庇一女，反須借助於一鄉村老嫗，令人感慨。她擅於針黹紡織，命運多舛的她在家道中落之後不得不拋開風雅專功務實之用，成爲荒村野店的紡織女。巧姐從詩書簪纓走向躬耕布衣，遠離了沒落貴族的憂慮隱痛，她以紡車織出恬淡平和、眞純安寧的心境。巧姐最後是依靠自己的雙手營生，回歸鄉野田園。作者經歷了是是非非，領悟了只有回歸自然，才是「豪華落盡見眞淳」。巧姐與其他十一正釵的命運是不同的，其形象的塑造表達了作者對家庭溫情的呼喚及對平惔恬適田園生活的嚮往，也寄託了對世事變化無常的無奈與慨嘆。《紅樓夢》引子云：

開闢鴻蒙，誰爲情種？都只爲風月情濃。趁著這奈何天，傷懷日，寂寥時，試遣愚衷。因此上，演出這懷金悼玉的《紅樓夢》〔註6〕

《紅樓夢》乃作者對生命之美的輓歌。諸艷中那些美麗的、聰明的、或情或痴或小才微善……。都一一走向滅亡，在死亡、遭劫、遠嫁、出家……的命運中香消玉殞，誠如〈紅樓夢曲收尾・飛鳥各投林〉云：

爲官的，家業凋零（史湘雲）；富貴的，金銀散盡（薛寶釵）；有恩的，死裡逃生（巧姐）；無情的，分明報應（妙玉）；欠命的，命已還（賈迎春）；欠淚的，淚已盡（林黛玉）。冤冤相報實非輕（秦可卿），分離聚合皆前定（賈探春）。欲知命短問前生（賈元春），老來富貴也眞僥倖（李紈）。看破的，遁入空門（賈惜春）；痴迷的，枉送了性命（王熙鳳）。好一似食盡鳥投林，落了片白茫茫大地眞乾淨。〔註7〕

《紅樓夢》十二正釵判詞及十二支曲都在喻示人生的無常及女兒生命之美的必然毀滅。隨著封建禮法羅網的逐步逼近，大觀園也遭遇徹底抄檢，諸釵鮮活可愛的身影也逐一香消玉殞。黛玉悲壯的情斷身亡，寶釵獨守空閨，元春只能在那「不得見人的去處」悲戚的活著，最後殉葬富貴，迎春終是「芳魂艷魄，一載蕩悠悠」葬身狼口，探春遠嫁他鄉，惜春青燈獨守，妙玉身陷賊手，終還是風塵骯髒違心願，鳳姐的剛強自折，只落得「一場歡喜惹悲辛」，可卿淫喪天香，巧姐幾乎慘遭販賣，李紈、湘雲的青春守寡，尤其湘雲「雲散高唐，水涸湘江」，諸釵「千紅一哭」、「萬艷同悲」的命運組成了這「悲金悼玉」的《紅樓夢》。控訴了以賈氏家族爲代表的封建禮教的腐朽黑暗。眾釵的悲劇不只是個體生命的悲劇，也是一切有價值生命的悲劇。曹雪芹把最有價值的事物，最美麗的一群女性，她們如何被命運撕碎，用最驚心動魄之筆寫出，引發我們悲憫之餘，思索應如何更尊重生命，使生活更合理。一個優秀的文學作品，總會有令人難忘的藝術形象流傳於後世，在花柳繁華、富貴溫柔的大觀園中，紅樓十二正釵聰穎才智、美麗青春。然而曹雪芹卻「毫不留情」的一一將這些美好的對象毀滅了，十二正釵幾乎無一不紅消香斷、花落春殘，這個個有血有肉，逼眞活跳的藝術形象的毀滅，正代表著那封建時

〔註6〕曹雪芹、高鶚原著，其庸等校注：《紅樓夢校注》（台北：里仁書局，1986年）第5回，頁90。

〔註7〕曹雪芹、高鶚原著，其庸等校注：《紅樓夢校注》（台北：里仁書局，1986年）第5回，頁93。

代有命無運的女性的悲劇，這撼人心絃的強烈審美魅力，使它成爲流傳百代的藝術瑰寶。曹雪芹死了，但《紅樓夢》卻留下了永恆的美麗。

作者讓諸豔無可奈何地走向徹底毀滅，永恆地回歸生命本源與歸宿的太虛幻境中，又毅然肩負起「爲閨閣昭傳」的使命，一改《石頭記》之書名爲《金陵十二釵》，又自命爲「悼紅軒」，以抒發他對逝去女兒的哀悼之情。《紅樓夢》一開始就以虛無的形而上意義俯視宇宙人生，展開了各角色隔離、啓蒙、歷劫、回歸〔註 8〕的天路歷程中痛苦反思與探索。不管是感性之悟或理性之思，紅樓十二正釵意象藉由歷史文化積澱所呈顯的意涵及美學特質都有助於我們對文本內在作哲理深度及思辨能力之探索。而且《紅樓夢》有著濃厚閨怨意識的審美意蘊，一大群女兒侷限於大觀園中，表現出追求與失落，纏綿悱惻的傷感與寂寞。文本亦展現了悲劇性及前所未有的廣度和深度，反映了清代前期的社會面貌和人性世態。而且作者處處滲透著對人生的感悟與嘆息。曹雪芹的審美理想是肯定「情」的價值，追求「情」的解放，然而這也註定會被當時現實的封建社會所毀滅的悲劇。《紅樓夢》創造出一系列古典美人形象，而且靜中寓動，化靜爲動，達到餘味無窮的審美感受。紅樓十二正釵吸收、總結了古典藝術中女性形象美的最高成就，尤其林黛玉與薛寶釵已成爲家喻戶曉，深具魅力的古典美人。

曹雪芹以金陵十二正釵命運爲憑藉，敘述了十二正釵無論賢愚均難以掙脫家族、命運的影響，昭示賈府及四大家族的命運和結局。在四大家族衰敗的過程中，一個個離散消逝，恰如食盡鳥飛，落了個白茫茫大地眞乾淨。面對紅樓十二正釵或遠離或無可挽回的殞落，曹雪芹是痛徹心扉的，然而《紅樓夢》悲劇的美學效果，不只是感傷，而是對被毀滅對象價值的肯定。他也將美與自由的人生作了展示，督促我們思索這些美與自由如何才能長久，這正好反映了他對美的執著。曹雪芹在經歷了花柳繁華，溫柔富貴及枯榮無常的冷暖世況後陡然夢醒，以無奈和感傷追憶一段美好的夢想及美夢的破滅，所呈現的一段封建末世的社會史和家族史，放射出的巨大悲劇能量對後世的影響是深遠的。文本中作者寫十二正釵在封建制度下追求人生價值的心路歷程，更凸顯她們艱難的生存狀況。悲劇就是這些美與有價值的人、事、物一

〔註 8〕英雄的冒險通常是遵循前述的原子核心模式，亦即與俗世隔離，穿透到達某種能量來源，然後是滋養生命的回歸。

喬瑟夫、坎伯（Joseph Camplell，1904～1987）著，朱侃如譯：《千面英雄》《The Hero With A Thousand Faces》（台北：立緒文化事業有限公司，2000 年）頁 33。

一被毀滅了，曹雪芹安排了紅樓十二正釵這些美的典型，到最後卻都以憂傷的氛圍收場，呈顯了深沈的悲劇特質，是諸艷之冠的寶玉由色悟空的重要因素，曹雪芹也藉紅樓十二正釵之情節表達了他對封建與無情社會的控訴，誠如羅曼・英伽登（Roman. Ingarden, 1893～1970）所云，文本架構由語言現象層、語意單元建構層、圖示化結構層之分析乃至表現客體層中意象及其深層意義之探索，將作品呈現出多層次之架構。故意象的探究對領會文本的美學特質是何其重要的一環。本論文藉由紅樓十二正釵意象群的探求，希望能更呈顯文本的審美意涵，深刻主題內蘊，這也是筆者對本論文之期待。

附錄一　紅樓十二正釵家世人際關係表

（*妙玉未列入）

「×」表夫妻關係；「*」表紅樓十二正釵；「-->」表示此人由某家嫁往某家某人

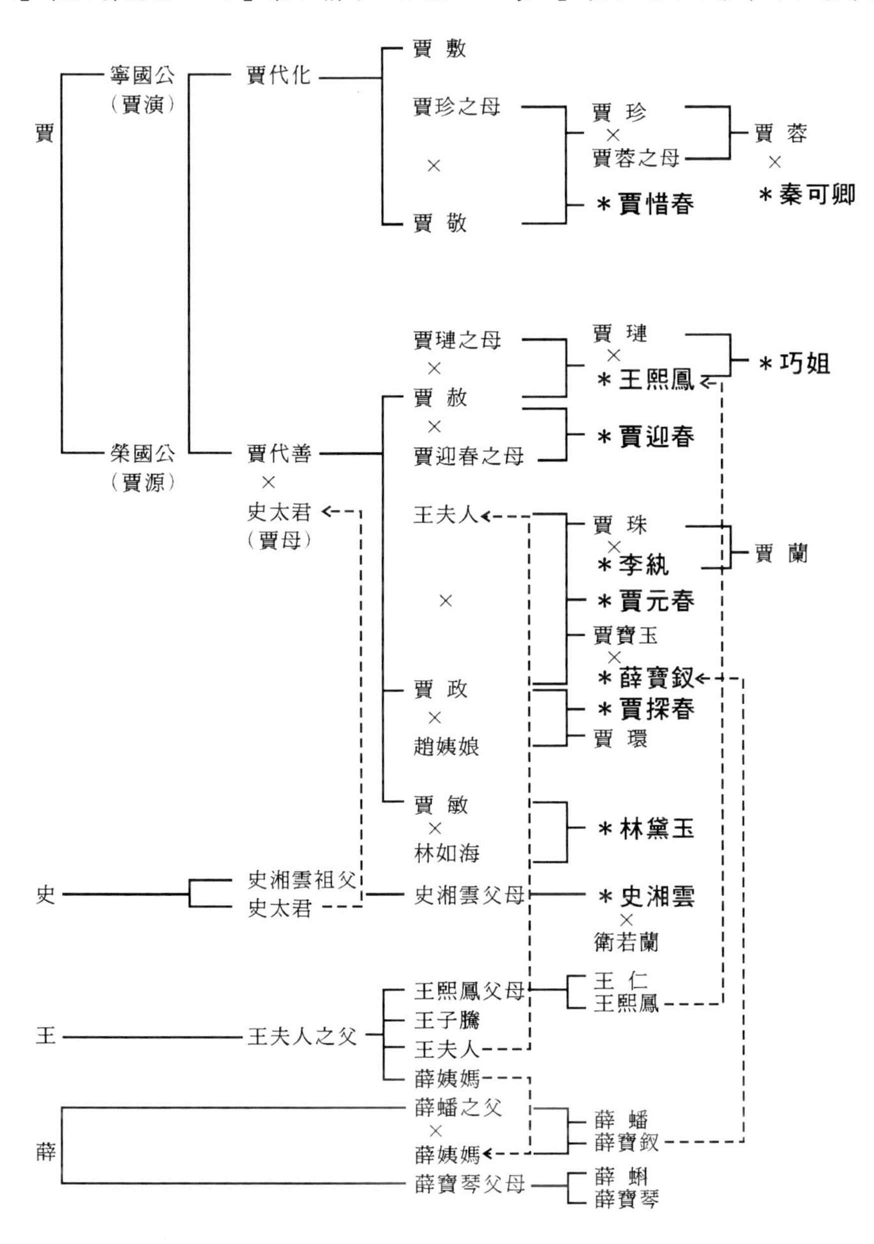

附錄二　紅樓十二正釵事略及作品表

人名 回數	林黛玉	薛寶釵	賈元春	賈迎春	賈探春	賈惜春	史湘雲	妙玉	李紈	秦可卿	王熙鳳	巧姐
1												
2	賈夫人仙逝揚州城		生於大年初一 首見其名	首見其名生日應爲二月初二	首見其名生於三月初三，上巳節	首見其名生日應爲五月初五				借冷子興之口介紹身份	冷子興側面言其形貌	
3	黛玉初至賈府			黛玉初至賈府彼此見面	黛玉初至賈府彼此見面	黛玉初至賈府彼此見面			黛玉初至賈府彼此見面		黛玉初至賈府彼此見面	
4									寫其出身名宦			

5	堪憐詠絮才〈枉凝眉〉	金簪雪裡埋〈終身誤〉	榴花開處照宮闈〈恨無常〉	金閨花柳質——載赴黃粱〈喜冤家〉	才自清明志自高〈分骨肉〉	勘破三春景不長〈虛花悟〉	湘江水逝楚雲飛〈樂中悲〉	云空未必空〈世難容〉	春風桃李結子完〈晚韶華〉	情天情海幻情深〈好事終〉	凡鳥偏從末世來〈聰明誤〉	巧得遇恩人〈留餘慶〉
6											寫鳳姐居處形貌	始見於第六回
7						與智能兒玩耍				引出秦鍾與寶玉相會	擺平冷子興案，賈璉戲熙鳳	
8	探寶釵黛玉半含酸	比通靈金鶯微露意										
9												
10										可卿治病		
11										可卿病危		
12											王熙鳳毒設相思局	
13										可卿病歿託夢鳳姐	王熙鳳協理寧國府	
14										寫可卿喪儀之舖張		
15											王熙鳳弄權鐵檻寺	
16			晉封鳳藻宮尚書加封賢德妃									

17	大觀園題詠——世外仙源、杏帘在望	大觀園題詠——凝暉鍾瑞	元春歸省大觀園題詠——顧恩思義	大觀園題詠——曠性怡情	大觀園題詠——萬象爭輝	大觀園題詠——文章造化		入大觀園始見妙玉名字	大觀園題詠——文采風流			
18			賈妃點戲									
19												
20												
21												
22	〈參禪偈〉寶玉作黛玉續成	製燈謎賈政悲讖語燈謎更香	燈謎爆竹	燈謎算盤	燈謎風箏	燈謎佛前海燈	云黛玉像戲子					
23	寶黛共讀西廂											
24												
25	黛玉喝茶											
26	黛玉泣花陰											
27	黛玉葬花〈葬花吟〉	寶釵撲蝶			寫其情趣高雅							
28	賞賜端午節禮物	賞賜端午節禮物	賞賜端午節禮物	賞賜端午節禮物	賞賜端午節禮物	賞賜端午節禮物						
29												
30		借扇機帶雙敲										

31							因麒麟伏自首雙星					
32							勸寶玉仕進					
33												
34	贈帕題詩〈題帕三絕句〉											
35		黃金鶯巧結梅花絡										
36												
37	〈白海棠詩〉	蘅蕪苑夜擬菊花題〈海棠詩〉		海棠詩社取雅號「菱洲」	秋爽齋偶結海棠社〈詠白海棠詩〉		依韻連和兩首海棠詩〈詠白海棠詩〉		結社自薦掌壇			
38	林瀟湘魁奪〈菊花詩〉〈螃蟹詠〉	薛蘅蕪諷和〈菊花詩〉〈螃蟹詠〉		迎春穿花	〈菊花詩〉		〈菊花詩〉					
39									評論平兒等引發自身傷感		拿奴僕的錢放高利貸	
40	金鴛鴦三宣牙牌令	牙牌令		牙牌令	賈母等至秋爽齋	畫大觀園行樂圖	牙牌令					

41	櫳翠庵茶品梅花雪	櫳翠庵茶品梅花雪						櫳翠庵茶品梅花雪				巧姐以大柚子換板兒佛手柑
42	瀟湘子雅謔補餘香	蘅蕪君蘭言解疑癖										劉姥姥爲巧姐取名
43											鳳妇生日	
44											鳳姐潑醋	
45	黃昏秋霖金蘭契互剖金蘭語〈秋窗風雨夕〉								爲平兒打抱不平		鳳姐資助詩社	
46				行酒令用錯韻								
47											陪賈母鬥牌	
48												
49							脂粉香娃割腥啖膻	琉璃世界白雪紅梅			脂粉香娃割腥啖膻	
50	蘆雪庵爭聯即景詩〈燈謎詩〉	〈燈謎詩〉暖香塢雅製春燈謎					猴兒謎	櫳翠庵贈梅	春燈謎		至暖香塢觀畫	
51												
52												
53											王子騰升官	

54											鳳姐效戲彩斑衣	
55		和探春、李紈代鳳姐共掌家政			和寶釵、李紈共掌家政				和寶釵、探春共掌家政		鳳姐生病	
56					探春理家							
57	紫鵑試情薛姨媽愛語慰黛玉											
58												
59												
60					申斥趙姨娘，誡飭「茉莉粉」一事							
61											平兒勸鳳姐得放手時須放手	
62	行酒令	射覆：雞栖於塒					醉眠芍藥裀、行酒令					
63	花名籤：芙蓉	花名籤：牡丹			花名籤：杏花		花名籤：海棠	遙叩芳辰飛帖祝壽	花名籤：老梅			
64	〈五美吟〉											

65				興兒稱「二木頭」							賈璉偷娶尤二娘	
66												
67											制賈璉在外藏嬌	
68											苦尤娘誤入大觀園	
69											尤二姐吞生金自逝	
70	重建桃花社 〈桃花行〉 〈柳絮詞〉	〈柳絮詞〉			〈柳絮詞〉		〈柳絮詞〉					
71											鳳姐受邢夫人氣	
72											鳳姐恃強羞說病	
73				懦小姐不問纍金鳳								
74				抄檢大觀園逐司棋	抄檢大觀園摑王善保家的	杜絕寧國府逐入畫					抄檢大觀園同情入畫、晴雯	
75												
76	與湘雲凹晶館聯句				中秋夜宴獨侍賈母		與黛玉凹晶館聯句	續完凹晶館聯句				

77												
78												
79				誤嫁中山狼								
80												
81												
82	病瀟湘痴魂驚惡夢											
83			省宮闈賈元妃染恙									
84												
85												
86												
87	〈琴曲四章〉	〈與黛玉詩四章〉				與妙玉對弈〈悟禪偈〉		坐禪寂走火入魔、妙玉聽琴				
88												
89	顰卿絕粒											
90												
91												
92												評女傳巧姐慕賢良
93												
94												

95			元妃薨逝					扶乩尋玉				
96	洩機關顰兒迷本性										瞞消息鳳姐設奇謀	
97	黛玉焚稿斷痴情	寶釵出閨成大禮										
98	苦絳珠魂歸離恨天								爲黛玉料理後事			
99												
100					悲遠嫁寶玉感離情							
101												
102												
103												
104												
105												
106							被叔叔硬許配了人				王熙鳳致禍抱羞慚	
107												
108	死纏綿瀟湘聞鬼哭	強歡笑蘅蕪慶生辰					骰子酒令四首					
109				迎春病故				探賈母病				
110							其夫病已成癆				鳳姐力詘失人心	

111										可卿魂引鴛鴦上吊		
112								妙玉被劫				
113											懺宿冤鳳姐託村嫗	鳳姐託付給劉姥姥
114											王熙鳳歷幻返金陵	
115						決意出家						
116												
117												
118							夫死寡居					被賈環等聘給外藩
119		中鄉魁寶玉卻塵緣			歸寧探省				賈蘭中舉			被劉姥姥救出並許給鄉中富翁周氏
120												賈政、賈璉應允周家親事

附錄三　紅樓十二正釵意象出現回數表

意象／回數	瀟湘館	絳珠草	淚水	桃花	芙蓉花	菊	柳絮	葬花	帕	梨香院蘅蕪苑	冷香丸	黃金鎖	寶釵	紅麝串	牡丹	鶯	雪	石榴花	紫菱洲	算盤	秋爽齋	風箏	杏花	蕉下客	玫瑰花	蓼風軒	緇衣	芍藥	海棠	寒塘鶴影	金麒麟	櫳翠庵	玉	茶	稻香村	老梅	蘭	冰山之鳳	佛手柑	柚子
	1	2	3	4	5	6	7	8	9	10	11	12	13	14	15	16	17	18	19	20	21	22	23	24	25	26	27	28	29	30	31	32	33	34	35	36	37	38	39	40
1		✔															✔																✔			✔				
2			✔																														✔	✔						
3			✔						✔								✔																✔			✔		✔		
4										✔																														
5			✔				✔										✔	✔				✔					✔		✔				✔	✔		✔	✔	✔		✔
6																																						✔		
7										✔	✔				✔		✔																			✔		✔		
8										✔		✔				✔	✔																	✔						
9																																								
10																																								
11						✔																							✔									✔		
12																																								

	1	2	3	4	5	6	7	8	9	10	11	12	13	14	15	16	17	18	19	20	21	22	23	24	25	26	27	28	29	30	31	32	33	34	35	36	37	38	39	40
13																																					✔			
14																																								
15																																								
16			✔																																					
17	✔		✔	✔						✔					✔								✔					✔	✔	✔			✔	✔	✔		✔			
18	✔		✔						✔	✔		✔							✔							✔									✔	✔	✔			
19									✔																															
20																																								
21																																								
22													✔							✔		✔		✔												✔				
23	✔			✔				✔		✔									✔		✔					✔				✔				✔	✔	✔				
24	✔																													✔										
25	✔																												✔					✔						
26	✔		✔					✔	✔	✔																											✔			
27	✔		✔	✔				✔									✔	✔												✔					✔					
28									✔			✔		✔			✔																							
29	✔																														✔									
30									✔																															
31																		✔													✔									
32									✔																						✔									
33																																								
34	✔			✔					✔			✔																												

	1	2	3	4	5	6	7	8	9	10	11	12	13	14	15	16	17	18	19	20	21	22	23	24	25	26	27	28	29	30	31	32	33	34	35	36	37	38	39	40
35	✔					✔						✔				✔	✔																							
36										✔					✔																									
37	✔		✔			✔				✔	✔						✔		✔		✔			✔		✔			✔						✔					
38						✔																		✔		✔			✔								✔			
39						✔																																		
40	✔			✔			✔		✔	✔			✔				✔		✔		✔			✔				✔	✔										✔	
41			✔												✔														✔			✔		✔	✔	✔			✔	✔
42										✔	✔				✔																				✔					
43																																								
44																																			✔					
45			✔					✔		✔										✔				✔												✔				
46																	✔																							
47																																								
48	✔									✔										✔				✔		✔														
49																					✔									✔	✔	✔			✔	✔				
50																										✔				✔		✔	✔	✔		✔				
51															✔														✔							✔				
52	✔																													✔										
53																				✔				✔					✔											
54										✔																								✔		✔				
55									✔	✔																														
56										✔															✔										✔					

	1	2	3	4	5	6	7	8	9	10	11	12	13	14	15	16	17	18	19	20	21	22	23	24	25	26	27	28	29	30	31	32	33	34	35	36	37	38	39	40
57	✔			✔																																✔				
58	✔									✔													✔						✔											
59	✔									✔						✔													✔											
60										✔																										✔				
61																									✔															
62								✔	✔						✔													✔								✔				
63				✔	✔			✔							✔								✔					✔	✔	✔		✔	✔	✔		✔				
64	✔																✔												✔										✔	
65																	✔			✔				✔	✔															
66				✔																																				
67	✔																	✔																						
68																																								
69										✔							✔																							
70	✔		✔	✔			✔			✔							✔					✔							✔						✔	✔				
71																																			✔					
72																																							✔	
73																																								
74	✔																								✔	✔														
75																																								
76	✔																													✔		✔	✔	✔	✔					
77																												✔	✔					✔						
78	✔		✔		✔					✔							✔												✔					✔		✔	✔			

	1	2	3	4	5	6	7	8	9	10	11	12	13	14	15	16	17	18	19	20	21	22	23	24	25	26	27	28	29	30	31	32	33	34	35	36	37	38	39	40
79																			✔																✔					
80																			✔																					
81	✔																		✔										✔											
82	✔																																	✔						
83	✔																														✔					✔				
84												✔																								✔				
85	✔								✔																				✔											
86	✔																✔													✔							✔			
87	✔		✔			✔			✔																	✔			✔	✔		✔					✔			
88																																								
89	✔								✔																	✔				✔										
90																			✔																					
91	✔										✔																													
92	✔																																							
93																														✔										
94	✔																												✔			✔				✔	✔			
95	✔																												✔			✔								
96	✔			✔								✔																												
97	✔		✔						✔														✔														✔			
98	✔		✔						✔																										✔					
99	✔																																							
100																																								

	1	2	3	4	5	6	7	8	9	10	11	12	13	14	15	16	17	18	19	20	21	22	23	24	25	26	27	28	29	30	31	32	33	34	35	36	37	38	39	40
101																					✔																	✔		
102					✔																																			
103																																								
104																																								
105																																				✔				
106																																								
107																																								
108	✔																																			✔				
109																																✔								
110															✔																									
111																																								
112																														✔		✔								
113																																✔								
114																																								
115																																✔								
116		✔			✔												✔					✔																		
117																																✔								
118																✔	✔										✔									✔				
119																																								
120				✔													✔															✔								

△秦可卿意象均出現在第五回，故不列入。 △本表除平日閱讀記錄外，亦參考〔網路展書讀〕之〔紅樓夢網路教學研究資料中心〕。

附錄四　曹雪芹世系簡表

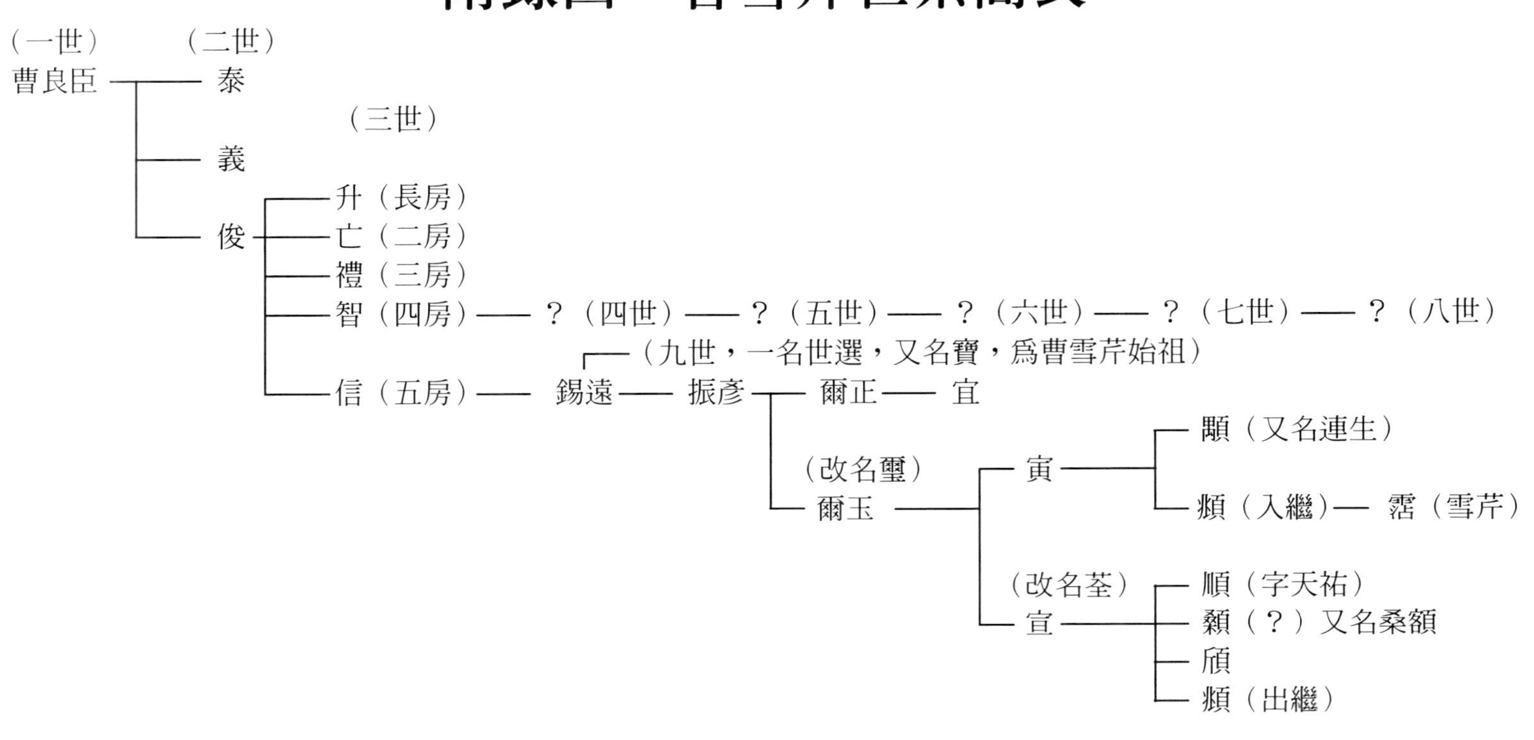

※ 此表參考：鄒如昌：《曹雪芹傳》及周汝昌：《曹雪芹新傳》

徵引文獻

（以作者姓氏筆劃爲序）

一、紅學論著

1.〔清〕曹雪芹、高鶚原著：《乾隆抄本百二十回紅樓夢稿》（台北：聯經出版社景印本，1977 年）

2.〔清〕曹雪芹、高鶚原著：《乾隆甲戌脂硯齋重評石頭記》（台北：中央研究院胡適紀念館，1975 年）

3.〔清〕曹雪芹、高鶚原著，馮其庸等校注：《紅樓夢校注》（台北：里仁書局，1993 年）

4.〔清〕曹雪芹撰．饒彬校注：《紅樓夢》（台北：三民書局，2012 年）

5. 一粟：《紅樓夢資料匯編》（北京：中華書局，1964 年）

6. 王三慶：〈紅樓夢版本研究〉（花木蘭出版社，2009 年）

7. 王昆侖：《紅樓夢人物論》（台北：里仁書局，2008 年）

8. 王國維：《紅樓夢評論》《紅樓夢藝術論》（台北：里仁書局，1993 年）

9. 王關仕：《紅樓夢指迷》（台北：里仁書局，2003 年）

10. 王關仕：《微觀紅樓夢》（台北：東大圖書有限公司，1997 年）

11. 王關仕：《紅樓夢研究》（台北：東大圖書有限公司，1992 年）

12. 王關仕：《紅樓夢新論——閒枕脂評夢紅樓》（台北：三民書局，2013 年）

13. 王蒙：《紅樓夢二十講》（北京：華夏出版社，2009 年）

14. 皮述民：《紅樓夢考論集》（台北：聯經出版社，1986 年）

15. 朱眉叔：《紅樓夢的背景與人物》（瀋陽：遼寧大學出版社，1986 年）

16. 朱淡文：《紅樓夢研究》（台北：貫雅文化事業有限公司，1991 年）

17. 朱淡文：《紅樓夢論源》〈江蘇：江蘇古籍出版社，1992 年〉

18. 李希凡、李萌：《傳神文筆足千秋．紅樓夢人物論》（北京：文化藝術出版社，2006 年）

19. 李辰冬：《紅樓夢研究》（台北：正中書局，1977 年）
20. 余英時：《紅樓夢的兩個世界》（台北：聯經出版社，1978 年）
21. 余英時、周策縱等著：《曹雪芹與紅樓夢》（台北：里仁出版社，1985 年）
22. 何紅梅：《紅樓夢人物百家言．紅樓女性》（北京：中華書局，2006 年）
23. 邢治平：《紅樓夢十講》（台北：木鐸出版社，1987 年）
24. 呂啓祥：《紅樓夢會心錄》（台北：貫雅文化事業有限公司，1992 年）
25. 那宗訓：《紅樓夢探索》（台北：新文豐出版公司，1982 年）
26. 林方直：《紅樓夢符號解讀》（呼和浩特市：內蒙古大學出版社，1996 年）
27. 林語堂：《平心論高鶚》（台北：傳記文學出版社，1969 年）
28. 周汝昌：《紅樓夢新証》（北京：華藝出版社，1998 年）
29. 周汝昌：《紅樓夢小講》（北京：中華書局，2007 年）
30. 周汝昌：《紅樓夢與中華文化》（台北：三民出版社，1989 年）
31. 周汝昌：《曹雪芹小傳》（北京：華藝出版社，1998 年）
32. 周汝昌：《曹雪芹新傳》（北京：外文出版社，1992 年）
33. 周思源：《周思源正解金陵十二釵》（北京：中華書局，2006 年）
34. 周思源：《周思源看紅樓夢》（台北：大地出版社，2007 年）
35. 周策縱：《紅樓夢案——周策縱論紅樓夢》（文化藝術出版社，2005 年）
36. 邸瑞平：《紅樓擷英》（上海：華東師範大學，1997 年）
37. 俞平伯：《紅樓夢辨》（上海：上海書局，1990 年）
38. 俞平伯：《俞平伯説紅樓夢》（上海：上海古籍出版社，1998 年）
39. 俞平伯：《俞平伯點評紅樓夢》（北京：團結出版社，2004 年）
40. 俞平伯：《紅樓夢研究》（台北：里仁書局，1999 年）
41. 俞曉紅：《紅樓夢意象的文化闡釋》（合肥：安徽人民出版社，2006 年）
42. 胡適：《紅樓夢考証》（台北：遠東出版社，1985 年）
43. 胡適：《胡適紅樓夢研究論述全編》（上海：上海古籍出版社，1988 年）
44. 胡文彬：《紅樓夢人物談》（文化藝術出版社，2005 年）
45. 胡文彬：《紅樓夢長短論》（北京：北圖，2004 年）
46. 胡文彬：《紅樓夢探微》（北京：華藝出版社，1997 年）
47. 胡邦煒：《紅樓夢中的懸案》（四川，人民出版社，1994 年）
48. 郁丁：《從文本比較看高鶚紅樓夢後四十回續書》（台北：文史哲出版社，2009 年）
49. 姜哲甫：《曹雪芹與紅樓夢》（台北：華嚴出版社，1996 年）
50. 高陽：《曹雪芹別傳》（台北：聯合報出版，1985 年）

51. 馬瑞芳、左振坤：《名家解讀紅樓夢》（長春市：吉林文史出版社，2004年）
52. 浦安迪（Andrew H. Plaks）：《紅樓批語偏全》（台北：南天書局出版，1997年）
53. 康來新編撰：《《紅樓夢》：失去的大觀園》（台北：時報文化出版社，2012年）
54. 郭玉雯：《紅樓夢學－從脂硯齋到張愛玲》（台北：里仁書局，2004年）
55. 郭玉雯：《紅樓夢人物研究》（台北：里仁書局，1998年）
56. 郭玉雯：《紅樓夢淵源論——從神話到明清》（台北：台大出版中心，2006年）
57. 梅新林：《紅樓夢哲學精神》（上海：華東師範大學出版社，2007年）
58. 陳美玲：《紅樓夢裡的小姐與丫鬟》（台北：文津出版社，2001年）
59. 陳詔：《紅樓夢小考》（上海：上海古籍出版社，1985年）
60. 陳慶浩編：《新編石頭記脂硯齋評語輯校》（台北：聯經出版社，1986年）
61. 曹立波：《紅樓十二釵評傳》（北京：清華大學出版社，2007年）
62. 鄒如昌：《曹雪芹傳》（台北：國際文化，1984年）
63. 張健、金志淵編撰：《紅樓夢之情節》（台北：文史哲出版社，2002年）
64. 張愛玲：《紅樓夢魘》（台北：皇冠出版社，2010年）
65. 張錦池：《紅樓十二論》（天津：百花文藝出版社，1995年）
66. 馮其庸、李希凡主編：《紅樓夢大辭典》（北京：文化藝術出版社，1990年）
67. 馮其庸纂校訂定：《重校八家評批紅樓夢》（江西：江西教育出版社，2000年）
68. 舒曼麗：《紅樓夢四大家族及金陵十二釵》（台北：新文京開發，2005年）
69. 潘重規：《紅樓夢解》（台北：文史哲出版社，1973年）
70. 潘重規：《紅學六十年》（台北：三民書局，1991年）
71. 潘重規：《紅學論集》（台北：三民書局，1992年）
72. 潘遠孝、潘寶明、鄧妍、朱安平：《紅樓夢花鳥園藝文化解析》（南京：東南大學出版社，2009年）
73. 歐麗娟：《紅樓夢人物立體論》（台北：里仁書局，2006年）
74. 歐麗娟：《詩論紅樓夢》（台北：里仁書局，2001年）
75. 劉大杰：《紅樓夢的思想與人物》（香港：百靈出版社，1956年）
76. 劉心武：《劉心武揭祕紅樓夢》（台中：好讀出版社，2006年）
77. 劉心武：《劉心武揭密紅樓夢，第二部》（北京：東方出版社，2007年）

78. 劉世德：《《紅樓夢》版本探微》（上海：華東師範大學出版社，2003 年）
79. 劉宏彬：《紅樓夢接受美學論》（河南：人民出版社，1992 年）
80. 劉夢溪編：《紅學三十年論文選編下》（天津：百花文藝出版社，1984 年）
81. 趙岡：《紅樓夢研究》（台北：聯經出版社，1975 年）
82. 趙岡：《紅樓夢論集》（台北：志文出版社，1975 年）
83. 趙岡、陳鍾毅：《紅樓夢研究新編》（台北：聯經出版社，1984 年）
84. 蔡元培：《石頭記索隱》（台北：邁通圖書股份有限公司，1998 年）
85. 蔡義江：《紅樓夢詩詞曲賦評注》（北京：北京出版社，1979 年）
86. 薛海燕：《紅樓夢——一個詩性的文本》（中國社會科學出版社，2003 年）

二、古代典籍

1. 〔漢〕司馬遷：《史記》（台北：宏業書局，1974 年）
2. 〔漢〕東方朔：《海內十洲記》《景印文淵閣四庫全書》（台北：台灣商務印書館，1983 年）
3. 〔漢〕班固：《漢書》（台北：宏業書局，1974 年）
4. 〔漢〕趙曄：《吳越春秋》（台北：三民書局，1996 年）
5. 〔漢〕劉向編：《戰國策》（台北：里仁書局，1982 年）
6. 〔漢〕劉向：《說苑》《叢書集成初編》（北京：中華書局，1985 年）
7. 〔漢〕鄭元注〔唐〕賈公彥疏：《十三經注疏・禮記》（台北，藝文印書館，1981 年）
8. 〔東漢〕許愼著、段玉裁注：《說文解字》（台北：藝文印書館，1976 年）
9. 〔東漢〕張仲景：《金匱要略》（台北：知音出版社，1994 年）
10. 〔魏〕王弼、〔晉〕韓康伯：《周易註》《景印文淵閣四庫全書》（台北：台灣商務印書館，1986 年）
11. 〔後魏〕酈道元：《水經注》《景印文淵閣四庫全書》（台北：台灣商務印書館，1983 年）
12. 〔晉〕王嘉：《拾遺記》（台北：木鐸出版社，1982 年）
13. 〔晉〕郭璞注〔宋〕邢昺疏〔唐〕陸德明音義：《爾雅注疏十一卷》《景印文淵閣四庫全書》（台北：台灣商務印書館，1983 年）
14. 〔晉〕郭璞注：《山海經》《景印文淵閣四庫全書》（台北：台灣商務印書館，1983 年）
15. 〔晉〕張華：《博物志》（台北：新興書局，1968 年）
16. 〔南朝・宋〕劉義慶：《世說新語》（台北：藝文印書館，1974 年）
17. 〔梁〕任昉：《述異記》《叢書集成初編》（北京：中華書局，1985 年）

18.〔梁〕鍾嶸：《詩品》《景印文淵閣四庫全書》（台北：台灣商務印書館，1983 年）
19.〔南朝・宋〕劉勰：《文心雕龍》《景印文淵閣四庫全書》（台北：台灣商務印書館，1983 年）
20.〔唐〕王仁裕：《開元天寶遺事》《叢書集成初編》（北京：中華書局，1985 年）
21.〔唐〕李百藥：《北齊書》《二十五史》（台北：藝文印書館，1973 年）
22.〔唐〕李肇：《唐國史補》《景印文淵閣四庫全書》（台北：台灣商務印書館，1983 年）
23.〔唐〕柳宗元：《龍城錄》《歷代筆記小說大觀》（上海：古籍出版社，2000 年）
24.〔唐〕陸羽：《茶經》《叢書集成初編》（北京：中華書局，1985 年）
25.〔唐〕歐陽詢：《藝文類聚》（台北：西南書局，1974 年）
26.〔唐〕釋法海撰〔民國〕丁福保註：《六祖壇經箋註》（台北：文津出版社，1993 年）
27.〔唐〕蘇鶚：《杜陽雜編》《叢書集成初編》（北京：中華書局，1985 年）
28.〔後晉〕劉昫：《舊唐書》《二十五史》（台北：藝文印書館，1973 年）
29.〔宋〕王楙：《野客叢書》《叢書集成初編》（北京：中華書局，1985 年）
30.〔宋〕沈括：《夢溪筆談》《叢書集成初編》（北京：中華書局，1985 年）
31.〔宋〕李昉編：《太平廣記》（西南書局，1983 年）
32.〔宋〕李時編：《太平御覽》《景印文淵閣四庫全書》（台北：台灣商務印書館，1983 年）
33.〔宋〕洪興祖：《楚辭補注》（台北：漢京文化事業有限公司，1983 年）
34.〔宋〕高承：《事物紀原》《景印文淵閣四庫全書》（台北：台灣商務印書館，1986 年）
35.〔宋〕普濟著：《五燈會元》（台北：文津出版社，1986 年）
36.〔宋〕歐陽修、宋祁：《新唐書》《二十五史》（台北：藝文印書館，1973 年）
37.〔宋〕蔡襄：《茶錄》《叢書集成初編》（北京：中華書局，1985 年）
38.〔宋〕樂史：《楊太眞外傳》《歷代筆記小說大觀》（上海：古籍出版社，2000 年）
39.〔宋〕蘇軾：《蘇軾文集》《中國古典文學基本叢書》（北京：中華書局，1996 年）
40.〔南宋〕朱熹：《詩集傳》（台北：學海書局，2001 年）

41.〔南宋〕范晞文：《對床夜語》《景印文淵閣四庫全書》（台北：台灣商務印書館，1986 年）
42.〔元〕王實甫：《西廂記》《中國十大古典喜劇集》（濟南：齊魯書社，2006 年）
43.〔明〕李時珍：《本草綱目》（台北：鼎文書局，1973 年）
44.〔明〕沈德符：《萬曆野獲編》（北京：中華書局，1997 年）
45.〔明〕許次紓：《茶疏》《叢書集成初編》（北京：中華書局，1984 年）
46.〔明〕屠隆：《考槃餘事》《叢書集成初編》（北京：中華書局，1985 年）
47.〔明〕張大夏：《梅花草堂筆談》《四庫全書存目叢書》（台北：莊嚴文化，1996 年）
48.〔明〕謝榛：《四溟詩話》《明詩話全編》（鳳凰出版社，1997 年）
49.〔清〕丁福保輯：《歷代詩話續編》（台北：木鐸出版社，1983 年）
50.〔清〕丁福保編：《清詩話》（台北：木鐸出版社，1988 年）
51.〔清〕王夫之：《夕堂永日緒論》《船山全書》（嶽麓書社，1996 年）
52.〔清〕汪灝等撰：《廣群芳譜》（台北：新文豐出版公司，1980 年）
53.〔清〕何文煥輯：《歷代詩話》（台北：漢京出版社，1983 年）
54.〔清〕李斗：《揚州畫舫錄》《歷代史科筆記叢刊．清代》（北京：中華書局，1997 年）
55.〔清〕李光地：《月令輯要》（上海：上海古籍出版社，1993 年）
56.〔清〕李漁著，馬漢茂輯：《李漁全集》（台北：成文出版社有限公司，1970 年）
57.〔清〕姚際恒：《詩經通論》（台北：廣文書局，1999 年）
58.〔清〕郝懿行：《山海經箋疏》（成都：巴蜀書社，1985 年）
59.〔清〕唐奎璋編：《全宋詞》（北京：中華書局，1998 年）
60.〔清〕袁枚：《隨園食單》《袁枚全集》（上海：古籍出版社，2002 年）
61.〔清〕徐珂：《清稗類鈔》（北京：中華書局，2003 年）
62.〔清〕孫詒讓：《墨子閒話》（台北：華正書局，1987 年）
63.〔清〕陳元龍：《格致鏡原》（台北：台灣商務印書館，1972 年）
64.〔清〕郭慶藩撰、王孝魚點校：《莊子集解》（北京：中華書局，1961 年）
65.〔清〕清聖祖御編：《全唐詩》（台北：盤庚出版社，1979 年）
66.〔清〕馮應榴輯注：《蘇軾詩集合注》（上海：古籍出版社，1988 年）
67.〔清〕褚人穫：《堅瓠集》《歷代筆記小說大觀》（上海：古籍出版社，2000 年）

68.〔清〕鴻寶齋主人編：《賦海大觀》（北京：北京圖書館，2007年）
69. 大正藏編修委員會主編：《大正新修大藏經》（台北：新文豐出版社，1983年）
70. 佛光大藏經編修委員會主編：《佛光大藏經》（高雄：佛光出版社，1994年）
71. 新文豐編審部：《續藏經》（台北：新文豐出版社，1994年）
72. 釋慈怡主編：《佛光大辭典》（高雄：佛光出版社，1989年）
73. 傅璇琮等主編：《全宋詩》（北京：北京大學出版社，1998年）

三、現代論著與西方文論

1. 王立：《中國文學主題學：意象的主題》（鄭州：中州古籍出版社，1995年）
2. 王立：《中國古代文學十大主題：原型與流變》（台北：文史哲出版社，1994年）
3. 王長俊：《詩歌意象學》（合肥：安徽文藝出版社，2000年）
4. 王夢鷗：《中國文學理論與實踐》（台北：時報文化出版企業有限公司，1995年11月）
5. 王瓊玲：《明清傳奇名作人物刻劃之藝術性》（台北：台灣書店，1998年）
6. 王瓊玲、胡曉眞主編：《經典轉化與明清敘事文學》（台北：聯經出版社，2009年）
7. 朱立元等編：《二十世紀西方美學經典文本》（上海：復旦大學出版社，2000年）
8. 朱立元主編：《當代西方文藝理論》（上海：華東師範大學出版社，2002年7月）
9. 朱立元、李鈞主編：《二十世紀西方文論選》（北京：高等教育出版社，2003年）
10. 朱光潛：《文藝心理學》（台北：開明書店，1996年）
11. 朱光潛：《悲劇心理學》（台北：日臻出版社，1995年）
12. 李澤厚：《李澤厚哲學美學文選》（台北：谷風出版社，1987年）
13. 宗白華：《美學散步》（上海：人民出版社，1981年）
14. 吳曉：《詩歌與人生——意象符號與情感空間》（台北：書林出版有限公司，1995年）
15. 姚一葦：《藝術的奧秘》（台北：開明書局，1997年11月）
16. 姚一葦：《美的範疇論》（台北：開明書局，1997年7月）
17. 胡亞敏：《敘事學》（武漢：華中師範大學出版社，2004年）

18. 高友工：《中國美典與文學研究論集》（台北：台大出版中心，2004 年）
19. 倪梁康：《中國現象與哲學評論》（上海：譯文出版社，1995 年）
20. 許興寶：《人物意象研究》（中國社會科學出版社，2007 年 12 月）
21. 黄克全：《永恆意象．經典名作導讀》（台北：爾雅出版社，1998 年）
22. 陳益源：《古典小說與情色文學》（台北：里仁書局，2001 年）
23. 陳植鍔：《詩歌意象論》（秦皇島市：中華社會科學出版社，1992 年 11 月）
24. 陳慶章：《中國詩學》（台北：文史哲出版社，1994 年 12 月）
25. 陳滿銘：《意象學廣論》（台北：萬卷樓圖書股份有限公司，2006 年）
26. 葉朗：《中國小說美學》（台北：里仁書局，1987 年）
27. 葉舒憲編：《神話——原型批判》（西安：陝西師範大學出版社，1987 年）
28. 楊義：《中國敘事學》（北京：人民出版社，2004 年）
29. 趙毅衡：《新批評》（中國社會科學出版社，1986 年）
30. 劉昌元：《西方美學導論》（台北：聯經出版社，1990 年 4 月）
31. 劉若愚著，杜國清譯：《中國詩學》（台北：幼獅文化事業公司，1983 年）
32. 劉若愚著，杜國清譯：《中國文學理論》（台北：聯經出版社，1993 年 11 月）
33. 聞一多：《聞一多全集》（北京：三聯書局，1982 年）
34. 魯迅：《魯迅雜文》（台北：風雲時代出版股份有限公司，1990 年）
35. 魯迅：《中國小說史略》（台北：五南出版社，2009 年）
36. 蔡英俊：《意象的流變》（台北：聯經出版社，1982 年）
37. 龔顯宗：《文史雜俎》（台北：文津出版社，2010 年）
38. Hegel 者，朱光潛譯：《美學》（北京：商務印書館，2009 年）
39. Austin Warren, René Wellek 合著，王夢鷗、許國衡譯：《*Theory of Literature*》《文學論》（台北：志文出版社，1996 年 11 月）
40. Aristotle 著，姚一葦譯：《*On Poetics*》《詩學箋註》（台北：中華書局，1993 年 8 月）
41. Douwe Fokkema, Elrud Ibsch 合著，袁鶴翔等譯：《*Theories of Literature in the Twentieth Century*》《二十世紀文學理論》（台北：書林出版有限公司，1998 年 10 月）
42. E. M. Forster 著，李文彬譯：《*Aspects of the Novel*》《小說面面觀》（台北：志文出版社，2006 年）
43. Frazer, J. G..著，汪培基譯：《The Golden Bough:A Study in Magic and Religion》《金枝》（台北：桂冠圖書公司，1991 年）

44. Joseph Cambell 著，朱侃如譯：《*The Hero With A thousand Faces*》《千面英雄》（台北：立緒文化事業有限公司，2000 年 7 月）
45. M. H Abrams 著，酈稚牛等譯：《*The Mirror and the Lamp*》《鏡與燈》（北京大學出版社，1989 年）
46. Roland Barthes 著，許薔薔、許綺玲譯：《*Mythologies*》《神話學》（台北：桂冠圖書公司，2000 年 9 月）
47. Terry Eagleton 著，吳新發譯：《*Literary Theory-An Introduction*》《文學理論導讀》（台北：書林出版有限公司，1993 牛 4 月）
48. Wiffred L. Guerin 等編，徐進夫譯：《*A Handbook of Critical Approaches to Literature*》《文學欣賞與批評》（台北：幼獅文化事業公司，1991 年）

四、期刊論文

1. 丁小兵：〈論古典文學中杏花的審美意象〉《荷澤學院學報》第 27 卷第一期。
2. 丁維忠：〈《紅樓夢》中的五個秦可卿〉《河南教育學院學報》2005 年第六期第 24 卷。
3. 王中：〈脈脈此情誰訴——淺議《紅樓夢》中作爲婚戀媒介的物象〉《西華師範大學學報》2005 年第一期。
4. 王政：〈論《紅樓夢》中形象本體與對應意象的關係〉《紅樓夢學刊》2001 年第二期。
5. 王人恩：〈《紅樓夢》中的人參描寫意象探微〉《紅樓夢學刊》1997 年第三輯（總第 73 輯）。
6. 王人恩：〈寒塘渡鶴影，冷月葬花魂考論〉《紅樓夢學刊》2006 年第二輯。
7. 王玉英：〈《紅樓夢》中絳珠草還淚的象徵意蘊〉《遼寧師專學報》1999 年第一期。
8. 王忠祿：〈論賈探春形象的男性化色彩及其成因〉《中國古代小說戲劇研究叢刊》第四輯，2006 年。
9. 王秋紅：〈《紅樓夢》中「傳帕定情」情節的敘事藝術〉《魯東大學語文學刊》2007 年第一期。
10. 王婷婷：〈談後四十回妙玉形象的改變〉《紅樓夢學刊》2005 年。
11. 王碧蘭：〈《紅樓夢》映襯技巧探析〉《中國文化大學中文學報》2006 年 4 月。
12. 王匯涓：〈李紈形象新議〉《安陽師範學院學報》第三期，2007 年。
13. 王匯涓：〈海棠在史湘雲形象塑造中的運用〉《新鄉教育學院學報》第 22 卷第一期，2009 年 3 月。
14. 王輝斌：《杜甫母系問題辯說》《杜甫研究學刊》1994 年第 2 期。

15. 王琴：〈論薛寶釵、林黛玉形象的象徵意義〉《廣東海洋大學學報》第 28 卷第二期，2008 年 4 月。
16. 王懷義：〈《紅樓夢》意象構成研究論略〉《紅樓夢學刊》2005 年第四輯。
17. 孔嬋：〈論林黛玉形象蘊含的作者悲情〉《文學教育》2010 年 4 月。
18. 史小燕．莫山洪：〈《紅樓夢》中雪意象研究發微〉《柳州師專學報》第 24 卷第二期，2009 年 4 月。
19. 史紅華：〈試析《紅樓夢》中王熙鳳形象的多面性〉《長春教育學院學報》第 26 卷第五期，2010 年 10 月。
20. 田宏虎：〈紅樓夢中的女改革家形象及其意義〉《中國民航學院》第十二卷第二期，1994 年 6 月。
21. 田惠珠：〈《紅樓夢》中的風箏意象〉《紅樓夢學刊》2005 年。
22. 白金杰、吳光正：〈正邪兩賦說與《紅樓夢》的寫情策略〉《學術交流》總第 205 期第四期，2011 年 4 月。
23. 白靈階：〈論秦可卿的警幻特徵及其意義〉《中南民族大學學報》第 29 卷第三期，2009 年 5 月。
24. 朱志遠：〈神秘的金陵十二釵冊子探源——讀《紅樓夢》隨筆〉《紅樓夢學刊》2007 年 1 月。
25. 朱慶華：〈試論《紅樓夢》意境創造的美學特徵〉《金華職業技術學院學報》2001 年。
26. 江中雲：〈蕉下客的智與俠——《紅樓夢》中探春形象淺析〉《古典今讀》2005 年 12 月。
27. 牟宗三：〈《紅樓夢》悲劇之演成〉《紅樓夢稀見資料匯編》（北京：人民文學出版社，2001 年）。
28. 向志柱：〈論《紅樓夢》十二釵的入選與序次〉《常德師範學院學報》2002 年第五期。
29. 任秀潔：〈論《紅樓夢》人物之巧姐〉《遵義師範學院學報》第 11 卷第二期，2009 年 4 月。
30. 宋珂君：〈情本與情空——《紅樓夢》諸艷的宗教修養與寶玉出家的對比性研究〉《北京科技大學學報》第 22 卷第三期，2006 年 9 月。
31. 余世鋒：〈林黛玉形象的美學特徵及功能性分析〉《安徽文學》2009 年第三期。
32. 〔日本〕合山究著，陳曦鍾譯：〈《紅樓夢》與花〉《紅樓夢學刊》2001 年第二輯。
33. 呂啓祥：〈花的精魂，詩的化身——林黛玉形象的文化蘊含和造型特色〉《紅樓夢學刊》1987 年第三輯。

34. 呂啓祥：〈湘雲之美與魏晉風度及其他－兼談文學批評的方法〉《紅樓夢學刊》1986年第二輯。
35. 李永建：〈《紅樓夢》幾個題名透視其內在意蘊〉《淮北煤炭師範學院學報》2006年1月。
36. 李希凡：〈眞的人物的典型與藝境——論王熙鳳形象和性格的創造〉《紅樓夢學刊》1995年第二輯。
37. 李敏：〈紅樓絲帕總關情〉《內蒙古電大學刊》2009年第三期。
38. 李明新、蔡義江：〈漫談中國桃文化兼及《紅樓夢》〉《紅樓夢學刊》2006年第三輯。
39. 李宛怡：〈《紅樓夢》詩社人物與植物關聯之設計〉《雲漢學刊》2009年3月。
40. 李紅雨、郝彥豐：〈林黛玉形象的文化內涵〉《陜西師範大學繼續教育學報》2005年11月。
41. 李娟霞：〈試論巧姐形象的文化意蘊〉《宜春學院學報》第33卷第六期，2011年6月。
42. 李祝喜：〈紅樓春夢好模糊——論多重結構模式中的秦可卿〉《唐都學刊》第25卷第一期，2009年1月。
43. 李培業：〈對西周宮室遺址出土的陶丸的考察〉《珠算》1984年第四期。
44. 李慶信：〈《紅樓夢》敘事的詩化傾向〉《紅樓夢學刊》1993年第三輯。
45. 李慶信：〈《紅樓夢》象徵形態論〉《紅樓夢學刊》1997年第四輯。
46. 李慶信：〈一個主觀化的「複合人」幻影－可卿爲釵黛「合影」説新解〉《紅樓夢學刊》1992年第一輯。
47. 李珊：〈巧結梅花絡——析鶯兒的從屬符號作用〉《文學》2008年第四期。
48. 李璐、李瑾：〈《紅樓夢》中秦可卿藝術形象探析〉《黃石教育學院學報》2003年6月。
49. 李莉森：〈絳珠草與林黛玉——中國傳統文學中草的文化內蘊與林黛玉形象論析〉《柳州師專學報》2011年8月。
50. 阮溫凌：〈佛門檻外的一株傲雪紅梅〉《名作欣賞》1997年第四期。
51. 沈新林：〈試論《紅樓夢》中的兼美形象〉《南京師範大學文學院學報》2005年6月。
52. 杜奮嘉：〈同形同質——論《紅樓夢》環境與人物統一的審美心理功能〉《紅樓夢學刊》1991年第二輯。
53. 杜奮嘉：〈深埋於心理底層的情愫－論李紈評價的一個盲點〉《紅樓夢學刊》1995年第二輯。
54. 何衛國：〈金陵十二釵冊子蠡測〉《紅樓夢學刊》2007年5月。

55. 周五純：〈李紈三題〉《紅樓夢學刊》1988 年第一輯。
56. 周玉清：〈《紅樓夢》中的改革家——探春〉《紅樓夢學刊》1993 年第四輯。
57. 周思源：〈論《紅樓夢》的象徵主義〉《紅樓夢學刊》1997 年第一輯。
58. 周靜佳：〈情與悟——《紅樓夢》「水」意象探討〉《漢學研究集刊》2005 年 12 月。
59. 林雁：〈《紅樓夢》中的梅文化〉《北京林業大學學報》第 26 卷，2004 年 12 月。
60. 季學原：〈紅樓茶文化卮言〉《紅樓夢學刊》1995 年第二輯。
61. 季學原：〈詩與梅：李紈的精神向度〉《紅樓夢學刊》1998 年第二輯。
62. 季學原：〈秦氏－一個朦朧的意象〉《明清小說的研究》1995 年第三期。
63. 俞曉紅：〈悲歌一曲水國吟——《紅樓夢》水意象探幽〉《紅樓夢學刊》1997 年第二輯（總第 72 輯）。
64. 俞曉紅：〈《紅樓夢》花園意象解讀〉《紅樓夢學刊》1997 年。
65. 段江麗：〈《紅樓夢》中的比德：從林黛玉與花說起〉《紅樓夢學刊》2006 年第三輯。
66. 晏培玉：〈秦可卿形象的矛盾性〉《孝感職業技術學院學報》2000 年第三期。
67. 胡文彬：〈茶香四溢滿紅樓——《紅樓夢》與中國茶文化〉《紅樓夢學刊》1994 年第四輯。
68. 胡付照：〈《紅樓夢》中的名茶好水及茶具考辨〉《江南學院學報》2001 年 3 月。
69. 胡晴：〈《紅樓夢》評點中人物塑造理論的考察與研究之二〉《紅樓夢學刊》2005 年第三輯第五輯。
70. 胡曉明：〈妙手丹青難留春——論惜春的形象刻畫〉《湖北廣播電視大學學報》第 18 卷第一期，2001 年 3 月。
71. 胥惠民：〈論賈寶玉係諸艷之貫〉《明清小說研究》2002 年第二期。
72. 施曄：〈《紅樓夢》與十二釵故事的歷史流變〉《紅樓夢學刊》2007 年 3 月。
73. 姜楠南、湯庚國、沈永寶：〈《紅樓夢》海棠花文化考〉《南京林業大學學報》第 8 卷第一期，2008 年 3 月。
74. 姚樹穎：〈清代學者對賈探春形象的闡釋研究〉《牡丹江師範學院學報》2007 年第五期。
75. 郁永奎：〈《紅樓夢》兩個金麒麟探賾〉《江淮論壇》2003 年第四期。

76. 耿光華：〈《紅樓夢》十二支曲排列次序之探究〉《淮北煤炭師範學院學報》2004 年 2 月。
77. 高菊梅：〈瀟湘翠竹與黛玉形象的比德觀照〉《南寧師範高等專科學院學報》第 23 卷第四期，2006 年 12 月。
78. 袁方：〈連接兩界的紐帶——秦可卿結構意義初探〉《咸陽師範學院學報》第 19 卷第三期，2004 年 6 月。
79. 郝琪：〈淺談《紅樓夢》十二釵之結局〉《安徽文學‧下半月》2010 年 9 月。
80. 孫雲：〈論《紅樓夢》中的海棠〉《文學評論》2008 年第 11 期。
81. 孫愛玲：〈大觀園中溫柔的「理」劍——論薛寶釵的勸説活動及其文化蘊涵〉《紅樓夢學刊》，2000 年第二輯。
82. 陶瑋：〈芙蓉辨——論黛玉、晴雯之芙蓉〉《紅樓夢學刊》2010 年第 4 輯。
83. 梁書恒：〈從符號學角度看十二釵判詞意象英譯〉《和田師範專科學校學報》2007 年第 27 卷第五期，總第 49 期。
84. 馬建華：〈從商人文化看薛寶釵〉《紅樓學刊》2000 年 11 月。
85. 馬鳳華：〈黛玉之帕摭談〉《南都學壇》2003 年第一期。
86. 陳璇：〈瀟湘舘中的竹——淺談《紅樓夢》瀟湘舘的原型意象〉《蘇州職業大學學報》第 16 卷第一期，2005 年 2 月。
87. 許麗芳：〈命定與超越：《西遊記》與《紅樓夢》中歷劫意識之異同〉《漢學研究》第 23 卷第 2 期 2005 年 12 月。
88. 都本忱：〈論《紅樓夢》的詩性美〉《松遼學刊》1996 年第一期。
89. 曹立波：〈《紅樓夢》中花卉背景對女兒形象的渲染作用〉《紅樓夢學刊》2006 年第三輯。
90. 曹立波：〈《紅樓夢》對水、石意象的拓展〉《紅樓夢學刊》1996 年第三輯（總第 69 輯）。
91. 曹立波：〈《紅樓夢》中元春形象的三重身份〉《紅樓夢學刊》2008 年第六輯。
92. 黃崇浩：〈海棠魂夢繞紅樓——對石頭記中海棠象徵系統的考察〉《黃岡師範學院學報》第 21 卷第一期，2001 年 2 月。
93. 梅祖麟、高友工著，黃宣範譯：〈論唐詩的語法、用字和意象〉《中外文學》1973 年一卷 10、11、12 期，1976 年四卷 7、8、9 期。
94. 章必功：〈黃金鎖、冷香丸、紅麝串——薛寶釵的三件道具〉《深圳大學學報》第 13 卷第二期，1996 年 5 月。
95. 陳家生：〈《紅樓夢》中靜境渲染的藝術技巧〉《紅樓夢學刊》1994 年第三輯。

96. 陳家生：〈妙筆生花，花中見人——《紅樓夢》中花的豐富意蘊與藝術效應〉《紅樓夢學刊》1997 年增刊。

97. 鄒自振：〈金陵十二釵敘論〉（上）（下）《閩江學院學報》2003 年 6 月、2004 年 1 月。

98. 張白振：〈淺析《紅樓夢》中的薛寶釵形象塑造〉《山西農業大學學報》第 3 卷第二期，2003 年。

99. 張穎帥：〈論薛寶釵人格的複雜性〉《長治學院學報》2006 年 12 月。

100. 張永鑫：〈眾裡尋她千百度——《紅樓夢》元春讖畫、讖詩、讖曲及其終局臆探〉《無錫南洋學院學報》第 7 卷第一期，2008 年 3 月。

101. 賀信民：〈紅樓春夢好模糊——賈府四春謭論〉《河南教育學院學報》2005 年第五期第 24 卷。

102. 詹丹、林瑾：〈論秦可卿的存在方式及其哲學隱喻〉《上海師範大學學報》2002 年 9 月。

103. 葛鑫：〈從玉、梅、茶三方面談妙玉形象塑造〉《湖北民族學院學報》第 23 卷第六期。

104. 楊沈：〈生命的隱喻——論《紅樓夢》中的水意象〉《滁州學院學報》第 11 卷第三期，2009 年 6 月。

105. 楊眞眞：〈桃花意象及其對林黛玉形象的觀照〉《紅樓夢學刊》2009 年第二輯。

106. 楊海波：〈本體象徵——《紅樓夢》象徵藝術的終極旨歸〉《紅樓夢學刊》2010 年第一輯。

107. 裘新江：〈雪爲肌骨易銷魂——《紅樓夢》以冰雪喻人的特色〉《語文學刊》1999 年第四期。

108. 裘新江：〈庭院深深深幾許——紅樓三境〉《紅樓夢學刊》2001 年第二輯。

109. 翟建波：〈秦可卿房中飾物寓意解〉《廣西師範學院學報》第 28 卷第四期，2007 年 10 月。

110. 熊六良：〈秦可卿性格内涵系統論析——兼論其在小說結構中的作用〉《雲夢學刊》2003 年第五期。

111. 虞卓姬：〈《紅樓夢》意象解讀〉《明清小說研究》2002 年第二期。

112. 寧亮：〈論《紅樓夢》多元並存的人物建構原則〉《文學界》2011 年第八期。

113. 趙亞平：〈雙水分流映襯增媚——〈紅樓夢曲〉中金陵十二釵之間對比關係新解〉《名作欣賞》2009 年第 20 期。

114. 趙建忠：〈斑竹一枝千滴淚——林黛玉原型及其文化蘊涵〉《明清小說研究》2002 年第一期，總第 63 期。

115. 趙興勤：〈王熙鳳性格內蘊的文化解讀〉《河池學院學報》第 28 卷第六期，2008 年 12 月。
116. 鄧輝：〈論林黛玉的神話原型及其審美意蘊〉《明清小說研究》2007 年第二期，總第 84 期。
117. 劉上生：〈《紅樓夢》的形象符號與湘楚文化〉《湖南城市學院學報》2003 年 9 月。
118. 劉上生：〈《紅樓夢》的詩性情境結構及其話語特徵〉《紅樓夢學刊》1971 年第一輯。
119. 劉永良：〈史湘雲的名士風度及其深層蘊涵〉《內蒙古民族大學學報》第 31 卷第五期，2005 年 10 月。
120. 劉宏彬：〈對《紅樓夢》詩歌文本的三級接受〉《紅樓夢學刊》1991 年第四期。
121. 劉茜：〈從執到悟——論《紅樓夢》中賈寶玉人生歷程所蘊涵的佛學思想〉《西南交通大學學報》第 7 卷第六期，2006 年 12 月。
122. 劉穎：〈淺談瀟湘館環境描寫與林黛玉性格的統一融合〉《長春師範學院學報》第 27 卷第五期。
123. 劉曉林：〈冷香丸的象徵意義與薛寶釵的形象〉《衡陽師範學院學報》1995 年第二期。
124. 鄭鐵生：〈金陵十二釵判詞的排序與《紅樓夢》敘事結構的內在關係〉《銅仁學院學報》2008 年 5 月。
125. 鄭蘇淮：〈末世淑女的心曲——關於薛寶釵人格的文化意蘊〉《南昌高專學報》1997 年第一期。
126. 歐麗娟：〈冷香丸新解——兼論《紅樓夢》中之女性成長與二元襯補之思考模式〉《台大中文學報》第十六期，2006 年 6 月，頁 173～228。
127. 歐麗娟：〈《紅樓夢》中的〈四時即事詩〉：樂園的開幕頌歌〉《中國古典文學研究》，1999 年 12 月。
128. 歐麗娟：〈《紅樓夢》中的「紅杏」與「紅梅」：李紈論〉《台大文史哲學報》2001 年 11 月。
129. 謝德俊：〈試論秦可卿在《紅樓夢》中的地位與作用〉《九江學院學報》2007 年第四期。
130. 鍾品妍：〈寒塘鶴影，冷月花魂——《紅樓夢》詩詞對人物悲劇命運的隱喻與暗示〉《哈爾濱職業技術學院學報》2011 年第二期。
131. 蕭鳳嫻：〈生命情性的悲劇—牟宗三紅學觀研究〉《鵝湖月刊》第三十卷第八期總號 356。
132. 濮擎紅：〈與林黛玉形象有關的一些原型、意象〉《明清小說研究》1998 年第二期（總第 48 期）。

133. 聶欣晗：〈瀟湘情結的文化溯源及其審美意蘊〉《船山學刊》2005 年第一期。
134. 饒道慶：〈絳珠之意蘊及其與古代文學的關係〉《紅樓夢學刊》2007 年第四期。
135. 蘆笑娟：〈由判詞解讀金陵十二釵〉《牡丹江大學學報》2007 年 8 月。
136. 蘇萍：〈寒塘鶴影讀湘雲——試論湘雲形象及其獨特的女性價值〉《紅樓夢學刊》2008 年第二輯。
137. 蘇涵、虞卓婭：〈《紅樓夢》落花意象論〉《山西大學學報》第 25 卷第一期，1998 年 4 月。
138. 嚴安政：〈兼美審美理想的失敗——論曹雪芹對秦可卿的塑造及其他〉《紅樓夢學刊》1955 年第四輯。
139. 嚴紀華：〈林黛玉、薛寶釵在《紅樓夢》中的角色塑造——由俞平伯的「釵黛合一論」談起〉《華岡文科學報》1998 年 3 月。
140. 龔顯宗：〈由《文心雕龍》「隱語」論《紅樓夢》燈謎的面與底〉《文心雕龍國際學術研討會論文集》（國立中山大學中文系，2007 年）。
141. 網路資源：元智大學網路展書讀：《紅樓夢》網路教學研究中心：http://cls.hs.yzu.edu.tw/HLM/read/comment

五、學位論文

1. 王月華：《《牡丹亭》與《紅樓夢》的兩種關懷——「情」與「女性」》（國立中山大學中國文學系研究所博士論文）2008 年。
2. 王盈方：《紅樓夢十二釵命運觀之研究》（國立台灣師範大學碩士論文）1996 年。
3. 王婷婷：《曹著《紅樓夢》的佛門思想和後四十回》（中國藝術研究院碩士論文）2005 年。
4. 朱嘉雯：《「接受」觀點下的戰後台灣作家與《紅樓夢》》（國立中央大學中國文學系碩士論文）1997 年。
5. 江玉玫：《紅樓夢中賈府女性人物論》（私立東海大學中國文學系碩士論文）2003 年。
6. 李淑伸：《《紅樓夢》與中國傳統審美觀之內在聯繫》（國立成功大學藝術研究所碩士論文）2001 年。
7. 李昭容：《邊緣與中心：《紅樓夢》人物互動考察》（輔仁大學中國文學研究所碩士論文）1993 年。
8. 余佩芳：《新文類的誕生：八十回本《紅樓夢》的成長編述》（國立中央大學碩士論文）2010 年。
9. 林依璇：《無才可補天——清代嘉慶年間紅樓夢續書藝術研究》（東海大學中國文學研究所碩士論文）1997 年。

10. 吳曉風：《紅樓夢評點研究》（復旦大學博士論文）2007 年。
11. 吳林：《林黛玉與植物意象研究》（遼寧師範大學碩士論文）2009 年。
12. 吳盈靜：《清代台灣紅學初探》（國立中央大學中國文學研究所博士論文）2002 年。
13. 孫偉科：《紅樓夢美學闡釋》（中國藝術學院・博士論文）2007 年。
14. 梁瑞雅：《《紅樓夢》的婚與非婚》（國立中央大學中國文學研究所）2008 年。
15. 黃懷萱：《紅樓夢佛家思想的運用研究》（國立中山大學中國文學系研究所碩士論文）2003 年。
16. 黃慶聲：《《紅樓夢》所反映的閱讀倫理及文藝思想》（中國文化大學研究所博士論文）1990 年。
17. 詹雅雯：《《紅樓夢》四需書寫之研究》（國立成功大學中國文學系碩士論文）2005 年。
18. 楊眞眞：《林黛玉與桃花》（中國藝術研究院碩士論文）2009 年。
19. 樊恬靜：《紅樓夢意象敘事研究》（中南大學碩士論文）2010 年。
20. 蔡櫻如：《《紅樓夢》空間陳設的研究：以「怡紅院」爲中心》（國立中央大學中國文學系碩士在職專班碩士論文）2008 年。
21. 謝德俊：《論秦可卿與《紅樓夢》的悲劇主題》（福建師範大學高等學校教師在職攻讀碩士學位論文）2007 年。
22. 蕭鳳嫻：《國族、科學、小說——來台紅學四家論》（輔仁大學中國文學系博士論文）2002 年。